하늘을 건너는 교실

SORA WATARU KYOSHITSU
by IYOHARA Shin
Copyright © 2023 IYOHARA Shin
All rights reserved.
Original Japanese edition published by Bungeishunju Ltd., in 2023
Korean translation rights in Korea reserved by Sam & Parkers Co., Ltd.
under the license granted by IYOHARA Shin, Japan arranged with Bungeishunju Ltd.,
Japan through JM Contents Agency Co., Korea.

이 책의 한국어판 저작권은 JMCA를 통한 저작권자와의 독점 계약으로
㈜쌤앤파커스에 있습니다.
저작권법에 의해 한국 내에서 보호를 받는 저작물이므로
무단전재와 무단복제를 금합니다.

하늘을 건너는 교실

宙わたる教室

이요하라 신 장편소설
이선희 옮김

팩토리나인

차례

1장	밤 8시의 푸른 하늘 교실	7
2장	구름과 화산의 레시피	55
3장	오퍼튜니티의 바큇자국	101
4장	황금알의 충돌 실험	145
5장	컴퓨터실의 화성	189
6장	공룡 소년의 가설	245
7장	교실은 우주를 건넌다	311

작가의 말	348
옮긴이의 말	351
참고문헌	356

일러두기

일본 고등학교의 교육과정은 크게 전일제, 정시제, 통신제로 나뉩니다. 전일제는 아침에 등교하여 수업을 받는 일반 과정이고, 정시제는 밤에 수업을 받는 4년제 특수 과정, 통신제는 등교 횟수와 합숙 참가 등 학교에 따라서 등교 방법과 빈도가 다릅니다. 본서에서는 작품의 이해를 돕기 위해 전일제는 '주간반'으로, 정시제는 '야간반'으로 표기했습니다.

1장

밤 8시의
푸른 하늘 교실

벽에 기대어 주저앉은 채, 학교 건물 사이로 보이는 밤하늘을 올려다보았다. 별이 두 개 빛나고 있었다. 일반 고등학교에 가고 싶었다. 진짜 푸른 하늘이 있는 고등학교에.

소고기덮밥집에서 나오자 호스트 클럽의 광고 트럭이 눈앞을 지나갔다. 귀에 거슬리는 음악을 크게 틀어놓고 신주쿠역 쪽으로 달려간다.

입에 물었던 이쑤시개를 침과 같이 뱉어내고 손목시계를 보았다. 저녁 7시 반. 이미 3교시가 시작되었지만 일단 식후의 한 대가 더 급하다. 옆의 편의점에서 조금 전에 떨어진 담배를 샀다. 편의점 앞에서 담뱃갑을 뜯고 한 개비를 꺼내 황급히 불을 붙인다. 천천히 두 모금을 맛보고 나서, 오쿠보거리를 걷기 시작했다. 지나치는 사람은 대부분 내 또래의 젊은이들이다. 지금부터 신오쿠보에 있는 코리아타운으로 놀러 가는 것이리라.

담배를 입에 문 채 일부러 인도의 한가운데로 걸어갔다. 지저분한 작업복에 부스스한 금발. 양쪽 귀에는 실버 피어스가 합쳐서 열

개나 빛나고 있다. 담배 연기를 무례하게 토해내도, 비난의 시선으로 쳐다보는 사람은 아무도 없다. 지하철 히가시신주쿠역 입구가 있는 네거리를 지나면 거리의 분위기가 달라진다. 사람의 발길이 줄어들고, 음식점 대신 주택이나 아파트가 눈에 띄기 시작하는 것이다.

완만한 언덕 중간에 있는 교문에 도착한 순간, 귀에 익은 오토바이의 시끄러운 배기음이 귀로 파고들었다. 짧은 한숨을 쉬고, 도립 히가시신주쿠고등학교의 어두컴컴한 부지 안으로 발을 들이밀었다. 이 시간에 블레이저 교복을 입은 주간반 학생들은 이미 없다.

두 그루가 나란히 있는 벚나무 옆을 지나 연결복도 밑을 통과해 운동장으로 들어가자 생각한 그대로의 모습이 펼쳐져 있었다. 미우라가 박대성을 뒤에 태우고, 머플러에 구멍이 뚫린 낡은 오토바이를 탄 채 마구 달리고 있었다. 물론 두 사람 다 헬멧은 쓰지 않았다.

오른쪽 건물의 3층에서 누군가가 "시끄러워! 이 빌어먹을 녀석!" 하고 소리쳤다. 불이 켜 있는 곳은 그 층뿐이다. 야간반이 사용하는 교실 네 개다.

미우라한테 다가가려고 하는 순간, 사람의 그림자가 불쑥 나타나서 오토바이 앞을 가로막았다. 가까스로 닿는 외등의 불빛 아래에서, 재킷으로 감싼 빈약한 육체가 떠올랐다. 팔짱을 낀 채 고개를 약간 갸웃거리고 있는 사람은 담임인 후지타케다. 창백한 얼굴도 축 처진 어깨도 너무나 나약해 보였지만, 어울리지 않게 태도는 항상 거만하다. 예전에 반의 누군가에게 물었을 때 나이는 서른넷이라는 이야기를 들었다.

오토바이를 세운 미우라에게 후지타케가 뭐라고 말했다. 화를 내는 것도 노려보는 것도 아니라, 짜증이 날 만큼 평소처럼 담담한 모습으로. 후지타케의 목소리는 들리지 않았지만 미우라의 날카로운 목소리는 잘 들렸다.

미우라가 히죽히죽 웃으면서 빈정거렸다. "공부에 방해가 된다고? 이런 곳에 제대로 공부하는 녀석이 어딨어? 있으면 말해봐!"

"물론 있습니다."

이번에는 후지타케의 목소리도 들렸다.

"어디 있는데?" 미우라가 도발하듯 턱으로 교실 쪽을 가리키며 말했다.

불이 켜진 3층 교실 창문에서는 많은 학생이 얼굴을 내밀고 이쪽을 내려다보고 있었다. 휘파람을 휘휘 불면서 "맞짱 떠, 맞짱!" 하고 야유를 날리는 남학생도 있었다.

후지타케는 안경에 손을 대고 태연하게 말했다. "여기에도 있어요. 난 공부하는 중이었거든요."

"어엉? 이봐, 무슨 헛소리야?"

미우라는 가늘게 깎은 눈썹을 찡그리고, 액셀을 밟으면서 후지타케의 주위를 빙글빙글 돌기 시작했다.

그것을 보고 어둠 속에서 말을 걸었다. "야."

내 모습을 발견한 미우라가 브레이크를 밟고 익살스럽게 말했다. "갓 군, 왜 이리 늦었어? 이렇게 계속 지각하면 퇴학이야."

"일이 늦게 끝났어."

절반은 사실이지만 절반은 거짓이다. 일이 끝나고 게임방에 들렀다 온 것이다. 나는 두 번째 담배에 불을 붙이면서 미우라의 옆으로 다가갔다.

빡빡머리를 빨갛게 염색한 박대성이 후지타케를 가리키면서 물었다. "갓 군, 이 사람은 누구야?"

"우리 담탱이."

지난달에 이 쓰레기장으로 부임한, 운도 지지리 없는 남자다.

"뭐? 사토는?"

사토라는 건 작년, 즉 1학년 때 우리 담임이었다. 야간반에서는 담임이 한 번 정해지면 4년간 계속 맡는 것이 원칙이다.

"아프대. 너희 때문이야."

소문에 따르면 멘탈이 무너져서 휴직했다고 한다.

미우라가 이죽거리면서 말했다. "맙소사, 그게 왜 우리 때문이야? 우리처럼 얌전한 학생이 어디 있다고?"

두 사람 다 난동을 부리지는 않았지만 제대로 수업을 들은 것도 아니다. 친구들과 같이 교실 안팎을 어슬렁거리거나 중정에서 빗자루를 배트 삼아 야구를 했을 뿐이다.

"두 사람 다 여기 학생이었나요?" 후지타케가 미우라와 박대성을 바라보면서 말했다.

"그래. 그러니까 외부인은 아니야. OB지, OB."

"멍청하긴. OB는 졸업한 녀석을 말하는 거야." 나는 콧김을 내뿜고, 두 사람을 번갈아 보면서 덧붙였다. "그런데 뭐야? 나한테 볼일 있어서 온 거야?"

"몰라서 물어? 요전의 그 얘기야."

"아아……." 물론 처음부터 알고 있었지만 모호하게 대꾸했다.

미우라가 주머니에서 작게 접은 종이를 꺼내 내 손에 쥐여주었다.

"그렇게 됐으니까 앞으로 잘 부탁해."

아무리 그래도 후지타케 앞에서는 펼칠 수 없어서, 그대로 작업복 가슴 주머니에 쑤셔 넣었다. 그것을 수락의 표시로 받아들였는지 미우라가 엄지를 치켜세웠다.

핸들을 부여잡은 미우라는 "또 전화할게"라는 말을 남기고 오토바이를 출발했다. 떠나기 전에 박대성이 이쪽을 돌아보고 한국어로 "안녕!" 하면서 오른손을 들었다.

두 사람이 교문 밖으로 사라지는 것을 보고 나서 나는 발길을 돌렸다. 후지타케가 뒤쪽에서 "교실에 가는 거 아닌가요?" 하고 말했지만 무시하고 중정을 향했다. 4교시가 시작될 때까지 그곳에서 시간을 보낼 생각이었다.

중정 구석에 오도카니 서 있는 외등 주변에는 여느 때처럼 담배꽁초가 어지러이 흩어져 있었다. 학교 안은 당연히 금연이라서, 나처럼 성인인 학생이 흡연하는 것도 교칙 위반이다. 하지만 미성년 학생이 담배를 피워도 교사들은 그렇게까지 난리를 피우지 않는다. 물론 현장을 목격하면 주의를 주지만, 정학 처분은 쉽게 내리지 않는다. 그것 말고도 문제가 너무 많아서 그것까지 손쓸 수 없다는 것이 진짜 이유이리라.

야간반 학생은 나이도 성향도 제각기 다르지만, 학교 안에 몇 개 없는 흡연자 구역에는 비슷한 눈초리의 사람이 모인다. 미우라나 박대성과도 이 중정에서 친해졌다. 하지만 담배를 피우면서 앞다퉈 악행을 자랑했던 동급생들은 미우라처럼 대부분 이미 학교를 떠났다.

히가시신주쿠고등학교 야간반은 한 학년에 한 학급이고, 정원은 30명이다. 하지만 매년 정원 미달이다. 새로 들어온 1학년도 2학년이 될 때까지 남는 학생은 60~70퍼센트에 불과하고, 심한 해에는 절반 이하로 줄어든다. 진급하지 못하는 게 아니다. 학교에 적응하지 못하거나 싫증을 내고 그만두는 것이다.

수업은 일주일에 5일. 5시 45분에 1교시가 시작되고, 9시 정각에 4교시가 끝난다. 하루에 4교시밖에 하지 않아서 졸업할 때까지 4년이 걸린다.

나는 1학년 동안 일 때문에 지각한 적은 있어도 학교를 빠진 적은 한 번도 없었다. 1년간 이를 악물고 버티면, 이번에야말로 내동

댕이치지 않고 견디면 조금은 좋아지지 않을까 생각했다. 하지만 역시 안일한 생각이었다. 매일 제대로 수업을 듣고 교과서를 펼쳤는데, 상황은 무엇 하나 달라지지 않았다.

2학년이 되기는 했지만 가느다란 실은 이미 절반이 끊어졌다. 실제로 5월에 접어들고 나서 1교시 수업에 출석한 날은 손꼽을 정도밖에 되지 않고, 학교에 와도 마음이 내키지 않으면 이렇게 중정에서 시간을 보낸다.

그만두어야 하나……. 작업복 가슴 주머니에서 담배와 함께 조금 전에 미우라가 준 종이를 꺼냈다. 담배에 불을 붙여 입에 물고 나서 종이를 펼쳤다. 개발새발이었지만 가타카나 일본 문자의 하나로, 주로 외래어나 강조하는 말에 사용한다와 숫자뿐이라서 그럭저럭 해독할 수 있었다. '야채 7,500 리퀴드 18,000.' 대마의 가격표다.

미우라와 박대성은 이곳을 그만둔 후, 대마를 팔기 시작했다. 손님은 인터넷에서 만난 중독자나, 가부키초에서 얼쩡거리는 젊은이들. 어디서 사들이는지는 모르지만 조폭의 입김이 닿은 건달이나 신오쿠보 주변에 있는 질 나쁜 외국인이리라. 미우라의 부탁은 야간반 학생이나 그들 주변에 판매 루트를 만들어달라는 것이다. 신규 고객을 확보하면 매출의 몇 퍼센트를 마진으로 준다고 한다.

위험한 이야기라고도, 수상한 이야기라고도 여기지 않았다. 이제 와서 성실한 척할 생각도 없다. 대마초라면 열대여섯 살 때 몇 번 해본 적이 있다. 몸이 둥실둥실 뜨는 듯한 감각이 싫어서 빠지지 않은 것뿐이다. 아마 항상 맨 정신으로 있고 싶은 타입이리라. 술도 거의 마시지 않는다.

미우라에게 확실히 대답하지 않은 이유는 두 가지다. 하나는 단지 귀찮아서. 또 하나는 같은 전철을 밟는 것이 지긋지긋해서. 대마 판매를 돕게 되면, 그러는 사이에 직장이나 학교에 다니는 게 어리석게 여겨지리라. 야간반에 다니겠다고 결심했을 때보다 더 타락하게 된다.

한 단계 올라가려고 도전했다가 실패해서 오히려 한 단계 떨어진다. 나의 21년 인생은 그런 것의 반복이었다. 이대로 마이너스의 악순환에서 빠져나오지 못하면, 몇 년 후에는 신주쿠의 뒷골목에서 시체로 발견되리라.

그렇다고 여기에 계속 다니는 것에 의미가 있을까. 학교라는 것에 기대한 내가 바보였던가. 아니면 **불량품**은 아무리 발버둥 쳐도 양품良品이 되지 않는 걸까.

나는 종이를 네 조각으로 찢어서 담배꽁초와 함께 땅에 버렸다.

프린트물에 있는 방정식을 물끄러미 바라보다가 답안지에 숫자만을 휘갈겨 썼다. 두 번째 문장 문제는 힐끔 보자마자 포기했다. 샤프펜슬을 내려놓자 무의식중에 오른손이 작업복 가슴 주머니로

가서 담배를 꺼냈다. 학교에 다닌 지 1년이 지났는데, 이 습관은 아직도 고쳐지지 않는다.

교탁에 있는 후지타케와 또 눈이 마주쳤다. 팔짱을 끼고 이쪽을 빤히 쳐다본다. 이 멍청아, 안 피워. 마음속으로 욕설을 퍼부으면서 작게 혀를 찼다.

오늘은 2교시에 맞춰서 등교했다. '수학I' 수업을 듣기 위해서다. 교과목 중에서 배우고 있다는 감각을 조금이라도 얻을 수 있는 건 수학뿐이다. 하지만 그것도 2학년이 되고 나서는 완전히 페이스가 어긋나고 있다.

후지타케 때문이다. 새로 온 이 담임과는 시도 때도 없이 눈이 마주친다. 문득 고개를 들면 안경 너머로 나를 관찰하고 있다. 관심이 있는 게 아니면 불만이 있는 것이리라. 아무튼 무슨 생각을 하는지 알 수 없는 그 시선과 마주치면 등줄기에 오한이 내달린다.

후지타케의 본업은 수학이 아니라 과학이다. 2학년 A반에서는 '물리기초'와 '지학기초'를 담당하고 있다. 예전 담임인 사토가 수학을 가르쳤지만, 대신할 비상근 교사가 정해질 때까지 후지타케가 수학도 가르치게 되었다. 몇 안 되는 교사로 꾸려나가는 야간반에서는 흔히 있는 일이라고 한다.

나는 손으로 턱을 괴고 책상 위에서 담뱃갑을 굴렸다. 창가의 맨 뒷자리에 앉은 덕분에 교실의 모든 곳을 둘러볼 수 있다. 반 인원은 열여덟 명이지만 오늘 온 사람은 열네댓 명일까. 전원이 출석하는 일은 거의 없으니까 평소와 비슷하다고 할 수 있다. 프린트물 문제를 푸는 녀석도 있고, 손도 대지 않은 채 휴대폰을 만지작거리는 녀석도 있다.

맨 앞줄에 진을 치고 있는 사람은 노친네 삼인조. 가장 연장자는 70대쯤으로 보이는 빼빼 마른 영감탱이로, '장로'란 별명을 가지고 있다. 성적은 둘째치고 누구보다 열심히 공부한다. 수업 중에 종종 손을 들고 종잡을 수 없는 질문을 반복하는데, 가끔 정신을 집중해 수업을 들을 때는 뒤쪽에서 발차기를 날리고 싶어진다.

다른 두 사람은 40~50대의 여성으로, 한 사람은 항상 묵묵히 필기를 한다. 또 한 사람은 통통한 동남아시아계 여성인데, 수다가 장난 아니다. 누군가가 "필리핀 술집의 마마 같은 사람 아니야?"라고 농담을 해서, '마마'라는 별명이 붙었다.

히가시신주쿠라는 장소 탓도 있어서, 외국에서 온 학생은 마마 말고도 꽤 많다. 몇 명은 일본에 온 지 아직 얼마 되지 않았는지, 일본어를 제대로 하지 못한다. 마마는 그런 사람들을 배려해서, 부탁하지 않아도 종종 뒤치다꺼리를 해주고 있다.

나처럼 맨 뒷줄이 지정석인 녀석들은 품행이 불량해서 일반 고등학교에서 쫓겨난 학생들이다. 컬러풀한 머리 색깔에 기묘한 액세서리 등 겉모습은 화려하지만 수업 중에는 의외로 얌전하다. 만화나 동영상을 보든지, 아니면 책상에 엎드려 자는 것이다. 돌아다니면서 수업을 방해한 녀석들은 점점 학교에 오지 않더니, 어느 사이에 그만두었다.

숫자는 결코 적지 않지만 교실에 있는지 없는지 모르는 녀석들은, 중학교 때 학교에 가지 않은 예전 등교 거부조다. 우선 내게는 다가오지 않고 복장도 소박하며 나이보다 어리게 보인다. 초중학교에서 괴롭힘을 당하거나 집단생활에 적응하지 못한 사람이 대부분이다. 오타쿠가 많은지, 두세 명이 모여서 애니메이션 이야기를 하곤 한다.

그런 상황이라서 같은 반이라는 결속감은 거의 없다. 나를 포함해 모든 학생이 자기 문제로 머리가 꽉 차 있거나, 나와 세계가 다른 사람과는 관계를 맺고 싶지 않다는 분위기를 풀풀 내뿜고 있다.

내 옆에서 휴대폰을 노려보며 기다란 네일아트 손가락으로 정신없이 메시지를 입력하던 마이가, 그 휴대폰을 귀에 댔다.

"마사오?" 마이는 당연한 것처럼 전화를 받더니, 애교 있는 목소리와 함께 하이힐 소리를 울리면서 복도로 나갔다. "메시지 봤어? 응, 그래. 만나고 싶어서 연락했지."

마이는 캬바쿠라캬바레식 클럽에 다닌다. 이 시간대에는 마이가 낮에 보낸 영업용 메시지를 보고, 퇴근길의 손님이 종종 전화를 걸어온다. 이런 상황이라면 오늘도 3교시 이후는 패스하고 가부키초에 있는 가게로 출근하리라.

후지타케는 아무 일도 없었던 것처럼 학생들을 둘러본 후 말했다. "다 썼습니까?"

프린트물을 모아 그 자리에서 대충 답안지를 확인하고는 문제를 해설하기 시작한다. 그것이 그의 수업 방식이다.

오늘 해설할 내용은 연립방정식이다. 본래는 중학교 2학년 때 배우는 것이다. '수학I'이란 건 명목뿐이고, 실제로는 대부분의 시간을 중학교 수학의 복습에 사용한다. 그래도 분수나 소수의 계산조차 힘들어하는 일부 학생들에게는 상당히 수준이 높다.

후지타케가 프린트물 다발을 교탁에 놓고 말했다. "지난번 문제와 거의 똑같은데, 꽤 고전한 것 같군요."

마마가 대답했다. "너무 어려워요. 식 하나도 힘든데, 두 개나 있어요. 그런 건 몰라요."

후지타케는 마마에게 고개를 끄덕이고는 정면을 바라보며 말했다. **"자동적으로는 알 수 없어요."**

"무슨 뜻이에요?"

"수업을 들으면 저절로 안다든지, 교과서를 읽으면 자동적으로 안다든지, 그런 건 없다는 뜻입니다. 수학이나 물리는 특히 그렇죠."

"그럼 어떻게 하면 되나요?" 장로가 불만스러운 얼굴로 물었다.

"손을 움직여야 합니다. 몇 번이고 몇 번이고 써야 하죠. 식을 이리저리 들쑤셔보기도 하고, 여러 도표를 끈질기게 그려보기도 해보세요. 그러면 갑자기 '알았다!' 하는 순간이 옵니다. 반드시요."

이 자식, 바보 아냐? 나는 코웃음을 치면서 마음속으로 욕을 퍼부었다. 열대여섯 살 때였다면 이 자리에서 담뱃갑을 던졌을 것이다. 그런 식으로 공부할 수 있는 사람이 왜 이 야간반에 있겠냐? 주변을 둘러봐도 젊은 학생들은 다들 심드렁한 표정을 짓고 있다.

그것을 신경 쓰는 모습도 없이 후지타케는 진지한 얼굴로 말을 이었다. "저는 천재가 아닙니다. 아마 여러분도 그렇겠죠. 그러니 결국 방법은 그것밖에 없습니다. 만약 진심으로 알고 싶다면."

4교시가 끝나기를 기다렸다가 교무실에 찾아갔지만 담임은 보이지 않았다. 국어 교사가 "물리준비실에 계실 거야" 하고 말해서 그쪽으로 가보았다.

물리준비실은 2층 연결복도를 지나 옆 건물로 들어가, L자 건물의 모퉁이를 돌아간 곳에 있었다. 문이 열려 있고, 안에 후지타케가 있는 것이 보였다. 창가의 책상 앞에서 무슨 책인가 읽고 있다.

"잠깐 들어가도 될까요?"

복도에서 말을 걸자 그는 돌아보지도 않고 "들어오세요" 하고 대꾸했다.

비커를 비롯해 실험 도구들이 있는 선반과 실험대 사이를 지나서 안으로 들어갔다. 이곳에 오는 것은 처음이다. 그 책상은 후지타케 전용인지, 개인 물건처럼 보이는 책과 사전이 놓여 있었다. 그 옆에는 리얼한 공룡 피규어 두 개와, 나무로 된 골격 모형이 하나 있었다.

후지타케가 책상에서 펼친 것은 영어로 쓰인 두꺼운 책이었다.

그래프나 도표가 있는 걸 보면 과학책이 아닐까. 문득 어젯밤에 미우라에게 한 말이 머리를 가로질렀다. '난 공부하는 중이었거든요.'

"일이 많이 바쁘세요?"

"네?"

순간, 허를 찔렸다.

후지타케가 내 쪽으로 의자를 돌리면서 말했다. "최근 1교시에 결석하는 일이 많아서요. 재활용 관련 회사에 다니죠?"

"그냥 쓰레기를 수거하는 거예요, 내가 하는 일은."

작년부터 다니는 곳은 병이나 캔, 페트병 같은 폐기물을 회수해서 재활용하기 위해 중간 처리를 하는 회사다. 내게 주어진 일은 사업을 위한 자원 쓰레기의 수집으로, 매일 새벽부터 수거차에 올라타서 위탁받은 회사나 건물의 쓰레기장을 돌아다니고 있다.

"야나기다 군의 1학년 때 출결 상황을 확인했는데, 거의 매일 1교시부터 나왔더군요. 일의 교대 시간이 달라졌나요? 만약에 그렇다면 회사와 상의해서……."

나는 조바심이 나서 그의 말을 가로막았다. "괜찮아요. 아마, 곧 그만둘 거니까요."

"그만두다니, 학교를요?" 그는 고개를 들고 손으로 안경을 만지며 되물었다.

"그래서 방법을 물어보려고요. 자퇴서라든지."

그는 다시 관찰하는 눈으로 몇 초간 나를 응시하더니 손목시계를 힐끔 쳐다보았다.

"잠깐 시간 있어요?"

"네? 있긴 한데……."

"잠깐 걸으면서 얘기하죠."

이번 주는 그가 '담배꽁초 줍기' 당번이라고 한다. 교사들이 매일 밤 방과 후에 집게를 들고 구내의 담배꽁초를 주우러 다니는 **업무**를 말한다. 야간반이 있는 학교라면 어디에서나 하는 일로, 그걸 소홀히 하면 주간반 교사가 항의를 해온다고 한다. 흡연자가 모이는 곳은 외부 계단의 층계참이나 남자 화장실 등 몇 군데가 있지만, 후지타케는 일단 중정으로 나갔다.

주간반의 방과 후에는 사람의 기척과 불이 서서히 꺼지고, 학교에는 어둠에 감싸이기만을 기다리는 시간이 남게 된다. 중정에도 사람의 그림자는 보이지 않고, 멀리서 구급차의 사이렌 소리만이 들렸다.

외등 주변에 버려진 담배꽁초의 절반은 3, 4교시 동안 여기에서 시간을 보냈던 내 것이었다. 후지타케는 그것을 하나씩 집게로 집어서 비닐봉지에 넣었다. 그 모습을 우두커니 지켜보고 있을 때, 건물의 벽 쪽에 있는 빈 커피 캔이 눈에 들어왔다. 주워서 흔들어 보니 예상한 대로 달칵달칵 소리가 났다.

"이런 게 진짜 최악이야." 그러곤 후지타케의 비닐봉지 쪽으로 가서, 빈 캔을 흔들어 안에 있는 담배꽁초를 빼냈다. "청소하는 쪽을 생각하지 않는다니까."

재활용 쓰레기 안에 재떨이 대신 사용한 빈 캔이 섞여 있으면 처리하는 데 많은 시간과 노력이 든다.

그런 나를 쳐다보면서 후지타케가 담담하게 말했다. "그러면 여기에 담배꽁초를 버리는 여러분은 우리 교사들을 생각하고 있나요?"

나는 찍소리도 할 수 없었다. 입술을 일그러뜨린 채 입을 다물자 후지타케가 화제를 바꾸었다.

"학교를 그만두고 어떻게 할 생각인가요?"

"어떻게도 하지 않아요. 그런 건 주간반 녀석한테나 하는 말이잖아요?"

"그럼 낮에는 일하고 밤에는 대마를 팔 건가요?"

"네……?"

무심결에 입에서 얼빠진 목소리가 새어 나왔다.

나는 황급히 태연함을 가장하고 말했다. "그게 무슨 말이죠?"

"어젯밤에 여기서 메모지를 주웠어요."

그는 집게를 딱딱 울리면서 주머니에서 뭔가를 꺼냈다. 내가 어젯밤에 네 조각으로 찢어버린 종잇조각이 테이프로 꼼꼼히 붙어 있었다.

"어제 오토바이 탄 사람이 준 거 아닌가요?"

멍청한 짓을 했다고 생각함과 동시에 다시 등줄기가 차가워졌다. 대마 건을 들켰기 때문이 아니다. 기이할 정도의 꼼꼼함에서 깊은 집념 같은 걸 느꼈기 때문이었다. 지금은 허세를 부리는 수밖에 없었다.

"그렇다면 어떻게 할 건데요?"

"어떻게도 하지 않아요. '야채'라는 게 대마의 은어라는 건 인터넷에서 검색해 금방 알았어요. 야나기다 군이 그 판매에 관여하려고 하는 게 아닐까 하는 건 내 상상에 불과하고요. 그나저나……." 그는 메모지의 글자를 힐끔 보더니 그것을 재빨리 손안에 감추고 말했다. "말린 대마 3그램과 리퀴드 네 병을 사고 싶어요. 전부 얼마죠?"

"이것 봐요, 지금 뭐하는 거예요?"

하지만 후지타케의 얼굴은 더할 수 없이 진지했다.

"모두 얼마죠? 단가를 말해줄까요? 말린 대마는 1그램에 7,500엔, 리퀴드는……."

"전부 다 해서 9만 4,500엔이에요." 이미 어떻게 돼도 상관없다고 생각하고 자포자기식으로 대답했다.

"정답." 후지타케가 처음으로 입가에 미소를 지으면서 덧붙였다. "역시 계산 능력이 뛰어나군요. 어렸을 때, 주산이라도 배웠나요?"

"그런 걸 배웠을 리 없잖아요!"

그는 집게를 손에 든 채 가슴 앞에서 팔짱을 꼈다.

"야나기다 군은 매우 흥미로운 학생입니다. 수학I 수업에서 매번 하는 프린트물 답안지만 봐도 주목할 만한 가치가 있어요."

"말도 안 되는 소리 하지 마세요. 항상 절반은 백지거든요."

"연립방정식이나 이차방정식의 정답은 쉽게 구해요. 꽤 복잡한 제곱근 계산 문제도 틀리는 일이 거의 없죠. 더구나 도중에 계산식도 쓰지 않고 정답만을 툭 쓰고 있어요. 전부 머릿속으로 계산하나요?"

"너저분하게 쓰기 귀찮아서요."

"더 이상한 건 문장제 문제에는 아예 손을 대지 않는다는 거에요. 초등학생이라도 풀 수 있는 간단한 문제인데도 답을 쓰려고 하지 않죠."

그건 사실이었지만 교사에게 지적을 받은 건 처음이었다. 나는 작게 숨을 쉬고 내뱉듯이 말했다. "옛날부터 문장을 읽는 게 질색이었어요. 진지하게 교과서를 읽으려고 하면 머리가 터져 버릴 것 같았죠. 구역질도 나고요. 아무것도 머리에 들어오지 않아요. 불량품이에요."

"불량품이요?"

"멍청해서 머리가 나빠요. 참을성도 부족하고요." 말을 하는 사이에 나도 모르게 흥분해서 마구 떠들었다. "하지만 어쩔 도리가 없어요. 불량품한테 교과서라니, 그런 걸 돼지에 진주라고 하죠? 중학교 교과서는 받은 그날에 쓰레기통에 던져넣었어요."

"그래서 고등학교에 진학하지 않은 건가요?"

"중학교에도 제대로 가지 않았어요."

"그래도 스무 살에 이 학교에 왔죠. 공부를 싫어하는 건 아니지 않나요?"

나는 코끝으로 웃으면서 말했다. "당신 말이에요, 역시 야간반 교사와는 어울리지 않아요. 이런 곳에 오는 녀석들은 제대로 공부하기 위해서 오는 게 아니에요. 고졸 정도의 학력이 없으면 앞으로 살기 힘들다는 걸 알고, 어쩔 수 없이 4년간 의자에 앉으러 오는 것뿐이라고요."

"야나기다 군도 그런가요?"

"나는……."

왜 이 녀석의 질문에 대답해주고 있지? 무의식중에 후지타케의 페이스에 휘말렸다는 걸 알고 조바심이 머리끝까지 치밀었다.

"그런 건 당신과 관계없잖아요? 더구나 이제 그만두겠다고 말했고요."

그는 또 관찰하는 눈으로 나를 쳐다보더니 이윽고 팔짱을 풀고는 담담하게 말했다. "알겠습니다. 자퇴 절차는 내일이라도 알아볼게요."

일을 마치고 휴게실로 돌아와 안쪽에 나란히 있는 로커로 향했다. 뒤따라 들어온 세 명의 동료는 제각기 연신 피곤하다고 말하면서, 한가운데의 테이블을 둘러싸고 간이의자에 앉았다.

지금 다니는 회사는 기타구 신가시가와강 근처에 있다. 수거차 주차장과 폐기물 보관 창고, 중간 처리 공장 등이 있어야 해서, 재활용 업체는 대부분 이런 곳에 있다. 처음에 일하기 시작했을 무렵에는 부지에 떠다니는 음식물 쓰레기 냄새로 고역이었지만, 지금은 완전히 익숙해져서 아무 냄새도 느껴지지 않는다.

5시에 회사를 나와 아카바네역에서 JR을 타면 5시 45분부터 시작하는 1교시에 아슬아슬하게 도착한다. 업무가 끝나는 건 4시 45분이라서, 예전에는 짐만 챙겨서 재빨리 튀어나왔다.

이제는 서두를 생각도 없지만 동료들과 여기에서 시시한 이야기를 나눌 생각도 없다. 이 녀석들은 금세 착각을 한다. 어느 직장에서도 그랬다. 우연히 같은 곳에서 일하는 것뿐인데, 마음이 맞는 동료라고 착각하는 것이다. 때로는 친해지기도 전에 신발을 신은 채 성큼성큼 마음속으로 들어온다. 고향은 어디야? 가족은 몇 명이지? 학교는 어디를 나왔어?

나는 친구를 만들러 직장에 온 게 아니다. 월급만 꼬박꼬박 주면 그걸로 충분하다.

말없이 로커에서 배낭을 꺼내고 거칠게 문을 닫았다. 작업복을 입고 출퇴근하고 있어서 사복으로 갈아입지 않는다. 수거 작업 중에 심하게 더러워졌을 때만 여기에 놓아둔 다른 작업복으로 갈아입는다.

"먼저 갈게요."

그렇게 말하고 테이블 옆을 지나가려고 했을 때, 몸을 젖히고 의자에 앉아 있던 동료가 "어이" 하고 불렀다. 4월에 공장에서 수집반으로 이동해온 스포츠머리의 중년 남자다. 이름은 들었는데 잊어버렸다.

"너, 이름이 뭐라고 했지?"

굵은 손가락에 담배를 끼운 스포츠머리가 간사이 사투리로 물었다. 사람의 이름을 외울 마음이 없는 건 그쪽도 마찬가지인 모양이다. 성을 말하자 "참, 그렇지" 하고 어색하게 고개를 끄덕였다.

"우린 지금부터 역 앞에서 한잔할 건데, 같이 가는 게 어때? OK 골목에 좋은 가게가 있거든."

"아니, 저는 좀……." 나는 무뚝뚝하게 대답했다.

"야나기다는 지금부터 학교에 가야 해요." 나와 콤비로 일하는 운전사인 다케이가 말했다.

"학교? 무슨 학교인데?"

얼굴을 찡그렸지만 다케이는 알아차리지 못하고 느긋한 목소리로 대답했다. "고등학교예요, 야간 고등학교."

"야간 고등학교?" 스포츠머리는 입술 끝을 일그러뜨리며 말을 이었다. "어이구야! 대단하다고 말해주고 싶지만, 요즘 야간 고등학교는 한심하기 짝이 없다더군. 낮에 일하고 밤에 공부하는 기특한 학생이 다닌 건 옛날얘기이고, 요즘은 고등학교를 중퇴한 불량배들이나 등교 거부한 녀석들만 다닌다고 하던데?"

"뭐야?"

야간 고등학교를 나쁘게 말하는 걸 듣고 스스로도 놀랄 만큼 분노가 솟구쳤다. 동료 의식이라곤 털끝만큼도 없는 반 친구들의 얼굴이 떠올랐다.

"너도 중퇴한 쪽이냐? 엉?" 스포츠머리가 내 피어스를 조롱하듯 자신의 귓불을 통통 튕기며 말했다. "그렇게 삐뚤어졌었냐?"

"그게 당신과 무슨 상관이야?"

분노가 폭발하기 전에 휴게실에서 나가려고 하자 스포츠머리가 "잠깐" 하고 내 오른팔을 잡으며 덧붙였다.

"하여간, 말본새하곤. 중졸은 예의도 없나?"

팔을 세게 휘둘러 스포츠머리의 손을 뿌리친 순간, 오른쪽 어깨에 메고 있던 배낭이 미끄러져서 바닥에 떨어졌다. 배낭 덮개의 버클을 채우지 않아서 안에 있는 물건들이 바닥으로 흩어졌다. 표지가 너덜너덜한 운전 교본을 황급히 주워 동료들의 눈에서 감추듯 배낭에 쑤셔 넣었다.

무릎을 꿇고 필기도구를 줍고 있자 머리 위에서 스포츠머리가 내려다보며 말했다. "이건 무슨 노트야?"

그러곤 어느새 멋대로 펼쳐서 읽었다.

"'좌회전할 때는 좌회전하려는 지점의 30미터 앞쪽에서 신호를 보냅니다.' 지렁이가 기어가도 이 글씨보다는 낫겠군."

피가 끓어오르는 감각과 함께 온몸의 털구멍이 열리는 듯했다. 다음 순간, "이리 내놔!" 하고 고함을 치면서 덤벼들듯이 노트를 빼앗았다. 그러곤 스포츠머리의 멱살을 잡고 비틀었다.

"이 자식, 무슨 짓이야! 뒈지고 싶어?"

스포츠머리가 다시 조롱하듯 말했다. "더구나 전부 히라가나일본어의 기본적인 문자잖아! 야간 고등학교에 다니기 전에 초등학교부터 다시 다녀야겠는걸."

한순간 눈앞이 새하얘졌다. 나는 무의식중에 오른팔을 뻗었다. 다음 순간, 스포츠머리의 얼굴에 주먹이 박히는 감촉이 전해졌다.

배낭을 방바닥에 집어던지고, 불도 켜지 않은 채 간이침대에 몸을 내던졌다.

낡은 연립주택은 햐쿠닌초의 골목 안쪽에 있어서, 코리아타운의 소란스러움이 들리지 않는다. 커튼 대신 창문에 붙여놓은 천 사이로 깜빡이는 노란색과 핑크색 불빛이 새어 들어왔다. 대각선 방향에 있는 허름한 러브호텔의 간판이다.

주먹의 통증으로 볼 때, 두세 방은 날린 모양이다. 다케이와 다른 동료 한 명이 달려들어 떼어놓은 바람에 겨우 제정신이 들었다. 곧바로 상사가 달려와서 이유를 물었지만, 입에 거품을 물고 욕지거리를 퍼부은 기억밖에 없다. 어쨌든 오늘은 집에 가라고 해서 회사를 나왔다. 신오쿠보역에서 집까지 걷는 사이에 겨우 머리가 차갑게 식었다.

이걸로 또 모가지인가. 벌써 몇 번째일까.

열다섯 살 때부터 전전해온 아르바이트에서도, 열여덟 살에 처음으로 계약사원으로 일한 식품회사에서도 거의 같은 이유로 그만두었다.

읽고 쓰기에 문제가 있다는 것은 어느 직장에서도 사소한 계기로 알려졌다. 노골적으로 무시당했을 때는 물론이고, 농담처럼 놀릴 때에도 이번처럼 주먹이 나갔다. 눈앞에서 비웃는 사람이 없어도 뒤에서 비웃는 것 같다는 생각이 들어서, 작은 일에도 발끈해서 동료들에게 덤벼들었다. 그런 사람이 직장에 오래 다닐 수 있을 리 없다.

최악의 환경에서 자란 것은 아니다. 아버지는 대형 전자회사에 다니는 회사원이었고, 어머니는 전업주부였다. 초후시의 평범한 가정에서 외동아들로 태어났다. 산악인이라는 뜻의 '다케토岳人'라고 이름을 지은 사람은 젊은 시절에 등산을 좋아했던 아버지였다. 인생이라는 산을 한 걸음, 한 걸음 착실히 올라가라는 마음을 담았다고 한다.

엄마 말에 따르면 어린 시절의 나는 오히려 얌전한 쪽에 속했다고 한다. 유치원 때는 공원에 있는 개구쟁이 아이들과 노는 걸 싫어하고, 항상 집에서 혼자 도감이나 그림책을 보았던 기억이 있다. 사진이나 그림만 봐도 즐겁지만, 글자를 읽을 수 있게 되면 더 즐거우리라. 그렇게 생각해서 초등학교에 들어가 1학년이 되기를 손꼽아 기다렸다.

그런데 초등학교에 입학하자마자 곧바로 좌절했다. 히라가나는 가까스로 외웠지만, 교과서 문장을 제대로 읽을 수 없었다. 눈으로 쫓았던 글자가 사라지고, 날아가고, 겹쳐졌다. 어디를 읽고 있는지 알 수 없었다. 교사의 지적을 받고 한자를 읽으려고 하면, 두 번째 단어에서 막혀 항상 웃음거리가 되었다.

글자를 쓰는 것도 젬병이라서, 글자가 노트의 괘선 사이에 들어가지 않았다. 한자 쓰기와 받아쓰기 숙제는 몇 번이나 다시 해야 했다. 조금 복잡한 한자를 배우게 되자 따라 쓰는 것조차 할 수 없었다. 할 수 없이 수업을 열심히 들어서 교사의 이야기를 최대한 외우려고 했다. 숫자와 '+', '=' 같은 기호는 비교적 눈에 잘 들어와서 산수 수업은 열심히 들었다. 구구단은 물론이고 두 자리 숫자의 곱셈도 많이 외웠다. 하지만 배운 내용을 이해해도, 시험에서 정답을 쓸 수 없었다. 문제를 제대로 읽을 수 없기 때문이었다. 시험 점수는 매번 처참하기 짝이 없었다.

아버지는 항상 바빠서 공부를 봐주기는커녕 휴일에 놀아주는 일도 거의 없었다. 그러면서 성적표를 볼 때마다 "당신은 애가 이러는 동안 집에서 뭐했어?" 하고 엄마를 비난했다. 내가 교과서를 제대로 못 읽는 것 같다고 엄마가 말해도 "참을성이 부족해서 그래, 게으름뱅이의 변명일 뿐이야" 하고 귀찮다는 표정으로 똑같은 말만 되풀이할 따름이었다.

이름이 알려진 대학을 졸업한 아버지와 달리, 엄마는 고등학교만 겨우 나왔다. 그런 부분에 열등감이 있었는지는 모르겠지만, 아버지가 고압적인 태도로 나와도 결코 말대답을 하지 않았다. 아들이 공부를 못하는 것도, 교육 방식에 문제가 있는 게 아니라 자신의 피를 이어받았기 때문이라고 생각한 게 아닐까.

초등학교 3학년 때였으리라. 엄마가 할인점에서 사온 주방용 타이머가 한 번 사용하고 작동하지 않았다. 아버지는 "당신이 문제야, 이름도 없는 회사 걸 사 오면 어떡해? 불량품이잖아!" 하고 말하면서, 그 자리에서 주방용 타이머를 쓰레기통에 던졌다. 그 순간, 가슴이 조여드는 것처럼 아팠다. 내게 말하는 듯한 생각이 든 것이다.

중학교에 올라갈 무렵에는 제대로 수업에 나가는 일이 없어졌다. 노력이라는 단어가 어리석게 여겨졌고, 읽고 쓰기로 창피를 당하지 않으려면 그렇게 하는 수밖에 없었다. 불량한 선배들이 모이는 공원에 가서 잔심부름꾼 같은 짓을 시작했다. 나를 '가쿠'나 '갓군'이라고 부르기 시작한 것은 그 선배들이다. 오히려 그쪽이 내 진짜 이름 같다는 생각이 들었다.

그곳에 이르자 타락의 길로 접어드는 데는 얼마 걸리지 않았다. 담배를 피우거나 한밤중에 돌아다닌 탓에 종종 선도되고, 소년 분류 심사원행은 피했지만 절도나 무면허 운전으로 잡히기도 했다. 이런 불량품이 자신의 아들일 리 없다는 아버지, 단지 안절부절

못할 뿐인 엄마. 집에는 점점 들어가지 않고, 친구 집을 전전하는 사이에 당연한 것처럼 신주쿠의 밤거리로 술을 마시러 다니게 되었다…….

머리맡에 있는 휴대폰이 진동해 눈을 떴다. 어느새 잠들었던 모양이다. 멍한 머리로 전화를 받았더니 후지타케의 목소리가 들려왔다.

"자고 있었나요?"

"네에…… 지금 몇 시예요?"

"8시 5분이에요. 아니, 이미 6분인가?"

이 자식은 여전하군. 그런 쓸데없는 꼼꼼함에도 지금은 조바심이 나지 않았다. 어두운 늪에서 잘 정돈된 밝은 방을 본 듯한 기묘한 안도감마저 들었다.

"4교시만이라도 오지 않을래요? 할 말이 있습니다."

"자퇴서 말인가요?"

"그것도 포함해서요."

아직 머리가 돌아가지 않아서 "갈 수 있으면 갈게요" 하고 전화를 끊었다.

몸을 일으키고 담배에 불을 붙였다. 마지막 담배였다. 일단 이것만은 사러 가야 한다. 나는 휴대폰과 지갑만을 들고 방을 나왔다.

오쿠보거리의 편의점에서 담배를 산 뒤, 집으로 가지 않고 역 쪽을 향해 어슬렁어슬렁 걷기 시작했다. 아무것도 먹지 않은 것을 알

앉지만, 쭉 늘어선 음식점을 봐도 식욕은 솟구치지 않았다. 그것보다 후지타케가 말한 '할 말'의 내용이 마음에 걸렸다. 결국 야마노테선의 고가 밑을 지나서 그대로 학교로 향했다.

4교시가 끝날 때까지 중정에서 기다렸다가 물리준비실로 갔다. 도중에 복도 창문에서 축구부 녀석들이 나이터 조명이 켜진 운동장으로 나가는 게 보였다. 야간반이라도 일단 동아리가 있어서, 9시부터 10시까지 한 시간 동안 활동을 할 수 있다.

물리준비실 앞에 도착하자 마침 수업을 마치고 돌아온 후지타케가 안으로 들어오라고 했다. 안쪽 책상에는 어젯밤에도 본 두꺼운 외국 책이 펼쳐져 있었다. 제자리에 놓으려고 후지타케가 책을 들었을 때, 표지에서 지구와 토성 사진이 보였다. 천체가 늘어선 사진을 본 순간, 어린 시절의 기억이 되살아났다.

"무슨 책이에요?"

"비교행성학 교과서에요. 왜요?"

나는 쌀쌀맞게 대답했다. "아뇨, 어렸을 때 비슷한 표지의 도감을 가지고 있었거든요.《지구와 우주》였던가, 그런 거였어요."

"그런 분야를 좋아했나요?"

"그딴 건 기억 안 나요. 단지 하늘은 왜 파란가, 구름은 왜 하얀가, 무지개는 왜 일곱 색깔인가 등등 엄마한테 끈질기게 묻곤 했죠. 엄마는 그런 거에 대답을 못 해주니까 그 도감을 사줬어요."

사실은 똑똑히 기억하고 있다. 내가 가지고 있는 책 중에서 제일 좋아하는 도감이었다. 자세한 설명은 결국 읽지 못했지만, 아름다운 사진과 가슴 두근거리는 일러스트를 싫증 내지 않고 언제까지나 바라보았다.

무슨 말인가 하려는 듯한 후지타케의 눈길을 느끼고 갑자기 쑥스러워서 물었다. "그 책, 수업 자료로 쓸 거예요?"

"아니에요. 이건 순수하게 내 공부예요. 대학 때 지구행성과학이라는 학문을 전공했거든요."

"교사가 되면 가르치기만 하고 공부 같은 건 하지 않는 줄 알았어요."

"공부하지 않는 교사가 공부하라고 말하면 듣기 싫잖아요?"

"그런 건 아무래도 상관없어요. 말했잖아요. 공부하러 왔던 게 아니라고."

"하지만 고졸 자격증이 필요했던 것만도 아니다……. 그렇죠?"

후지타케가 내 눈을 뚫어지게 쳐다보았다. 안경 안쪽에서 가늘게 뜬 실눈은 내 가슴속을 꿰뚫어 보는 것처럼도, 진지하게 대답을 요구하는 것처럼도 보였다. 성가신 녀석임에는 분명하지만, 이 녀석이라면 상대가 누구라도 비웃거나 하지는 않으리라. 그런 확신이, 조금 전 사건의 찌꺼기를 토해내라고 등을 토닥여주었다.

"난 여기에…… 수행하러 왔어요."

"수행?"

"눈앞에 교과서를 펼치고 매일 네 시간씩 제대로 수업을 듣는다,

옛날처럼 도중에 내던지지 않고 계속 참아본다. 그러면 인내력과 집중력이 생겨서 조금은 문장을 제대로 읽을 수 있지 않을까. 그렇게 생각해서요."

"그렇군요." 후지타케가 팔짱을 끼고는 덧붙였다. "그건 공부와는 다른 건가요?"

"다르고말고요. 내가 읽고 싶은 건 교과서가 아니라 운전 교본이에요. 필요한 건 고졸 자격증이 아니라 면허거든요."

"일을 위해서인가요?"

나는 고개를 끄덕였다. 보통면허 3.5톤 차량까지 운전할 수 있는 면허가 있으면 일의 선택지가 확 늘어난다. 물류업계에서 경험을 쌓아 언젠가 대형이나 견인차 면허에도 도전하고 싶다. 그렇게 생각하게 된 건 지금 다니는 회사에서 처음에 콤비로 일한 운전사가 예전에 트레일러 운전을 했을 때의 이야기를 종종 들려주어서였다.

거대한 트레일러를 몰고 도시에서 도시, 항구에서 항구로 일본을 구석구석 돌아다닌다. 트레일러를 파트너 삼아 고속도로의 한쪽 구석에서 혼자 먹고, 혼자 잠든다. 남의 눈을 신경 쓸 필요도 없고, 남들에게 무시당할 일도 없다. 태어나서 처음으로 해보고 싶다는 생각이 들었다.

문제는 학과 시험이다. 문제를 읽을 수 있는지 없는지 신경 쓰지 않고, 일단 운전 교본을 한 글자, 한 문장까지 통째로 외우기로 마음먹었다. 인쇄된 책자보다 그래도 내 글자가 읽기 편하기에, 지인에게서 받은 오래된 교본을 한 글자씩 히라가나로 베껴 쓰는 작업을 시작했다. 그것이 그 노트였다.

나는 입술을 떨면서 자조하듯이 말했다. "하지만 역시 소용없었어요. 1년간 여기에 계속 다녀봤지만 달라진 게 하나도 없어요. 교과서 문장을 쫓아가려고 해도 금세 엉망진창이 되고, 글자를 **잡을 수 없어요.**"

"글자를 잡을 수 없다……."

후지타케는 나지막이 따라서 말하고, 책상 위에 있는 태블릿을 손에 들었다. 그러더니 재빨리 조작해서 내 쪽으로 건네주었다. 화면에는 작은 글자들이 빼곡히 자리하고 있었다.

"지학 교과서의 전자책인데, 어떤가요?"

조바심이 목구멍까지 솟구쳤다.

"어떻긴 뭐가 어때요? 못 읽는다고 했잖아요."

작은 글자가 무질서하게 눈으로 뛰어 들어와서, 보고 있기만 해도 머리가 어지러웠다. 읽을 수 있는 건 '마그마'라는 단어뿐이었다. 태블릿을 난폭하게 되밀치자 그는 화면을 몇 번 터치하고 다시 내밀었다.

"이번에는 어떤가요?"

다음 순간, 너무나 놀라서 목소리도 나오지 않았다. 무슨 일이 일어난 건지 알 수 없었고, 태블릿을 든 손이 덜덜 떨렸다.

'마그마가 지표로 분출한 것을 용암, 지하로 들어가 식어서 굳

어진 것을 관입암체라고 한다. 관입암체에는 몇 가지 종류가 있는데……'

읽을 수 있다. 읽을 수 있어. 물론 줄은 일그러지고, 글자도 커지거나 작아지거나 한다. 하지만 시선을 집중하기만 하면 문장을 제대로 쫓아갈 수 있었다.

"……이게 뭐예요……." 목을 쥐어짜서 가까스로 말했다.

"읽을 수 있죠?"

화면에 시선을 고정한 채 두 번 끄덕였다.

"그런데, 어떻게……. 이봐요, 뭘 어떻게 한 거예요?"

후지타케는 태연하게 대답했다. "글자를 조금 크게 하고 행간도 넓혔습니다만 가장 큰 포인트는 폰트를 바꾼 겁니다. 먼저 건 일반적인 교과서체이고, 지금 보여준 건 조금 특수한 폰트지요. 한자의 **삐침**이나 **길고 짧음**도 포함해서 선의 굵기가 균일하고, 탁점일본어의 탁음을 나타내는 부호도 조금 큼지막하게 했어요. 손글씨에 가까워서 문자의 형태를 받아들이기 쉬워요. **난독증**을 위해 개발한 폰트입니다."

"난독증……."

처음 듣는 말이었다.

"읽고 쓰기에 어려움이 있는 학습장애를 말합니다. 난독증이 있는 사람은 소리와 문자를 연결해 뇌에서 처리하는 힘이 약하거나 문자의 형태를 제대로 인식할 수 없어서, 문장을 매끄럽게 읽을 수 없죠. 당연히 글씨를 쓰는 것도 힘들 수밖에 없습니다."

"내가 그거라는 건가요?"

"아마도요. 난독증이 있는 사람 중에는 특별한 폰트로 바꾸기만 해도 극적으로 읽을 수 있게 되는 사람이 있다고 하더군요."

그런 걸로. 그렇게 간단한 걸로······.

"이 학습장애의 존재는 최근까지 널리 알려지지 않았어요. 부모나 교사도 알아차리지 못하고, 본인도 그렇다는 걸 모르는 채 어른이 되는 경우가 많습니다. 가장 큰 이유는 대부분의 난독증은 문자 정보의 디코딩을 못할 뿐, 정보의 내용은 제대로 이해할 수 있기 때문이죠. 즉, 지능에는 아무런 문제가 없습니다."

"······멍청이가 아니란 거야, 나도?"

"멍청이가 아니라 오히려 총명한 사람이라고 생각해요. 아무리 연습해도 노래를 못하는 사람, 구기 종목을 못하는 사람이 있는 것처럼, 야나기다 군은 단지 읽고 쓰는 게······."

후지타케의 말이 귀를 스윽 빠져나갔다. 몸의 중심이 마비되는 듯한 분함과 억울함이 갈 곳을 잃고 몸속에서 거칠게 날뛰었다. 그 감정은 결국 입을 통해 밖으로 힘차게 튀어나왔다.

"불량품이잖아! 그 자식이 말한 것처럼, 난 역시 불량품인 거잖아!"

후지타케가 "야나기다 군" 하고 말한 것 같았다. 눈앞이 뿌예진 건 눈물 탓인가. 초등학교 3학년으로 돌아간 것인가, 나는.

떨리는 목소리가 멈추지 않았다. "하지만······ 난 멍청이가 아니야. 게으름을 피운 것도 아니야. 그런데 그놈들은 날 비웃었어. 하나로 똘똘 뭉쳐서 날 무시했어. 나는……."

나는 고개를 숙인 채 두 주먹을 꽉 쥔 채 오열했다.

☾

"어이, 청년! 정신 차려!"

벨트컨베이어의 아래쪽에 있는 파트타임 여성에게서 가시 박힌 목소리가 날아왔다.

"왜 또 멍때리는 거야? 아까부터 몇 번을 말해야 알겠어? 이쪽이 쫓아가지 못하잖아!"

"……아아."

나는 정신을 차리고 잇따라 흘러나오는 페트병 중에서 하나를 들고 뚜껑을 벗겼다. 뚜껑이나 라벨 붙은 것은 제거하고, 심하게 더러운 건 옆으로 빼낸다. 감용기로 압축 처리를 하기 전에 하는 선별 작업이다.

이 라인 작업에 투입된 지 벌써 일주일이 되었다. 업무 배치가 바뀐 이유는 물론 스포츠머리와의 주먹다짐이다. 그쪽의 잘못도 인정되어 해고는 피할 수 있었다. 공장 안에 있는 휴게실도 수집반과는 별도라서, 스포츠머리와 얼굴을 마주치는 일도 없었다.

그날 밤, 물리준비실에서 일방적으로 마구 소리친 다음, 후지타케의 얼굴도 보지 않고 그곳을 나왔다. 그 이후, 학교에는 한 번도 가지 않았다. 학교도 직장도 운전면허도, 이미 아무래도 상관없었다.

잃어버린 건 몇 년일까. 10년…… 아니, 더 긴가.

잃어버리지 않아도 되었던 세월이다. 부모님이 좀 더 진지하게 봐주었다면. 누구 한 사람이라도 교사가 알아차려주었다면. 그러면 평범하게 중학교 생활을 보내고, 평범하게 고등학교를 나와서 지금쯤 대학에 다니고 있을지도 모른다. 마음을 비우고 손을 움직이려고 해도 끊임없이 원망이 솟구치고, 억울해서 목이 터져라 소리를 지르고 싶었다.

분노의 화살은 후지타케에게도 향해졌다. 당첨된 복권인지 모르고 버린 사람에게, 실은 그것이 1등짜리 복권이었다고 일부러 가르쳐주는 것, 그 인간이 한 짓은 그것과 똑같다. 그런 짓을 하면 내가 좋아하리라고 생각한 걸까. 적극적인 사람이 될 수 있다고 생각한 걸까. 이렇게 괴로울 바에야 차라리 모르고 사는 게 나았다…….

점심시간에 밥도 먹지 않고 한쪽 구석에서 담배를 피우고 있을 때, 작업복 주머니에서 휴대폰이 몸을 떨었다. 또 후지타케다. 사흘쯤 전부터 점심시간과 밤 8시에 항상 전화를 걸어오지만, 줄곧 무시했다. 하지만 그는 누구보다 집념이 강한 인간이 아닌가. 그냥 내버려두면 앞으로도 매일 걸어올 것이다.

할 수 없이 통화 버튼을 누르고 다짜고짜 말했다. "시끄럽게 자꾸 뭐에요?"

"다행이에요. 타이밍이 좋았네요."

후지타케의 목소리는 기묘하리만큼 밝았다.

"뭐라고요?"

"오늘 4교시에 오지 않을래요? '지학기초'예요."

그의 말이 끝나기도 전에 토해내듯 말했다. "안 가요. 자퇴서도 쓰러 가지 않을 거고요. 다음 수업료를 안 내면 그냥 잘리잖아요? 그러면 되니까 이제 전화하지 마세요. 매일 귀찮아 죽겠다고요."

"그러지 말고 오세요. 오늘은 잠시 실험을 하려고 하거든요. 야나기다 군의 오랜 의문에 대답하는 실험입니다."

"엉? 이봐요, 그게 무슨 말이에요?"

그는 일방적으로 말했다. "한 가지 부탁할 게 있습니다. 올 때 담배를 가져오지 않겠습니까? 뭐, 항상 가지고 다니겠지만요. 그럼 기다릴게요."

그날 밤, 8시가 조금 지나서 교문 안으로 들어섰다.

4교시 수업에 출석하려는 건 아니다. 일을 마치고 휴대폰을 보니 타이밍이 좋다고 할까 나쁘다고 할까, 미우라가 남긴 음성메시지가 들어와 있었다.

지난 일주일 동안 몇 번이나 전화가 걸려왔지만 받지 않아서, 기다리다 지친 모양이다. '왜 생까는 거야? 오늘 밤, 학교로 쳐들어갈 테니까 기다리시라!'라고 익살스러운 말투로 녹음돼 있었다.

시끄러운 배기음은 들리지 않지만 일단 운동장을 들여다보았다. 그러자 지난번과 똑같은 곳에서 오토바이에 걸터앉은 미우라와 박대성이 후지타케와 마주하고 있었다. 어둠 속에서 가까이 다가가자 "뭐야?" 하고 미우라의 날카로운 목소리가 들렸다.

"당신, 역겨워. 그 얼굴과 안경이 역겹다고. 공부, 공부, 귀에 딱지가 앉을 것 같아. 의욕 같은 건 아무도 없는 이런 학교에서 공부는 무슨 공부야?"

"그 '아무도' 안에 나도 들어 있나요?"

"야간반 교사는 다들 임시로 하는 거잖아? 그 정도는 알고 있어. 애당초 교사가 우리한테 뭘 해줬단 거야? 엉?"

후지타케는 팔짱을 낀 채 입꼬리만을 올려서 말했다. "기다리고 있습니다. 우리 야간반 교사는 고등학교 생활을 한 번 포기한 사람들이, 그것을 되찾을 곳을 준비해놓고 기다리고 있죠. 나머지는 학생들에게 달렸습니다."

"멍청하긴, 그걸 어떻게 되찾는단 거야?" 미우라가 얼굴에 비웃음을 매달고, 3층 이외에 불이 꺼진 건물을 턱으로 가리키면서 덧붙였다. "이런 어두운 학교에서? 영감탱이나 왕따나 떨거지밖에 없는 고등학교에서 말이야?"

후지타케는 단호하게 말했다. "되찾을 수 있습니다. 이 학교에는 뭐든지 있어요. 교실도 있고, 교사도 있고, 반 친구도 있습니다. 여기는 되찾을 수 있다고 생각하는 사람들이 오는 곳이죠."

그 말을 들은 순간, 무심결에 걸음을 멈추었다. 되찾을 수 있을까, 정말로…….

그때 내 모습을 발견한 후지타케가 눈을 가늘게 뜨고 미소를 지으면서 말했다. "왔군요. 기다렸습니다."

나는 대답을 하지 않고 후지타케 옆으로 가서, 오토바이에 탄 두 사람을 똑바로 바라보며 말했다. "미안하지만 오늘은 그냥 가줘. 우리는 지금부터 실험을 할 거야."

미우라의 눈초리가 험악해졌다. "뭐! 갓 군까지 대체 왜 그래?"

뒤에 있던 박대성이 미우라를 말렸다. "됐어. 오늘은 그냥 가자."

미우라는 혀를 차고 후지타케를 한 번 노려보더니, 거칠게 오토바이를 출발시켰다.

떠나기 전에 박대성이 뒤를 돌아보고는 한국어로 "갓 군, 힘내!" 하고 말했다.

그 뒷모습을 바라보면서 후지타케가 물었다. "지금 뭐라고 한 건가요?"

"'힘내'라고 했을 거예요, 아마도."

미우라와 박대성 때문에 4교시의 '지학기초'는 10분 늦게 시작되었다.

교실에 간 건 일주일 만이었지만 내 지정석인 창가의 맨 뒷자리는 비어 있었다. 다들 쳐다보지 않았지만 옆자리의 마이만이 "어? 살아 있었네?" 하고 말을 걸었다.

후지타케는 높이 70~80센티미터쯤 되는 세로로 긴 골판지상자를 들고 와서 칠판 앞에 놓았다. 실험에 사용할 기구일까?

그는 교탁에 서더니, 오른손으로 안경을 살짝 올리고 교과서를 펼치며 말했다. "그럼 오늘부터 제3장 '대기와 해양'으로 들어가겠습니다. 140쪽이죠?"

맨 앞줄에 있는 장로가 몇 번이나 검지에 침을 묻히고 교과서를 넘겼다. 샤프펜슬 하나도 가져오지 않아서, 나는 책상에 팔꿈치를 세우고 주먹으로 턱을 괬다.

"대기 이야기를 하기 전에 한 가지 물어보겠습니다. 어린아이가 흔히 하는 질문입니다." 후지타케는 천장을 가리키면서 말했다. "하늘은 왜 파란가? 이 질문에 정확하게 대답할 수 있는 사람이 있습니까?"

깜짝 놀라서 몸을 일으키고 후지타케를 쳐다보았다. 오랜 의문이 어쩌고저쩌고했던 건 이것이었던가? 후지타케는 태연한 얼굴로 교실을 둘러보았다.

대답하는 사람은 당연히 한 명도 없었다.

뭐라도 말하고 싶었는지, 마마가 입을 열었다. "꼭 파랗다곤 할 수 없어요. 저녁놀은 빨갛잖아요."

"그렇죠. 실은 하늘이 파란 것도, 저녁놀이 빨간 것도, 구름이 하얀 것도 모두 같은 원리로 설명할 수 있습니다. 다만 그걸 이해하기 위해서는 고등학교 정도의 물리 지식이 필요하죠. 그래서 어린 아이가 물어보았을 때 정확하게 대답할 수 있는 사람은 의외로 많지 않습니다. 오늘은 간단한 실험을 하면서 그걸 설명하려고 합니다. 지금부터 이 교실에 작은 '푸른 하늘'을 만들겠습니다."

마마가 소리를 내고 웃으면서 말했다. "굉장해요! 푸른 하늘을 만들 수 있다니!"

후지타케는 칠판 앞에 놓아둔 기다란 골판지상자의 위쪽을 열고, 안에 팔을 집어넣었다. 스위치를 켰는지, 열린 입구를 통해 하얀빛이 위쪽으로 솟아나왔다.

"상자 안에 있는 건 강력한 스포트라이트입니다. 교실을 어둡게 하고 싶으니까 휴대폰은 잠시만 보지 말아주십시오."

후지타케는 그렇게 말하고 교실의 조명을 전부 껐다. 스포트라이트의 하얀빛만이 칠판 끝을 지나서 천장을 비추었다.

"이 라이트를 태양이라고 생각해주십시오. 태양 빛은 백색광이지만 프리즘을 통하면 빨강, 주황, 노랑, 초록, 파랑 등 연속적으로 색깔이 나뉘어 보인다는 걸 알고 있나요?"

"무지개의 일곱 색깔 말이지요?" 장로가 그쯤이야 상식이라는 식으로 말했다.

"그렇습니다. 태양광에는 여러 파장의 빛이 들어 있어서, 파장에 따라 색이 다르죠. 파장이 짧은 게 파란색이고 긴 게 빨간색이며, 모두 섞여 있으면 하얀빛이 됩니다. 일단 그것만 기억해두십시오. 그러면……." 후지타케가 고개를 길게 빼고 뒤쪽 자리를 둘러보며 말했다. "누구 담배 피우는 사람…… 아아, 야나기다 군, 담배 가지고 있지요? 잠깐 앞으로 나와서 도와주시겠어요?"

뭐야, 이 자식. 연기가 너무 부자연스럽잖아.

나는 한숨을 쉬고 자리에서 일어나 어쩔 수 없이 교단까지 갔다. 말없이 담뱃갑째 내밀자 라이터도 달라고 했다. 교실의 모든 사람이 의아한 얼굴로 지켜보는 가운데, 후지타케는 태연하게 담배를 세 개비 빼내서 한꺼번에 불을 붙였다.

"저기요, 이래도 돼요?" 나는 깜짝 놀라서 말했다.

"괜찮아요. 화재경보기는 꺼두었으니까요."

그런 문제가 아니라고 말하려고 했지만 그는 성큼성큼 스포트라이트로 다가가서 바로 위에 담배를 올렸다. 빛의 띠 안에서 연기가 피어올랐다.

"어떤가요? 연기가 파랗게 보이지 않습니까?"

"정말이다. 연기가 파래졌어!" 마마가 감탄하며 소리를 질렀다.

듣고 보니 빛이 닿은 부분이 푸르스름하게 보였다. 연기가 희미한 부분은 특히 그렇다.

"태양광이 대기 속에서 공기의 분자 같은 미립자에 부딪히면 사방팔방으로 흩어집니다. 레일리산란이라는 현상이죠. 그때 파장이 짧은 빛은 공기 분자에 부딪히기 쉽고, 파장이 긴 빛은 빠져나가기 쉽죠. 즉, 태양광 중에 파장이 짧은 파란빛이 가장 강하게 흩어져 하늘 전체로 퍼져서, 태양에 등을 돌리고 있어도 우리 눈으로 뛰어 들어오게 됩니다. 그게 하늘이 파랗게 보이는 이유죠. 담배 연기의 입자도 레일리산란을 일으킬 정도로 작습니다. 그래서 하얀빛이 닿으면 파란색이 더 강하게 흩어져서 보이는 거죠."

그는 잠시 말을 끊고, 불붙인 담배 중에서 하나를 들어 입에 물었다. 연기를 깊이 빨아들이는가 싶더니 곧바로 심하게 컥컥거렸다.

"익숙하지 않은 짓을 하면 안 돼요." 장로가 타이르듯 말했다.

그는 기침을 하면서 다른 한 개비를 내 쪽으로 내밀었다. "역시 안 되겠군요. 야나기다 군, 미안하지만 연기를 잠시 폐에 모아주시겠습니까? 가능하면 1분간."

"1분이요?"

나는 미간에 주름을 잡고 담배를 받았다. 후지타케가 무슨 일을 하려는지는 짐작도 할 수 없었다. 어쨌든 담배를 입에 물고 여느 때처럼 빨아서 도중에 숨을 멈추었다. 1분을 기다리는 건 생각보다 힘들었다. 괴롭다고 눈으로 호소했지만 그는 손목시계만 바라보았다. 얼마나 지났을까, 그가 겨우 손목시계에서 얼굴을 들었다.

"이제 빛이 닿는 곳에 연기를 토해내세요. 천천히, 살며시."

나는 입술을 모으고 천천히 연기를 토해냈다.

"이번에는 연기가 새하얗죠? 꼭 구름 같지 않나요?" 후지타케가 연기를 가리키며 말했다.

조금 전의 연기와는 확실히 달랐다. 담배를 몇 년이나 피웠는데도 알아차리지 못했다.

"연기의 입자가 야나기다 군의 폐 안에서 수증기를 머금어 팽창한 겁니다. 입자가 어느 정도 커지면 모든 파장의 빛을 같은 정도로 흩어뜨리죠. 그래서 나오는 빛이 하얘집니다. 미 산란이라는 현상이죠. 구름을 구성하는 물방울이나 얼음 결정은 입자가 커서 미 산란을 일으킵니다. 그게 구름이 하얗게 보이는 이유예요."

4교시가 끝나자마자 담배를 피우러 중정으로 나왔다.

먼저 온 4학년이 한 대 피우고 사라지자 나 혼자 남았다. 벽에 기대어 주저앉은 채, 학교 건물 사이로 보이는 밤하늘을 올려다보았다. 별이 두 개 빛나고 있었다.

일반 고등학교에 가고 싶었다. 진짜 푸른 하늘이 있는 고등학교에.

한 모금 빨아들인 연기를 한숨과 함께 토해냈다. 그것은 역시 구름처럼 하얬다.

어둠 속에서 소리도 없이 후지타케가 나타나더니, 옆으로 다가와서 말했다. "담배는 다음에 사서 줄게요."

"아니에요. 그 정도는……."

"일반 고등학교에서는 하기 힘든 실험이었죠."

"그렇겠죠." 나는 담뱃재를 땅에 털고, 입술 끝을 일그러뜨리며 말했다. "하지만 그게 무슨 '푸른 하늘'이에요? 너무 궁상맞잖아요."

"하늘이 푸른 이유를 조금은 알았나요?"

"별로요."

"뭐, 자동적으로는 알 수 없으니까요." 후지타케는 내 쪽으로 얼굴을 돌리지 않고 말했다. "야나기다 군은 학교를 그만둬서는 안 돼요. 지금부터 시작입니다."

그 말에 대답하지 않고, 나는 다시 담배를 한 모금 피웠다.

"아까 미우라한테 '이 학교에는 뭐든지 있다'고 말했죠?"

"말했어요. 교실과 도서관, 체육관 등 사용할 수 있는 시설은 주간반과 똑같습니다. 축제나 체육대회, 동아리 활동도 있죠."

"하지만 말이에요……."

푸른 하늘은 없어요.

나는 그렇게 말하는 대신에 시선을 위로 향했다. 담배 끝에서 피어오르는 연기가 옆에 있는 외등의 빛을 받고 살짝 푸르스름하게 보였다.

"내가 하고 싶은 동아리는 없어요."

후지타케가 진지한 얼굴로 맞장구를 쳤다. "나도 그래요. 그래서 만들려고요, 과학부를."

"과학부?" 나는 노골적으로 얼굴을 찡그리며 말했다. "으아, 따분한 동아리!"

"같이하지 않을래요?"

"농담은 그만둬요." 나는 코웃음을 치면서 대답했다.

안경 안쪽에 있는 후지타케의 눈이 반짝 빛났다. "알고 있나요? 화성의 저녁놀은 파란색이에요."

"윽, 진짜요?" 무심결에 반응하고 말았다.

후지타케가 막힘없이 이유를 설명하기 시작했다. 절반도 알아듣지 못하는 설명을 듣는 사이에, 담배는 어느새 필터 부분까지 전부 타버렸다.

2장

구름과
화산의 레시피

역시 너무 늦었을지도 모른다. 그렇지 않아도 좋지 않은 머리는 수십 년이나 방치하는 사이에 말린 생선처럼 단단해져서, 아무것도 흡수할 수 없게 된 것이리라.

오늘도 서둘러 저녁 장사의 재료 손질을 마치고 가게를 나왔다.

주방의 남편에게는 언제나처럼 "다녀올게" 하고 밝은 얼굴로 손을 흔들고 나왔지만, 거리를 걷기 시작한 순간 얼굴의 미소가 시들었다. 어두운 얼굴은 어울리지 않는다. 그건 알고 있지만 남편이 흔쾌히 보내주는 것이 날이 갈수록 더 괴롭다.

교과서가 들어 있는 토트백을 통통한 어깨에 고쳐 메고, 아직 사람으로 북적거리기 전의 오쿠보거리를 동쪽으로 향했다. 도립 히가시신주쿠고등학교까지는 걸어서 15분쯤 걸린다.

서쪽으로 기울어진 태양이 뒤쪽에서 내리쪼이며 티셔츠의 등을 땀으로 물들였다. 6월이 되려면 아직 며칠 남았는데도 벌써 한여름 날씨가 되었다고 아까 뉴스에서 들었다. 간판을 내놓던 한국 음식점 주인이 "안젤라 씨, 어디 가? 갑자기 날씨가 더워졌지?" 하고 말을 걸어서, 황급히 미소로 대꾸했다.

남편과 둘이 꾸려나가는 필리핀 음식점 '재스민'은 올해로 개업한 지 12년째이다. 가게의 교체가 격심한 신오쿠보에서는 오래된 축에 속한다. 재일 필리핀인을 중심으로 자주 오는 단골손님도 많이 늘었다.

히가시신주쿠고등학교 야간반에 들어가고 싶다고 말했을 때, 남편은 두말하지도 않고 찬성해주었다. 남편도 나와 같은 일본과 필리핀의 혼혈이지만 상업고등학교를 나왔다. 아내가 마음속으로 고등학교를 동경하고 있다는 건 예전부터 눈치챘으리라. 하지만 현실적으로 볼 때, 남편 혼자서 밤 장사를 할 수 있을까 따져보니, 쉽지 않은 일이라는 건 금방 알 수 있었다. 아르바이트생을 쓰면 된다고 남편은 말했지만 쓸데없는 경제적 부담을 주면서까지 학교에 다니고 싶지는 않았다.

"좋아, 그렇다면!" 하고 두 팔을 걷어붙이며 도와주겠다고 나선 사람이 영양사 전문학교에 다니는 딸이었다. "40세의 여고생, 멋있잖아!" 하고 엄마의 도전을 기뻐하며, 매일 밤 가게에 나와서 도와주고 있다. 입학한 후에는 남편과 머리를 맞대고 조리를 효율화할 수 있는 재료 준비를 생각해낸 덕분에, 지난 1년간 큰 문제없이 가게가 돌아가고 있다. 그런 가족에게, 이제 와서 무너질 것 같다는 말은 도저히 할 수 없었다.

1학년 때는 그럭저럭 버틸 수 있었다. 그렇다기보다 반 전체가 공부를 할 수 있는 환경이 아니었다. 수업 도중에도 태연히 교실을 돌아다니거나 떠드는 학생이 많아서 수업을 할 수 없는 일이 잦았다. 어느 교사가 포기하는 얼굴로 말했는데, 야간반의 1년차는 매년 혼란 속에서 끝난다고 한다.

그런 방해꾼이 한 명, 두 명 학교를 그만두면서, 2학년이 될 무렵에는 반이 안정되었다. 수업이 어느 정도 안정되자 나는 오히려 조바심에 휩싸이기 시작했다. 공부를 따라갈 수 없어서였다. 일본어나 사회도 힘들지만, 수학이나 과학은 완전히 두 손 들어야 했다. 지금 무엇을 배우고 있는지조차 알 수 없는 것이다.

이과 과목을 담당하는 담임인 후지타케는 "자동적으로는 알 수 없다" 하는 말이 입버릇이었다. 아무튼 손을 움직여서 식이나 도표를 그리라는 것이다. 하지만 문제의 방정식을 노트에 옮겨 적어도, 그다음에는 연필이 움직이지 않는다. 종이와 연필을 사용해서 생각하는 습관이 없는 것이다.

역시 불가능한 일이었을지도 모른다. 중학교는커녕 초등학교도 절반밖에 다니지 않은 내가 고등학교라니.

메이지거리와의 교차로에서 신호를 기다리며 몇 번째 한숨을 내쉬었을 때, 옆에서 말을 거는 사람이 있었다.

"안젤라 씨, 지금 가세요?"

동급생인 이케모토 마리가 평소처럼 애교 있는 미소를 지었다. 까무잡잡한 이마에는 구슬 같은 땀방울이 맺혀 있었다.

"어머나, 마리. 좋은 아침이야."

야간반 사람들은 저녁에 만나도 '좋은 아침'이라고 인사를 한다. 나는 눈을 크게 뜨고 말했다. "땀이 장난 아니야. 무슨 일 있어?"

"오늘부터 이케부쿠로 호텔에서 일하거든요."

"아아, 신주쿠에서 옮긴다고 했었지?"

"네, 거기서 걸어왔어요."

"뭐? 이케부쿠로에서? 꽤 멀지 않아?"

"열심히 걸으면 30분 만에 올 수 있어요. 전철비도 아깝고요."

마리는 중학교를 졸업하고 곧장 야간반에 들어와서 아직 열여섯 살이지만, 낮에는 호텔이나 병원을 청소해주는 청소회사에서 일하고 있다. 호텔의 객실 담당이 된 덕분에 베드 메이킹 침대의 시트커버, 베개 따위를 정리하는 일을 할 수 있게 되었다고 좋아했다.

마리도 엄마가 필리핀 사람이고, 아빠가 일본인인 혼혈이다. 부모님은 마리가 어렸을 때 이혼하고, 그 후로는 엄마와 초등학생 여동생과 셋이 산다. 최근 몇 년간 엄마의 건강이 좋지 않아서, 지금은 마리가 생계를 책임지고 있다고 한다. 체력적으로도 편한 일이 아닐 텐데, 매일 빠지지 않고 학교에 와서 열심히 수업을 듣고 있다. 감탄사가 절로 나올 만큼 기특한 아이다.

마리와 같이 교실로 들어가니, 1교시까지 5분도 안 남았는데 아직 두 명밖에 오지 않았다. 한 명은 교탁의 바로 앞에 앉아 있는 나가미네다. 정확한 나이는 들은 적이 없지만, 아마 70대가 아닐까.

가장 연장자이기도 해서 몇몇 학생은 뒤에서 '장로'라고 부른다.

이렇게 말하는 나도 '마마'라는 별명을 가지고 있다. 필리핀 술집의 마마가 아니냐고 누군가가 말한 다음부터다. 사실 젊었을 때는 호스티스 생활도 했고, 한때 지인의 술집을 맡아서 운영한 적도 있어서, 생뚱맞은 별명은 아니다. 지금 운영하는 '재스민'에서의 역할도 활기차고 수다스러운 가게의 '마마'다.

그것은 타고난 성격으로, 교실에 있을 때도 마찬가지다. 쉬는 시간은 물론이고 수업 중에도 분위기를 떠들썩하게 만들고 싶어진다. 의무감이 아니라 그렇게 하는 게 견딜 수 없이 즐겁다. 신나게 수다 떠는 동안은 학력 콤플렉스를 잊을 수 있다.

언제나 그렇듯이 나는 나가미네의 옆자리, 마리는 복도 쪽의 앞에서 두 번째 자리에 앉았다. 1교시 사회과 교과서를 꺼내고 있을 때, 앞의 출입구에서 주간반 교복을 입은 여학생 두 명이 들어왔다. 한 명은 기다란 검은 머리, 또 한 명은 갈색 머리로, 둘 다 치마 길이가 짧았다.

주간반과 야간반 학생 사이에는 기본적으로 교류가 없고, 교실에서 얼굴을 마주치는 일도 거의 없다. 무슨 일일까, 하면서 지켜보고 있자 두 사람은 성큼성큼 마리 자리로 다가갔다.

"있잖아." 검은 머리 여학생이 마리를 내려다보고 까칠한 목소리로 물었다. "너, 어제도 이 자리에 앉았어?"

"그런데요……." 마리는 커다란 눈을 깜빡이며 대답했다.

"어제 책상 안에 필통 있었지?" 검은 머리가 단정적으로 말했다.

갈색 머리도 옆에서 거들며 말했다. "새 필통이야. 핑크색 가죽으로 된 거."

브랜드 이름 같은 걸 말했지만 알아들을 수 없었다.

"네? 난 못 봤어요."

"어제 여기다 놓고 갔는데 오늘 아침에 오니까 없더라고. 네가 왔을 때는 없었다는 거야?"

"그건 몰라요. 책상 안을 확인하지는 않으니까……."

"하지만 이 책상을 사용하는 건 나 말고 너밖에 없잖아."

마리가 훔쳤다는 식으로 말하는 걸 듣고 더는 참을 수 없었다.

나는 내 자리에 앉은 채 타이르듯 말했다. "그런 식으로 말하는 건 좋지 않아."

검은 머리가 돌아보더니, 나를 위아래로 훑어보고 경멸하듯 말했다. "당신하곤 상관없는 일이에요. 난 이 애랑 말하고 있어요."

"난 정말 몰라요." 마리가 세차게 머리를 옆으로 흔들었다.

검은 머리가 다시 무슨 말인가 하려고 했을 때, 뒤쪽 출입구에서 네다섯 명이 우르르 들어왔다. 그들의 호기심 어린 시선이 교복 차림의 두 사람에게 쏠렸다. 검은 머리는 마리를 말없이 노려보더니 갈색 머리에게 눈짓을 하고 교실에서 나갔다.

두 사람의 모습이 사라지기를 기다렸다가 마리한테 말을 걸었다. "쟤네들, 왜 저래? 느낌이 안 좋아."

"그러게요. 깜짝 놀랐어요. 저를 도둑 취급 하다니."

"또 그 녀석 짓 아니야?" 나가미네가 턱으로 뒤쪽 자리를 가리키면서 덧붙였다. "금발에다 귀에 짤랑짤랑 매단 녀석."

"야나기다요?"

"예전에도 있었잖아. 주간반 학생이 놓고 간 필기구를 무단으로 사용해서 문제가 된 적이."

그제야 생각이 났다. 누구 것인지도 모르는 필기구를 책상 안에서 멋대로 꺼내, 심심풀이로 샤프펜슬 끝으로 지우개를 찔러서 구멍투성이로 만든 것이다. 다음 날 필기구 주인인 남학생이 교실로 들이닥쳐서 야나기다 다케토에게 다그쳤다. 마침 교사가 와서 말렸기에 다행이지, 그렇지 않았다면 주먹다짐이 벌어졌으리라.

작업복 차림의 다케토가 뒤쪽 출입구에서 나타난 것과 동시에 사회과 교사가 들어와서 수업이 시작되었다.

4교시가 끝난 후, 돌아갈 채비를 하고 물리준비실로 향했다.

후지타케가 부른 것이다. 이유는 알고 있다. 중간고사 결과가 처참했기 때문이다. '수학I'도 '물리기초'도 동그라미는 하나밖에 없었다. 이런저런 상담을 해주고 있는, 일본에 온 지 얼마 되지 않은 외국 국적의 학생들보다 점수가 나쁘다. 나 자신이 한심해서 견딜 수 없었다.

물리준비실 문은 열려 있었다. 어두운 복도로 불빛이 새어 나오고, 동시에 코끝을 스치는 따뜻한 냄새는…… 된장국인가?

가까이 다가가자 안에서 말소리가 들렸다. 안을 들여다보니 실험대 앞에 후지타케와 다케토가 서 있었다. 비커에 든 옅은 갈색 액체를 바라보고 있다.

다케토가 소리를 질렀다. "아, 올라왔다! 오오! 이번 건 꽤 그럴듯했어요."

"모루구름이 퍼져나가는 느낌도 리얼했죠?" 후지타케도 팔짱을 끼고 만족스러운 미소를 지었다.

나는 노크를 하고, "지금, 뭐하는 거예요?" 하고 물으면서 두 사람 옆으로 다가갔다.

후지타케가 말했다. "된장국으로 적란운을 만드는 실험입니다."

"역시 이건 된장국 냄새였군요."

작은 핫플레이트 위에 비커가 놓여 있었다. 투명한 용기에서 된장국이 데워지는 모습을 보는 건 처음이었다. 이리저리 움직이는 된장이 점점 바닥으로 가라앉는 모습을 보면서 다시 물었다.

"그런데, 적란운이라는 게 뭐예요?"

후지타케를 대신하여 다케토가 대답했다. "잘 봐요."

된장국의 짙은 부분이 비커 바닥에서 3분의 1 주변까지 쌓이고, 위의 맑은 부분과 분리되어 있었다. 그대로 잠시 기다리고 있자 갑자기 된장이 밑에서 부글부글 솟구치며 액체의 윗면에서 옆으로 퍼져나갔다.

"정말이다! 꼭 소나기구름 같아요."

비커 안에서 빙글빙글 돌던 된장은 다시 천천히 밑으로 가라앉았다.

후지타케가 손짓을 섞어가며 설명했다. "액체와 기체를 밑에서 데우고 위쪽을 식히면 대류 현상이 일어나지요. 데워진 부분은 밀도가 작아져서 상승하고, 위쪽에서 식으면 다시 내려갑니다. 물질 자체가 위아래로 빙글빙글 돌아서 열을 운반하는 거죠."

"구름이 생기는 것도, 대기가 대류하기 때문이래요." 다케토가 어린애처럼 신기한 눈길로 비커를 쳐다보며 말했다.

"야나기다 군, 이런 데 관심이 있었구나. 솔직히 너무 의외야."

"오, 또 왔다!" 다케토는 대답하는 대신에 흥분한 목소리로 말했다. "아! 이번에는 별로였어요."

후지타케가 안경에 손을 대며 말했다. "된장국 표면에 샐러드유를 띄워놓았거든요. 그러면 표면의 증기로 냉각이 억제되는 일도 있어서, 대류가 간헐적으로 일어납니다."

"네에……."

솔직히 말해 무슨 말을 하고 있는지 이해할 수 없었다.

후지타케가 말을 이었다. "우리는 대류 세계에 살고 있습니다. 지구의 다이내믹한 현상은 깊이 파고들면 모두 대류로 인한 열의 이동 때문이죠. 구름도 비도 바람도 해류도, 지진도 화산도."

"네? 지진도 화산도?"

"네. 1학년 때 수업에서 했는데, 지진이나 화산이 생기는 건 플레이트 운동 때문입니다. 플레이트가 왜 움직이는가 하면 그 밑의 맨틀이 천천히 대류하기 때문이고요. 지구가 안에 있는 열을 밖으로 토해내려고 하는 작용이죠."

"아아……."

배운 것 같기도 하지만 잘 기억나지 않는다. 맨틀이 어떤 것이었는지도 잊어버렸다.

후지타케는 핫플레이트에서 비커를 내리고 작은 프라이팬을 올렸다. 그 안에도 된장국이 조금 들어 있었다. 그것을 스푼으로 잘 휘저어서 내버려둔다. 잠시 지나자 된장이 뭉게뭉게 솟아오르며 얼룩덜룩한 문양이 생기기 시작했다. 된장국 색깔이 짙은 곳이 다각형이나 덩어리를 이루며 무수히 태어나고, 각각의 가장자리를 에워싸는 투명한 부분이 그물코 모양의 패턴을 만들었다.

비슷한 문양은 식사할 때도 보는 일이 있지만, 지금은 미역 같은 재료가 떠오르지 않고 국그릇보다 면적이 넓어서 문양을 확실히 알 수 있었다.

"이 다각형이나 덩어리 하나하나에서 대류가 일어나고 있습니다. 자세히 보면 한가운데에서 된장 입자가 상승하고, 가장자리의 투명한 부분에서 액체가 하강하고 있다는 걸 알 수 있죠. 세포처럼 나란히 있어서 대류셀이라고 합니다."

후지타케는 태블릿을 들고 구름의 사진을 불러냈다. TV의 일기

예보에서 자주 볼 수 있는 위성 영상이다.

그는 작은 덩어리 모양의 구름에서 거의 빈틈없이 메워진 부분을 가리키며 말했다. "이것 보세요. 된장국 모양과 똑같죠? 이건 층적운이라는 구름인데, 대류셀의 상승에서 태어납니다."

재미가 없는 건 아니었지만 나는 다른 것이 더 마음에 걸렸다.

"그런데 왜 된장국이에요? 선생님, 항상 여기서 저녁 드세요?"

"아닙니다. 이건 '키친 지구과학'의 실험입니다."

"키친 지구과학? 그게 뭐예요?"

다케토가 옆에서 말했다. "이름 그대로 부엌에서 할 수 있는 지구과학이에요."

후지타케가 고개를 끄덕이며 설명을 덧붙였다. "식재료나 조리 기구처럼 주변에 있는 걸 이용해서 지구나 행성에서 일어나는 현상을 이해하려는 시도죠. 다음에 우리 수업에서도 해볼 겁니다."

"된장국 말고는 어떤 실험이 있어요?"

"물엿을 사용한 지진 발생 모델 실험도 있고, 얼레짓가루로 용암 모양을 재현하는 실험도 있습니다. 식재료 중에서는 밀가루와 설탕, 샐러드유, 코코아파우더, 핫케이크 믹스 같은 것을 자주 사용하죠."

"맛있는 걸 만들 수 있을 것 같아요. 선생님은 요리를 잘하세요?"

후지타케가 쓴웃음을 지으며 말했다. "아뇨, 질척질척한 볶음밥이 고작이에요. 하지만 요리 솜씨와는 관계가 없습니다. 아이디어와 연구가 전부죠."

"그렇군요. 그런 식재료라면 우리 가게에 얼마든지 있으니까 필요한 게 있으면 말씀하세요."

"가게는 바쁜가요?"

"네, 덕분에요."

후지타케는 다케토에게 잠시 자리를 비켜달라고 말하고, 내게 의자를 권했다.

오늘도 무거운 발걸음으로 학교로 이어지는 완만한 언덕을 올라갔다.

어젯밤에 후지타케가 부른 이유는 역시 성적 때문이지만, 야단을 친 건 아니었다. "낙제해도 어쩔 수 없죠" 하고 억지로 미소를 짓자, 시험 점수만으로 진급이 정해지는 건 아니라고 격려해주었다. 공부 방법도 조언해주었다.

"고시카와 씨는 경험에 근거한 지식을 가지고 있습니다. 그게 조금 단편적이고, 체계적이지 않을 뿐이죠."

우선 가장 큰 문제인 한자를 어떻게든 익힌다. 국어만이 아니라 사회나 과학 교과서를 편히 읽을 수 있게 되면, 그 지식이 서로 이어져서 단숨에 이해의 폭이 넓어질 것이다, 하고 말하면서. 수학은 방정식이나 변수라는 개념에 익숙해지기 위해, 중학교 1학년용 얇은 문제집을 반복해서 풀어보라고 권해주었다.

고개를 끄덕이면서 들었지만 포기란 말이 가슴의 밑바닥에 떡하니 자리 잡고 있었다. 실은 작년부터 계속 한자 공부를 하고 있지만, 나이 탓인지 좀처럼 외워지지 않는다. 수학 문제집만 해도 1페이지에서 넘어가지 못하고 내던지는 내 모습이 눈에 선하다.

역시 너무 늦었을지도 모른다. 그렇지 않아도 좋지 않은 머리는 수십 년이나 방치하는 사이에 말린 생선처럼 단단해져서, 아무것도 흡수할 수 없게 된 것이리라. 테니스 라켓 가방을 들고 즐겁게 하교하는 주간반 학생들과 지나치자 나도 모르게 한숨이 나왔다.

교실에 도착한 건 1교시 '물리기초'가 시작되기 직전이었다.

마음을 가다듬고 "안녕!" 하고 밝은 목소리로 인사하며 들어가자, 어딘지 모르게 평소와 공기가 달랐다. 창가에 모여서 소곤소곤 말하던 한 학생이 심각한 얼굴로 칠판을 가리켰다.

'야간반은 범죄자 집단, 도둑은 죽어라.'

빨간색 분필로 칠판 가득히 쓰여 있었다. 나는 숨을 들이마시고 마리의 모습을 찾았다. 마리는 평소의 자리에 앉아서 고개를 숙이고 책상을 노려보고 있었다.

그때 교실 뒤쪽에서 화난 목소리가 들렸다. "이게 뭐야!"

마이와 함께 교실에 들어온 다케토가 도깨비 같은 형상으로 칠판을 노려보고 있었다.

"누가 이랬어! 주간반 애송이야?"

마이는 루이비통 핸드백을 자기 책상 위에 내려놓더니, 분노가 치민 얼굴로 또각또각 하이힐 소리를 울리며 칠판으로 걸어갔다. 화려한 네일아트의 오른손으로 지우개를 들고, 말없이 끝에서부터 글자를 지워나갔다.

문득 시선을 돌리자 앞쪽 출입문에 후지타케가 서 있었다. 그는 마이가 전부 다 지울 때까지 기다렸다가 아무것도 보지 못한 얼굴로 교단에 섰다. 학생들도 제각기 자리에 앉았다.

"그럼⋯⋯."

후지타케가 안경을 치켜올리고 교과서를 펼치려고 했을 때, 내 옆자리의 나가미네가 목소리를 높였다.

"선생님은 할 말이 없습니까?"

"낙서라면, 주간반 선생님께 말씀드리겠습니다."

"요전의 필통 건과 관계가 있는 것 같습니다."

그 말에 후지타케는 대꾸하지 않았다.

그러자 맨 뒷줄에 있던 다케토가 목소리를 높였다. "필통 건이라니, 그게 뭔데요?"

사정을 모르는 다른 학생들도 진지한 얼굴로 담임을 쳐다보았다. 평소에 뿔뿔이 흩어졌던 반이 분노를 통해 하나가 되고 있었다. 단지 마리만이 슬픈 표정을 지을 따름이었다.

후지타케는 작게 한숨을 쉬고 교과서를 교탁에 놓았다. "이 교실을 사용하는 주간반 학생이 여기서 필통을 잃어버렸다고 합니다. 그 일에 짐작 가는 사람이 있으면 말씀해주십시오. 하지만 그 일과 조금 전의 낙서가 관계가 있는지는 아직 모릅니다."

나가미네가 고개를 돌리고 다케토를 향해서 말했다. "자네는 아는 거 없나?"

다케토가 안색을 바꾸며 험악한 목소리로 되물었다. "어엉? 하고 싶은 말이 뭐야?"

"남의 물건을 멋대로 사용했다는 점에서 자네한테는 전과가 있으니까."

"지금 내가 훔쳐갔다는 거야?"

다케토가 의자를 걷어차고 벌떡 일어났다.

그러곤 무서운 기세로 나가미네한테 다가가며 말했다. "이 영감탱이, 웃기지 마."

나는 황급히 일어나 두 사람 사이로 들어가서 말렸다. "싸우면 안 돼요."

그 뒤쪽에서 마이도 맞장구를 쳤다. "그래요. 우리끼리 싸우는 건 이상하잖아요! 기왕에 싸울 거라면 낙서한 사람을 혼내줘요."

"안 돼, 안 돼." 나는 머리를 옆으로 흔들면서 말했다. "폭력을 쓰면 안 돼요. 폭력을 쓰면 진짜로 범죄자가 돼요."

다케토는 혀를 한 번 차더니, 부루퉁한 얼굴로 자리로 돌아갔다.

4교시가 끝나고, 집에 갈 채비를 하는 마리에게 말을 걸었다.

"우리 가게에 들렀다 가지 않을래?"

"고마워요, 그럴게요." 마리는 미소를 지으면서 대답했다.

마리의 집은 우리 가게에서 멀지 않아서, 수업이 끝나면 가끔 들렀다 가곤 한다. 카운터에서 칼라만시 주스를 한 잔 마시고 한 시간쯤 수다를 떨 뿐이지만, 기분 전환이 되는지 마리도 좋아한다.

토트백을 손에 든 순간, 불쑥 생각이 났다. "아 참! 지리 중간고사 시험지, 선생님한테 갖다드려야 해. 집에서 고쳐왔거든. 잠깐만 기다려줘."

교과서와 노트를 다시 읽고 정답을 써가면 10점을 올려주기로 되어 있었다. 안이한 조치이긴 하지만, 그렇게라도 하지 않으면 대부분의 학생이 낙제한다. 금방 끝날 줄 알았는데 교무실에서 국어 교사에게도 잡혀서 20분이나 걸렸다. 황급히 교실로 돌아오자 이미 불이 꺼지고 마리의 모습도 보이지 않았다. 교문에서 기다리고 있을지 모른다. 그대로 복도로 걸어가서 계단을 내려가려고 했을 때, 희미한 말소리가 들렸다. 목소리가 들리는 곳은 위층, 양쪽 모두 여자…… 한 사람은 마리였다.

층계참에서 올려다보니 야간반이 사용하지 않는 4층은 캄캄했다. 모습은 보이지 않았지만, 대화는 똑똑히 들렸다. 계단의 불빛을 받으며, 바로 왼쪽 복도에서 말하는 것 같았다.

"……이제 그만 솔직히 털어놓으시지. 우리 말고는 아무도 없으니까."

그 말을 들은 순간, 발길이 멈추었다. 상대는 그 검은 머리 학생이다.

"말했잖아. 난 필통 같은 건 몰라." 마리의 목소리도 날카로웠다.

살며시 계단의 맨 윗단까지 올라가서, 왼쪽 벽에 몸을 숨겼다. 얼굴을 내밀지 않아도, 복도 유리창에 비친 두 사람의 모습이 희미하게 보였다.

"그 필통, 대학생 남친이 사준 지 얼마 안 된 거거든." 검은 머리가 위압적인 태도로 말했다. "그런데 어떻게 잃어버렸다고 말해? 필통을 찾든지, 범인을 찾든지 해야 된다고."

마리도 지지 않고 단호하게 말했다. "그게 나하고 무슨 상관이야? 나도 한 가지 묻겠는데, 그 끔찍한 낙서는 네가 쓴 거야?"

"어떤 낙서?"

"야간반은 범죄자 집단⋯⋯이란 거."

"웃긴다!" 검은 머리가 손뼉을 치면서 덧붙였다. "하지만 위험한 불량배나 수상한 외국인도 있잖아? 너도 외국인이야?"

"일본인이야."

"낮에 일하고 있어?"

"그래서?"

"하지만 알바 같은 거지? 역시 생활보호 받아?"

"왜, 받으면 안 돼?" 마리의 목소리가 약간 떨렸다.

심하다. 너무 심하다. 내가 발을 움직이려고 했을 때, 마리가 강한 어조로 말했다.

"그렇게 의심스러우면 직접 조사해봐."

마리가 배낭을 내려서 검은 머리에게 내밀자 그녀가 배낭에 손을 넣어서 안을 더듬기 시작했다.

"벌써 인터넷에서 팔아치운 거 아니야? 거의 새것이었으니까 적어도 5,000엔은 받았을 거야."

"남의 물건을 훔칠 만큼 돈이 없진 않아. 필통 같은 건 나도 가지고 있고."

"필통을 가지고 있다고?"

검은 머리가 조롱하듯 말하면서 배낭에서 비닐 필통을 꺼냈다. 지퍼 끝에 포켓몬 열쇠고리가 매달려 있었다. 검은 머리는 마치 더러운 것이라도 만지듯 엄지와 검지로 필통을 집어서 마리의 눈앞에 내밀었다.

"이거, 100엔 숍에서 파는 싸구려잖아."

마리가 필통을 빼앗으려고 손을 내민 순간, 검은 머리가 손가락을 뗐다. 필통이 바닥에 툭 떨어졌다. 마리가 바닥에 무릎을 꿇고 천천히 필통을 주웠다.

"오늘은 이제 됐어."

검은 머리는 배낭까지 바닥에 내던지더니 혼자 발길을 돌렸.

더는 참을 수 없다. 나는 복도로 나가서 검은 머리 앞을 가로막왔다. 검은 머리가 흠칫 놀라더니 "뭐야?" 하고 걸음을 멈추었다. 그 뒤에서 천천히 일어서는 마리의 모습이 눈에 들어온 순간…… 내 얼굴에서 핏기가 사라졌다.

나는 순간적으로 검은 머리의 허리에 달려들어 그대로 넘어뜨렸다. 그러곤 비명을 지르는 검은 머리의 등을 온몸으로 뒤덮었다. 발버둥을 치면서 고래고래 소리를 지르는 검은 머리의 얼굴을 바닥에 힘껏 누르면서, 마리를 향해 고함을 질렀다.

"마리!"

마리가 정신을 차린 것처럼 눈을 크게 떴다.

"여긴 됐으니까 빨리 가! 빨리!"

"손목 염좌, 허리 타박상, 이마 찰과상. 전치 3주라고 합니다." 물리준비실의 안쪽 책상에서 후지타케가 말했다.

검은 머리의 이름은 구로다 레나. 2학년 2반이다. 오늘 낮에 레나와 부모가 진단서를 가지고 학교에 와서 그쪽 담임과 교장에게, 나한테 심한 폭행을 당했다고 말했다고 한다.

"죄송해요." 나는 머리를 들고 덧붙였다. "다음에 본인한테도 확실하게 사과할게요."

"사과를 받아들일 상태는 아닌 것 같습니다만."

"역시 그렇군요······. 화가 많이 났겠죠?"

후지타케는 팔짱을 낀 채, 몹시 난처한 얼굴로 코에서 숨을 내뿜었다. "우리는 아직 판단을 내리지 않았지만, 구로다 양은 고시카와 씨의 퇴학을 요구하고 있답니다. 학교에서 퇴학 처분을 내리거나 고시카와 씨가 자진해서 그만두게 하라고요. 그렇게 하지 않는다면 상해 사건으로 경찰에 고소하겠다고, 교장 선생님께 요구했다고 하더군요."

"······그래요. 퇴학이라."

처벌은 각오하고 있었지만 그래도 당황스러웠다. 하지만······. 그 비닐 필통을 옆에 두고 열심히 필기하는 마리의 모습이 떠올랐다. 내가 아무 말도 하지 않고 학교를 그만두면 마리는······.

나는 스스로에게 들려주듯이 말했다. "할 수 없네요. 제가 그렇게 만든 건 분명하니까요. 퇴학당해도 어쩔 수 없죠."

"멋대로 결론 내리지 마세요. 이런 일을 저질렀다고 해서 퇴학당하는 건 말도 안 됩니다. 애초에 난 이해가 되지 않아요." 후지타케가 날카로운 눈길로 말을 이었다. "도대체 무슨 일이 있었죠? 그 자리에는 이케모토 마리 양도 있었지요? 구로다 양은 예의 필통을 분실한 학생이고, 이케모토 양은 구로다 양과 같은 자리를 사용하고 있죠. 그게 원인인가요?"

"마리한테선 아무 얘기도 못 들으셨나요?"

마리는 오늘 학교에 오지 않았지만 만일을 위해 확인해두어야 한다.

"네, 아무 얘기도 못 들었어요. 휴대폰에 전화를 걸어도 받지 않고요."

"그 구로다라는 애가 계속 마리를 범인 취급했어요……." 나는 갈색 머리와 검은 머리가 교실에 찾아온 이후의 일을 순서대로 말했다. "그리고 어젯밤에도 마리를 4층 복도로 불러내서 심한 말을 했고요."

"어떤 말을 했죠?"

"외국인이냐는 둥 생활보호를 받느냐는 둥, 이런저런 말이요. 그 말을 듣고 제가 발끈해서."

"넘어뜨렸나요?" 후지타케는 고개를 갸웃거린 채 나를 똑바로 바라보며 말했다. "고시카와 씨답지 않은 행동이군요. 어제도 반 학생들 앞에서 폭력을 사용하면 안 된다고 말하지 않았나요?"

"그랬죠……. 부끄럽네요."

"고시카와 씨는 이케모토 양을 위해서 그렇게 했어요. 폭언을 한 구로다 양에게도 잘못이 없다곤 할 수 없고요. 그런데 그런 일로 자신이 퇴학을 당해도 괜찮다는 건가요?"

나는 위아래로 고개를 끄덕였다. "마리는 아무 잘못이 없어요. 모든 게 원만히 수습될 수만 있다면 제가 관두겠어요."

"고시카와 씨가, 관둔다고요?" 후지타케가 꿰뚫어 보듯 나를 물끄러미 쳐다보며 말했다.

"어차피 아무리 공부해도 하나도 모르겠어요. 졸업은커녕 3학년이 될 수 있을지도 모르겠고요. 그만두면 오히려 속이 후련할 거예요."

"하나도 후련하지 않아요, 나는."

그때 노크 소리도 없이 문이 벌컥 열리고 다케토가 들어왔다.

그는 편의점 비닐봉지를 들고 큰 소리로 말했다. "얼음 사 왔어요. 시작해요."

이쪽의 무거운 공기를 알아차리지 못하고 의욕이 넘치는 모습으로 실험대를 향하더니 비닐봉지에서 각얼음을 꺼냈다.

나는 눈을 동그랗게 뜨고 말했다. "시작하자니, 설마 술 파티를 하는 건 아니죠?"

다케토가 무슨 황당한 소리를 하느냐는 식으로 대답했다. "당연히 아니죠. 실험이에요, 실험."

후지타케는 어쩔 수 없다는 듯이 고개를 끄덕이더니, 이야기를 중단하고 다케토 옆으로 갔다.

"야나기다, 매일 밤 여기에 와?"

"매일 밤은 아니고 재미있을 만한 실험이 있을 때만이요. 뭐, 임시 가입 상태라고나 할까요?"

"응? 그게 무슨 말이야?"

다케토가 후지타케를 턱으로 가리키며 말했다. "이 선생님이 과학부를 만들고 싶대요. 나도 집에 가봤자 할 일이 없고요. 어떤 걸

하는지 궁금해서 그냥 같이 하고 있어요."

후지타케는 입을 다문 채 빙긋이 웃으면서 의외의 물건들을 실험대 위에 늘어놓았다. 전골냄비와 탁상 IH 인덕션…… 투명한 병에는 '물엿'이란 라벨이 붙어 있었다.

"오늘도 키친 **뭐라든가**군요. 무슨 실험이에요?"

후지타케를 대신해서 다케토가 대답했다. "벳코사탕설탕과 물과 물엿으로 만드는 사탕으로, 가정에서도 쉽게 만들 수 있다을 만드는 거예요."

"벳코사탕? 진짜로 그걸 만드는 건 아니지?"

후지타케의 지시에 따라서 다케토는 척척 순서를 진행했다.

일단 물엿을 전골냄비에 높이 몇 밀리미터 정도까지 넣은 뒤, 쿠킹 히터 위에 올려놓고 가열한다. 140도에서 끓여 1분쯤 지나면 거품이 가라앉고 끈기가 생긴다. 물엿이 황금색으로 변하자 후지타케가 "이제 됐습니다" 하고 말했다.

가열을 그만두고 쌀 식초를 작은술 하나 넣고 섞는다. 이대로 굳히면 벳코사탕이 완성된다. 식을 때까지 기다리는 사이에 다케토가 커다란 용기에 얼음물을 준비했다.

잠시 후, 후지타케가 스푼으로 벳코사탕의 표면을 가볍게 두드렸다. 메마른 소리가 났지만 아직 안까지 굳지는 않았을 것이다. 그 상태에서 후지타케는 "됐어요, 얼음물에 넣어요" 하고 지시했다. 다케토가 전골냄비를 두 손으로 들어서 재빨리 커다란 용기에 넣었다.

"뭐야, 뭐야? 무슨 일이 일어나는 거야?"

"지진이에요." 다케토가 대답했다.

"지진? 말도 안 돼!"

"쉿!"

다케토가 입술 앞에 손가락을 세웠다. 잠시 귀를 기울이고 있자 전골냄비에 있는 벳코사탕에서 타닥타닥 희미한 소리가 들렸다. 소리가 점점 커지더니 이윽고 찌지직 하는 소리와 함께 가장자리에 작은 금이 생겼다.

"아, 시작됐다!" 다케토가 흥분해서 소리쳤다.

찌지직, 찌지직 하는 간헐적인 소리와 함께 새로운 균열이 잇따라 생겨났다. 직선이 아니라 원형으로 갇힌 균열이다.

후지타케가 설명해주었다. "지진은 지각의 파괴 현상입니다. 단단한 물질에 힘이 가해지면 형태를 약간 바꾸면서 그 힘에 저항하려고 하지만, 힘이 크면 어딘가에서 한계를 맞이해 파괴가 일어나죠. 그와 마찬가지로 굳어가던 벳코사탕을 급랭하면 열 수축으로 인해 벳코사탕 내부에 힘이 가해지며 크랙이 생깁니다. 즉, 이건 지진 발생 모델의 실험인 거죠."

"아하, 그렇구나!"

기분 좋은 소리를 내면서 늘어나는 균열을 보고 있자니, 스스로도 놀랄 만큼 마음이 들떴다. 후지타케의 설명은 절반 넘게 이해할 수 없었지만, 뇌가 뭔가를 잡으려 한다는 느낌이 들었다. 그것은 지금까지 느끼지 못한 신기한 경험이었다.

"이 균열은 역단층일까요? 정단층일까요?" 다케토가 흥미진진한 눈길로 물었다.

놀이 겸 하는 게 아니라 제대로 공부하면서 하는 모양이다.

"나중에 벳코사탕의 파편을 꺼내서 확인해보죠."

"균열에 법칙이 있는 것 같아요. 다시 한번 하면서, 휴대폰으로 동영상을 찍어볼까요?"

"소리를 녹음해서 진짜 지진파와 파형을 비교해봐도 재미있을 겁니다."

다케토와 후지타케의 진지한 대화를 눈부시게 바라보고 있자, 문득 남편과 딸이 떠올랐다. 공부를 따라갈 수 없어서 학교를 그만두는 게 아니다, 소중한 어린 친구를 위해서 그만두는 것이다, 그렇게 설명하면 남편과 딸은 이해해줄까? 아니면 더 슬퍼할까?

오쿠보거리의 소란스러움 속에서 가게에 도착했을 때는 이미 10시 반이 넘었다.

문 닫는 시간까지는 이제 30분 남았다. 유리창 너머로 아직 몇 팀 남아 있는 손님이 보였다. 안으로 들어가려고 문의 손잡이를 잡았을 때, 옆 골목에서 사람의 그림자가 나타났다. 마리였다.

"마리!"

무심코 얼굴에 미소가 떠올랐다. 이제야 마음이 놓였다.

"얼마나 걱정했다고! 자, 들어가자."

"여기가 좋아요."

마리는 머리를 옆으로 흔들고 다시 골목으로 들어갔다.

나도 마리를 따라서 어둠 속으로 들어갔다. 잡거빌딩과 코인주차장 사이에 있는 공간으로 지나가는 사람은 없었다. 자동판매기 옆의 쓰레기통에서 삐져나온 핫도그 포장 용기와 나무 막대기가 보였다.

약간 떨어져 있는 외등의 불빛이 마리의 얼굴을 창백하게 비추었다.

"괜찮아? 학교에도 안 나오고, 메시지를 보내도 답장이 없어서 걱정했어." 나는 일단 그렇게 말했다.

마리는 갈라진 목소리로 대답했다. "……죄송해요. 직장엔 나갔고 이제 괜찮아요. 안젤라 씨야말로 그런 다음에…… 괜찮았어요?"

"그 애가 손목을 베었다고 하면서 화를 냈어."

"그랬군요."

"그건 내 탓이야. 마리는 아무것도 하지 않았잖아. 마리는 나쁘지 않아."

"하지만."

"걱정하지 마. 난 괜찮으니까."

"난 역시……."

마리의 긴 속눈썹이 가늘게 떨렸다.

"안 돼."

나는 두 손으로 마리의 오른손을 꼭 감쌌다. 거칠고 투박한 내 손과 달리 작고 부드러운 손이었다.

눈물이 고인 마리의 눈을 보고 타이르듯 말했다. "괜찮아. 내가 후지타케 선생님께 전부 다 말했으니까. 마리는 아무 말 안 해도 돼."

매일 옆에 와서 재잘거리던 외국 국적의 학생들이, 오늘은 4교시가 끝나도 아무도 오지 않았다. 오늘 등교했을 때는 다들 위로해주었지만, 아직 어린 그들은 그 이상 어떻게 해야 좋을지 모르는 것이리라.

새로운 주가 시작되자 주간반에서 퍼진 소문이 야간반에도 전해졌다. 내가 2학년 여학생을 일방적으로 때려서 큰 부상을 입힌 탓에, 퇴학 처분을 받게 되었다는 소문이다. 퇴학 이야기까지 나온 걸로 볼 때, 소문을 낸 사람은 구로다 레나이리라.

토트백을 어깨에 메고 마리의 자리를 쳐다보았다. 마리는 지금도 계속 학교에 나오지 않는다. 어제 어떠냐고 메시지를 보냈지만 답장은 오지 않았다.

출입구로 가려고 하자 옆자리의 나가미네가 말을 걸었다. "이봐, 아는 변호사 있어?"

하늘을 건너는 교실

"변호사요? 저한테 그런 사람이 있겠어요?"

"필요하면 내가 소개해줄게. 그런 부모들을 요즘은 몬스터 펜던트라고 한다면서?"

소문은 마침내 나가미네의 귀에까지 들어간 모양이다.

"펜던트가 아니라 페어런트요."

"한심한 세상이 되어버렸군. 그런 작자에게는 결국 법으로 맞서는 수밖에 없어. 학교에서 어디까지 지켜줄지 모르고 말이야."

그때 복도에서 누군가가 나를 불렀다.

"고시카와 씨, 잠깐 나 좀 볼까요?"

얼굴을 내밀고 손짓을 하는 사람은 후지타케였다.

물리준비실의 실험대는 여전히 조미료와 냄비 등으로 너저분했지만, 다케토의 모습은 보이지 않았다. 나는 안쪽 책상 옆에 둥근 의자를 놓고 후지타케와 마주 앉았다.

후지타케가 말을 꺼냈다. "오늘 수업 시간 전에 이케모토 마리 양이 찾아와서, 전부 다 얘기해주었습니다."

"네……? 전부 다라니, 어디까지요……."

"고시카와 씨가 퇴학당한다는 소문을 듣고 깜짝 놀라서 찾아온 것 같더군요. 그건 전부 자기 탓이다, 자기를 퇴학시켜달라고 울면서 말하더라고요."

"……그랬군요."

"이케모토 양은 그때 커터 칼을 꺼냈다고 합니다."

나는 머리를 세차게 가로저으면서 말했다. "그냥 꺼냈을 뿐이에요. 찌르려고 하진 않았어요!"

"고시카와 씨는 구로다 레나 양을 지키기 위해, 그와 동시에 이케모토 양의 손에 커터 칼이 있다는 걸 구로다 양이 보지 못하도록 넘어뜨리고, 얼굴을 바닥에 누른 거죠? 그렇죠?" 말없이 고개를 끄덕이는 내 모습을 보고 후지타케가 다시 물었다. "그렇게까지 한 건 중학교 때 일이 있었기 때문인가요?"

"아아……." 내 입에서 낮은 신음이 새어 나왔다. "선생님도 알고 계셨군요."

"이케모토 양이 여기에 입학했을 때, 출신 중학교에서 연락이 왔다고 합니다."

예전에 수업이 끝나고 가게에서 수다를 떨었을 때, 마리가 털어놓은 이야기였다.

마리는 중학교 3학년 때, 특정 여학생들에게서 심한 괴롭힘을 당했다. 매일 까무잡잡한 피부와 얼굴 생김새를 비웃고, "피나, 피나"필리핀 여자 하고 쿡쿡 찌르며 조롱하곤 했다. 교과서나 실내화를 숨기거나, 쓰레기통에 버리는 일도 한두 번이 아니었다고 한다.

졸업할 때까지 1년만 참으면 된다, 마리는 그렇게 생각하고 괴롭힘을 견디려고 했다. 그런데 여름방학이 끝난 어느 날, 이를 악물고 참았던 분노가 폭발해버렸다. 결국 자신을 괴롭혔던 여학생들 앞에서 마구 소리를 지르면서 커터 칼을 휘두른 것이다. 이유는 말해주지 않았지만, 여학생들이 그녀의 어머니에 관해서 도저히 용서할 수 없는 말을 한 모양이었다. 다행히 곧바로 교사가 제압해서 부상자는 나오지 않았다.

괴롭힘이 있었다는 사정을 감안해서 훈방만으로 끝났지만, 마리는 그때부터 졸업할 때까지 학교에 가지 않았다. 야간반에 온 것도 경제적인 사정 이외에, 그 중학교 출신자가 없다는 이유도 있었던 모양이다.

"마리가 그랬어요. 한 번 폭발하면 스스로도 무슨 짓을 할지 모른다고. 하지만 그런 짓을 당하면 누구라도 폭발하지 않나요?"

나는 그날 밤, 마리의 필통을 들고 레나가 무슨 말을 했고, 무슨 짓을 했는지 후지타케에게 모두 털어놓았다.

"그 필통은 초등학교에 다니는 마리의 여동생이 준 거였대요. 고등학교 입학 선물로, 전 재산인 100엔짜리 동전을 들고 100엔 숍에 가서 사 왔대요. 마리는 그걸 보물처럼 소중히 여겼는데……."

후지타케는 말없이 일어서서, 실험대에서 작은 종이상자를 가져와 내게 내밀었다. 티슈처럼 보였는데 '킴와이프스' 실험실용 휴지로, 실험기구나 정밀기계에 스크래치를 주지 않고 오염 물질이나 먼지를 제거한다라고 쓰여 있었다. 그때 처음으로 눈물이 뺨을 타고 흘러내렸음을 알아차렸다.

나는 티슈보다 질긴 그 종이로 눈물과 콧물을 닦고 말을 이었다. "여기에서 또 칼을 꺼냈다는 게 알려지면 큰일이잖아요. 그 구로다란 애, 칼로 살해당할 뻔했다고 떠들 게 분명해요. 그러면 마리는 정말로 퇴학을 당할 거예요. 이 이상 좋지 않은 기록이 남으면 꿈을 이룰 수 없게 될 거고요."

"어떤 꿈인가요?"

"마리는 언젠가 대학에 가서 학교 선생님이 되고 싶대요."

마리는 그 이야기를 몇 번이고 말해주었다. 그때마다 맑고 검은 눈동자를 반짝반짝 빛내면서.

"이런저런 사정으로 일본에 온 외국 아이들의 힘이 되어줄 수 있는 선생님이."

"그렇군요." 후지타케는 무뚝뚝한 얼굴로 말을 이었다. "그래서 이케모토 양의 꿈을 위해서라면 자신이 퇴학을 당해도 좋다고 생각한 건가요? 왜 그렇게까지······."

"저도 똑같았거든요." 나는 갑자기 부끄러워져서 수줍은 미소를 지으며 말했다. "저도 사실은 초등학교 선생님이 되고 싶었어요."

"그랬나요?"

후지타케는 비웃지 않았다.

"선생님 나이라면 모르실지도 모르겠네요. 혹시 '자파유키'아시아 각국에서 일본으로 돈 벌러 오는 여성을 가리키는 말란 말 아세요?"

"네, 대충은요."

"우리 엄마도 그랬어요······."

엄마는 민다나오섬의 쓸쓸한 산촌에서 태어났다. 돈을 벌기 위해 일본에 처음 온 것은 1981년. 댄서로 6개월 비자로 입국해, 도쿄의 쇼펍여성들의 춤과 노래를 즐길 수 있는 대중 술집에서 일하기 시작했다. 그곳의 단골손님이었던 일본인과 사랑에 빠졌는데, 남자는 엄마가 임신했다는 사실을 알자마자 도망치듯 모습을 감추었다고 한다.

마음의 상처를 껴안고 귀국해, 고향에서 낳은 아이가 나였다. 어린 시절에는 가난해도 좋은 추억이 많았지만, 그 생활은 여섯 살 때 완전히 바뀌었다. 엄마가 다시 혼자 일본으로 가버린 것이다. 할머니의 보살핌을 받으면서 마을의 초등학교에 다니기 시작했는데, '자파유키 아이'라고 불리며 괴롭힘을 당했다. 괴롭힘으로 인한 고통과 엄마가 없는 쓸쓸함으로 매일 울면서 지냈다.

"나도 일본에 가고 싶어. 엄마랑 같이 살고 싶어."

매일 밤 울며불며 소리치자 할머니는 일본으로 돈 벌러 가는 친척한테 부탁해, 도쿄에 사는 엄마한테 나를 데려다주게 했다. 그게 여덟 살 때였다.

"처음에는 엄마랑 같이 살게 돼서 얼마나 기뻤는지 몰라요. 하지만 엄마는 아침 일찍부터 밤늦게까지 일을 몇 가지나 했고, 그동안 전 계속 혼자 있느라 외로웠어요. 낮에는 집에 숨어 있어야 했고요."

"숨어 있었다고요? 학교는요?"

"엄마는 그때 이미 비자가 끊겨서 불법체류자 신세였어요. 그걸 들키면 큰일이니까 학교에 보내주지 않았죠. 그런 생활을 2년쯤

했는데, 전 어떻게든 친구를 만들고 싶었어요. 그래서 엄마 몰래 집을 빠져나와서, 매일 근처 초등학교의 펜스에 달라붙어 학교 안을 들여다보았죠. 그러던 어느 날, 한 선생님이 다정하게 말을 걸어주더라고요. '여기서 뭐하니?'라고요. 구라하시 선생님이라는 여자 선생님이었죠."

구라하시는 재촉하지 않고 나의 어설픈 일본어 설명을 끈기 있게 들어주었다. 그리고 어머니를 설득하고 교육위원회에 애원해서, 내가 그 학교에 다닐 수 있도록 해주었다. 일본에서의 초등학교 생활은 4학년 2학기부터 구라하시가 담임인 반에서 시작되었다.

"얼마나 즐거웠는지 몰라요. 아직 일본어도 제대로 못했고 대놓고 욕하는 아이도 있었지만 친하게 지낸 아이도 많았어요. 전 피구를 잘했거든요. 구라하시 선생님도 졸업할 때까지 3년간 계속 가족처럼 도와줬어요."

"좋은 선생님을 만났군요."

"과장이 아니라 그분은 제 신이었어요. 저도 어른이 되면 구라하시 선생님 같은 선생님이 되고 싶다, 그래서 나 같은 아이들을 도와주고 싶다, 계속 그렇게 생각했죠. 그런데 중학교에 들어가서 얼마 지나지 않아 또 학교에 갈 수 없게 됐어요."

"왜죠?"

"엄마한테 좋은 사람이 생겨서 남동생과 여동생이 태어났거든요. 그런데 그 사람이 하필이면 유부남이었죠. 돈은 조금 지원해주었지만, 자식이 셋으로 늘어난 엄마는 더 열심히 일해야 했어요. 난 방에서 동생들을 돌봐야 했고요. 학교에 가는 건 도저히 불가능했죠."

열여섯 살이 되었을 때, 나이를 속이고 필리핀 술집에서 일하기 시작했다. 열아홉 살 때 지금의 남편을 만나서 결혼했다. 곧바로 아이를 낳고 부부의 소원이었던 필리핀 음식점을 차렸다. 가게 운영은 순조로웠고, 딸도 착하게 자라주었다. 지금은 진심으로 행복하다고 생각한다. 하지만······.

"딸이 자립하게 되자 또 생각이 났어요. 구라하시 선생님이요. 물론 이제 선생님이 될 수 없다는 건 알고 있어요. 하지만 고등학교에서 제대로 공부하면 자원봉사 정도는 할 수 있지 않을까? 외국에서 온 아이들한테 일본어를 가르쳐주거나 숙제를 봐줄 수 있진 않을까? 지금 상태론 그것도 어렵겠지만요."

"그렇지 않아요. 아직······."

나는 머리를 세차게 가로저으며 후지타케의 말을 가로막았다. "난 불가능해도 마리는 달라요. 그 애는 공부도 열심히 하고 머리도 좋아요. 분명히 좋은 선생님이 될 수 있어요. 나 같은 아이들을 많이 구해줄 거예요. 그러니까······."

내 이야기로는 이제 울지 않지만, 마리의 이름을 입에 담는 순간 눈물이 흘러넘쳤다.

"지금은 제 꿈보다 마리의 꿈이 더 중요해요."

후지타케는 또 킴와이프스 상자를 내밀면서 강력한 어조로 말했다. "아니에요! 두 사람의 꿈이 다 중요해요. 고시카와 씨는 물론이고, 이케모토 양도 퇴학당하게 놔두지 않을 거예요. 내가 반드시 지킬게요. 그러니까 고시카와 씨도 이번 일을 내던질 구실로 삼지 말아주세요."

"내던질 구실?"

무슨 뜻이냐고 물으려던 찰나, 노크도 없이 문이 벌컥 열렸다.

다케토가 안으로 들어오면서 큰 소리로 말했다. "역시 안 돼요! 가스밖에 나오지 않아요!"

오른손에 든 유리병 바닥에 거품이 인 액체와 하얀 분말이 가라앉아 있었다. 어디선가 또 실험을 하고 있었던 모양이다.

다케토가 나를 발견하고 얼굴을 찡그렸다. "엉? 지금 우는 거예요? 말도 안 되는 소문을 들었는데, 설마 진짜로 퇴학당하는 건 아니죠?"

나를 대신해서 후지타케가 대답했다. "아니에요."

"그렇겠죠. 그만한 일로 퇴학당한다면, 난 열 번도 넘게 퇴학당했을 거예요."

미소를 짓는 후지타케를 보고 나도 덩달아 울다가 웃는 얼굴이 되었다.

다케토가 계속해서 후지타케에게 물었다. "그보다 마그마가 나오지 않는데, 방법이 틀린 거 아닌가요?"

나는 깜짝 놀라서 물었다. "마그마? 오늘은 무슨 실험이에요?"

"화산의 분화 실험이에요."

다케토가 유리병을 들고 보여주었다. 20센티미터쯤 되는 투명한 병으로, 직육면체 아랫부분에 통처럼 생긴 목이 붙어 있었다.

"병의 아랫부분이 마그마 덩어리고 병목이 화산 통로, 병 입구가 분화구예요. 병 바닥에 중탄산나트륨을 넣고 그곳에 식초를 넣는 거예요. 그러면 중탄산나트륨이 거품을 만들어내면서 식초 마그마가 슈욱슈욱 입구에서 흘러넘쳐요."

"아아, 식초 마그마구나!"

후지타케가 설명을 덧붙였다. "화산 밑에 쌓여 있는 진짜 마그마에도 수증기를 비롯해 기체가 녹아 있죠. 그 화산 가스가 분화에 중요한 역할을 하고 있어요. 어떤 이유로 마그마에 감압이 일어나거나 가스가 마그마에 녹아 있을 수 있는 허용량을 초과하거나 하면 거품을 일으켜 팽창하고, 마그마를 밀어 올려서 분화에 이르지요."

"혹시 그것도 이미 배웠어요?" 나는 쓴웃음을 지으면서 말했다.

"탄산음료가 든 페트병을 흔들고 나서 뚜껑을 여는 것과 똑같아요. 감압이 천천히 진행되면 마그마는 용암이 되어 분화구에서 조용히 흘러나오고, 감압이 급격히 이루어지면 폭발적인 분화가 일어나서 마그마의 파편이 화산탄이나 화산재가 돼서 광범위하게 흩어지죠."

"그러니까 말이죠." 다케토가 왼손에 있는 고무마개를 보여주면서 말을 이었다. "병 입구에 마개를 해두면 폭발적인 분화가 일어나서 마개가 벗겨짐과 동시에 식초 마그마가 푸슈슉 힘차게 튀어나와야…… 했어요. 그래서 중정에서 실험했는데."

"그렇게 되지 않았나요? 왜일까요?" 후지타케가 고개를 갸웃거렸다.

"여기서 해서 보여줄게요. 고무마개 없이 해도 식초 마그마 같은 건 나오지 않으니까."

다케토가 실험대에 늘어선 조미료와 식재료 안에서 '쌀 식초' 병과 '중탄산나트륨' 봉투를 끌어당겼다. 그러고는 후지타케가 쓴 듯한 손 글씨 메모를 보면서 순서를 확인했다.

"'중탄산나트륨 1큰술, 식초 2~3큰술, 중탄산나트륨을 먼저 넣을 것'이죠? 이대로 할게요."

"레시피가 있군요."

다케토는 유리병 입구에 깔때기를 끼우고 요리용 스푼으로 확실하게 계량해서 중탄산나트륨을 넣고, 이어서 식초를 넣었다.

잠시 지나자 중탄산나트륨에서 보글보글 거품이 생겼다. 기포는 병의 윗부분으로 올라갈수록 커져서, 목 부분에서 잇따라 터졌다. 다케토의 말처럼 입구에서 흘러넘치지 않은 것이다.

후지타케는 안경에 손을 대고 병에 얼굴을 가까이 대더니 "흐음" 하고 코에서 김을 내뿜었다.

"탈가스가 일어났을 뿐이군요."

"선생님은 이 실험을 누구한테 배웠어요?" 나는 후지타케를 쳐다보면서 물었다.

"잘 아는 화산 연구가한테 배웠습니다."

실험대 위에는 사진도 몇 장 있었다. 옥외에서 실험하는 장면을 찍은 것 같다. 어린애들이 에워싸고 지켜보고 있다.

"이건 무슨 행사인가요?"

"그 연구자가 대학에서 일반인을 대상으로 실험했을 때 찍은 사진이죠."

사진 중에는 실험에서 사용한 도구와 재료를 늘어놓은 것도 있었다. 투명한 유리병, 고무마개, '중탄산나트륨'이라고 쓰인 봉투. 그 옆의 페트병에서 내 시선이 멈추었다.

"저기, 선생님." 사진의 페트병 라벨을 가리키면서 말했다. "관계가 있는지 없는지 모르겠지만, 그 연구자가 사용한 건 쌀 식초가 아니라 '초밥용 식초'예요."

"네?" 후지타케가 눈을 크게 뜨면서 물었다. "초밥용 식초와 일반 식초가 다른가요?"

그 말을 들은 순간, 나도 모르게 웃음이 터져 나왔다.

"아이, 선생님도 참. 과학 분야는 굉장하지만 요리 분야는 아직 멀었네요. 시판 초밥용 식초에는 이런저런 조미료가 들어 있어요. 설탕이라든지."

"설탕…… 그렇구나!" 후지타케가 손뼉을 치며 말했다. "쌀 식초는 점성이 너무 낮아요."

다케토가 물었다. "무슨 말이에요?"

"쌀 식초는 점성이 없어서, 만들어진 기포끼리 잇따라 합체해서 커지는 거예요. 그래서 바로 일그러져서 위에서 가스만이 빠져나가죠. 설탕이 들어간 초밥용 식초는 더 끈적이니까 작은 기포가 일그러지지 않고 점점 늘어나는 거고요. 즉, 식초와 가스가 분리되지 않고 하나가 돼서 팽창해요. 아마 그런 걸 거예요."

"그렇군요. 좋아! 그럼 가서 초밥용 식초를 사 올게요."

황급히 뛰어나가려고 하는 다케토를 "잠깐만요" 하고 후지타케가 불러 세웠다. 벽시계를 보니 이제 곧 하교 시각인 10시다.

"오늘은 이미 늦었어요. 나머지는 내일 하죠."

나는 두 사람을 번갈아 바라보면서 말했다. "초밥용 식초는 일부러 사 오지 않아도 돼요. 우리 가게에 잔뜩 있으니까 내일 가져올게요."

"가게에서 초밥도 팔아요?"

"아니에요. 우리 가게에선 일반 식초 대신 초밥용 식초를 자주 사용하거든요. 필리핀 사람은 단맛을 좋아하니까요. 치킨 아도보 같은 건 초밥용 식초로 만들면 맛있어요."

"그건 어떤 요리인가요?"

"식초를 사용한 닭고기 조림이에요. 필리핀의 가정 요리죠."

◉

"이거, 굉장히 맛있어요." 중정에서 치킨 아도보를 입에 잔뜩 넣고 우물거리면서 후지타케가 말했다.

오후에 가게에서 만든 걸 밀폐용기에 넣어서 가져온 것이다.

"그렇죠? 가져가서 반찬으로 드세요. 밥하고도 잘 어울려요."

"가정 요리라고 하셨는데, 역시 프로의 맛이에요."

"다음에 가게에도 오세요."

"네, 꼭 갈게요."

중정과 마주한 1층 교실과 복도의 불을 모두 켜놓아서, 평소보다 훨씬 밝았다. 조금 전에 초밥용 식초를 사용해 분화 실험을 시도했는데, 이번에는 멋지게 성공했다. 다케토는 지금 유리병을 씻으러 건물 안으로 들어갔다.

"참, 아까 마리한테서 라인으로 연락이 왔어요. 내일부터 학교에 나온대요."

"그래요?"

"범인을 알아서 마리도 마음이 놓이나 봐요."

구로다 레나의 필통 분실 사건은 오늘 생각지도 못한 방향으로 나아갔다.

주간반 1학년 여학생이 지금 자신이 맡아놓은 필통이 그것 같다고 담임한테 말한 것이다. 중학교 때부터 알고 지낸 선배가 인터넷

중고 사이트에서 팔아달라면서 맡겼다고 한다. 주운 물건이니까 돈을 받으면 반씩 나눠 가지자고 했는데, 내 폭행 사건에 등장한 레나의 필통과 브랜드가 똑같아서 불안했던 모양이다.

선배라는 사람은 놀랍게도 맨 처음 레나와 같이 마리에게 트집을 잡으러 온 갈색 머리 학생이었다. 교사의 추궁에 갈색 머리는 레나의 책상에서 가져왔다고 인정했다. "최근에 입만 떼면 '남친, 남친' 하면서 자랑하는 게 짜증 났어요"라는 것이 동기였다. 자백하는 김에 칠판에 심한 낙서를 한 사람은 레나라고 말했다.

"이제 괜찮아요."

"가까운 시일 내에 교장 선생님과 구로다 양의 담임 선생님, 나, 이렇게 셋이 구로다 양의 부모님을 만나기로 했어요. 교장 선생님은 상당히 격렬한 사람이죠. 낙서 건을 포함해 구로다 양이 이케모토 양에게 한 짓에는 몹시 화가 났으니까, 상대가 무슨 말을 해도 받아들이지 않을 겁니다."

담담하게 말하는 후지타케의 옆얼굴을 보고 있으면, 내 나이가 더 많다는 걸 잊어버리게 된다.

"역시 선생님은 대단해요. 뭐든지 다 꿰뚫어 보신다니까요."

"협상은 지금부터 시작이지만요."

나는 머리를 작게 가로저었다. "그런 게 아니라……. 선생님, 어제 저한테 그러셨잖아요. '이번 일을 내던질 구실로 삼지 말아주세요'라고요."

"네."

"그 말을 듣고 곰곰이 생각해봤어요. 분명히 내던지려고 했을지도 몰라요. 가족이 계속 응원해줘서, 공부를 따라갈 수 없다고 말할 수 없었어요. 그래서 솔직히 말하면 이번 일을 계기로 그만두려고 했던 부분도 조금은 있었거든요."

"조금만 더 내던지지 말고 있어줄래요?"

"한자 공부도, 수학 문제집도 해볼게요." 나는 물일로 거칠어진 두 손을 물끄러미 내려다보면서 말했다. "어떻게든 손을 움직여서요."

그때 다케토가 종종걸음으로 돌아와서 말했다. "한 번 더 해요."

그는 유리병을 땅에 내려놓고, 그 위에 골판지상자와 종이찰흙으로 만든 화산 모형을 씌웠다. 본인이 직접 만들어왔다고 한다. 나는 눈을 크게 뜨고 감탄했다. 과학을 좋아할 뿐만 아니라 이런 걸 만드는 재주가 있었던가. 이 모형이 있는 것과 없는 것은 분화의 느낌이 천지 차이다.

준비를 하는 다케토를 멍하니 보고 있자, 후지타케가 나를 쳐다보면서 말했다.

"한자와 수식을 노트에 쓰는 것만이 손을 움직이는 건 아닙니다. 저기로 가보세요."

후지타케의 재촉을 받고 용기를 내서 다케토 옆으로 다가갔다.

"있잖아, 이번에는 내가 해보면 안 될까?"

그렇다. 실은 벳코사탕이었을 때부터 계속 해보고 싶었다. 그래서 '지학기초' 교과서도 다시 읽어보았다. 아까 **그 대사**도 큰 소리로 말해보고 싶다. 부루퉁한 얼굴로 자리를 비켜준 다케토에게 배우면서, 분화구의 병 입구에 깔때기를 넣었다. 우선 중탄산나트륨을 넣고 이어서 초밥용 식초를 붓는다.

잠시 기다렸더니 분화구에서 거품이 인 초밥용 식초가 흘러넘쳤다. 스펀지에 세제를 묻혀 거품을 냈을 때처럼 기포가 미세하다. 초밥용 식초 마그마의 일부는 종이찰흙산의 경사면을 타고 천천히 흘러내렸지만 대부분은 분화구 주변에 머물렀다. 용암돔 분화다.

"자아, 이제 슬슬 용암돔이 분화구를 막을 거예요."

나는 다케토한테서 고무마개를 받아 병 입구에 단단히 끼웠다. 이걸로 마침내 불카노식 분화의 위험이 다가온다.

"분화 경계 레벨 5! 대피!"

나는 그렇게 외치면서 화산에서 떨어져 후지타케 옆으로 뛰어갔다. 다케토도 어이없는 얼굴로 다가왔다. 화산에서 5미터 정도 떨어진 곳에서 셋이 나란히 섰다.

나는 마른침을 삼키며 화산을 지켜보았다. 이렇게 가슴이 두근거린 건 야간반에 들어와서 처음이다.

이윽고······.

펑!

샴페인 마개를 뽑은 듯한 소리와 함께 고무마개가 위로 솟구치며 날아가고, 초밥용 식초 마그마가 2층 높이까지 솟구쳤다.
 반짝반짝 춤을 추며 떨어지는 식초 방울을 바라보면서 우리는 일제히 환호성을 질렀다.

3장

오퍼튜니티의
바큇자국

사라지고 싶다. 이 괴로움과 불안과 같이, 그대로 없어지고 싶다. 혼자 어두운 방에서 무릎을 껴안고, 그런 감정의 파도 속에서 매일 밤 흐느껴 울었다.

야간반 교실에만 울리는 차임벨 소리가 희미하게 들렸다.

밤 9시 정각. 4교시가 끝난 것을 휴대폰 시계로 확인하고, 문고판을 살며시 머리맡에 놓았다.

밖에서는 얇은 커튼으로 둘러싸인 침대의 모습이 보이지 않지만, 나 말고 다른 학생이 없을 때에도 기척을 내지 않는 게 버릇이 되었다.

소리를 내지 않고 작은 사이드테이블의 서랍을 열어서 색이 바랜 노트를 꺼냈다. '방문 노트'라고 적힌 노트를 펼치고, 어제의 내용 밑에 오늘의 내용을 써넣었다.

'일지 기록 : 15화성일째, 막사에서 독서. 《별의 계승자》. 92쪽까지. 선외 활동 없음.'

'화성일'은 화성에서의 하루를 말한다. 약 24시간 40분이니까 지구의 하루와 거의 비슷하다. '막사'는 화성의 거주시설이고, '선외 활동'은 우주복을 입고 우주선이나 시설 밖에서 활동하는 것을 말한다.

지난달에 읽은 앤디 위어의 《마션》이 너무나 재미있어서 오마주할 생각으로 쓰고 있다. 화성의 유인 탐사 미션에서 사고가 발생해, 홀로 화성에 남은 우주비행사가 자신이 가진 지식과 노력과 불굴의 정신으로 생환할 때까지를 그린 SF 소설이다. 일기 형식으로 쓰여 있어서, 모든 챕터가 '일지 기록 : ○○화성일째'로 시작한다.

내게 이곳 히가시신주쿠고등학교 야간반은 화성과 똑같다. 보건실이라는 막사 안에서만 제대로 숨을 쉴 수 있다. 교실에 가는 건 장비가 충분하지 않은 선외 활동 같은 것으로, 죽음을 각오해야 한다.

보건실 등교는 오늘로 15일째. 침대에서 책을 읽으며 지내고, 수업에는 들어가지 않는다. 노트에 기록한 건 단지 그것뿐이지만, 다른 사람에게 통하지 않아도 상관없다. 오히려 누가 보았을 때를 위해서 이런 식으로 쓰고 있다.

노트의 표지에는 '보건실을 이용하고 느낀 점을 자유롭게 쓰세요'라고 되어 있지만 내용은 유치한 낙서뿐이다. 더구나 내가 이것을 발견했을 때, 가장 최근에 쓴 날짜는 4년 전이었다. 보건 교사도 이런 노트가 있다는 건 까맣게 잊어버렸을 것이다.

노트를 서랍 안에 넣고 침대 가장자리에 걸터앉아 커튼을 열었다. 출입구 근처의 책상에 하얀 가운을 입은 사쿠마의 뒷모습과 새빨갛게 염색한 머리칼이 보였다. 옆머리를 대담하게 깎아 올린 불균형한 쇼트헤어. 나이는 알 수 없지만 30세보다 적지는 않으리라.

"이제 곧 3주구나." 사쿠마가 돌아보지 않고 말했다.

"……네?"

무의식중에 온몸이 굳어졌다.

"네가 마지막으로 수업을 들은 게 5월 23일 1교시였으니까." 사쿠마가 서류를 들추면서 말했다. "그로부터 3주, 1A 교실에는 들어가지 않았지."

대답하지 않고 가만히 있자 사쿠마는 겨우 내 쪽으로 고개를 돌렸다. 귀에 있는 커다란 귀걸이가 흔들렸다.

"야단치는 거 아니야. 몸 상태를 확인하고 싶은 것뿐이야."

말투에는 가시가 없지만 부드러움도 없었다. '다정한 보건실 선생님'이라는 이미지와는 거리가 먼 외모나 말투에 처음에는 당황했다. 이런 식으로 몸 상태는 물어봐도 마음의 안쪽에는 거의 들어오지 않는다. 하지만 그것이 보건실이 그나마 마음이 안정되는 이유였다. 혼자 조용히 현실에서 도피할 수 있는 곳, 그곳은 집도 교실도 아니라 보건실이다.

사쿠마가 확인하듯 물었다. "매일 1교시가 되기 전에는 등교하고 있지? 교실에 가려고 하고 있어?"

"최근에는…… 하지 않아요. 교실에 있다고 상상만 해도……."

갈라진 목소리밖에 나오지 않았지만 솔직하게 대답했다.

"과호흡이 일어날 것 같구나."

나는 작게 고개를 끄덕였다.

맨 처음에 과호흡을 일으킨 건 입학한 지 한 달쯤 지났을 때, 수업 도중이었다. 그때 심한 공황 상태에 빠져서 기절하기 직전에 보건실로 옮겨졌다. 그 이후에도 가끔 발작이 일어나더니, 이윽고 거의 매일 증상이 나오게 되었다.

학교 건물에 들어가 계단에 발을 디뎌 한 걸음씩 나아갈 때마다 점점 숨을 쉬기 힘들고, 심장이 두근거리기 시작한다. 현기증을 참으면서 난간을 잡고 계단을 내려가, 복도 구석에 주저앉아 호흡이 안정되기를 기다린다. 그리고 그대로 보건실로 가는 것이다. 그런 일이 며칠 반복되는 사이에 교실에 가는 것이 두려워지는 바람에 아예 보건실 등교가 되어버렸다.

"약은 먹고 있어?"

"……네."

이번에는 거짓말을 했다.

사쿠마의 지시로 심료내과에서 검진을 받고 항불안제를 처방받았지만, 효과는 실감할 수 없었다. 그 약을 먹으면 머리가 몽롱해 책도 읽을 수 없어서, 최근에는 일절 먹지 않는다.

"약을 먹으면 낫나요?"

"약만으론 어렵지."

사쿠마가 무표정하게 말했을 때, 노크 소리가 들렸다. 안으로 들어온 사람은 수학과 과학을 담당하는 후지타케였다. 사쿠마에게 가볍게 인사를 하고 내 침대 옆으로 왔다.

"프린트물은 다 했나요?"

후지타케는 두 손을 허리에 댄 채, 고개를 약간 옆으로 기울이고 나를 내려다보았다.

"네."

나는 가방에서 프린트물을 꺼내 그에게 내밀었다. '수학I' 수업에서 학생에게 풀게 하는 문제를, 수업하기 전에 매번 보건실까지 가져오는 것이다. '지학기초'와 '물리기초'도 수업이 있는 날은 약간의 과제를 여기서 하라고 한다.

후지타케가 프린트물에서 눈을 떼고 미간에 주름을 잡았다. 계산이 틀리기라도 한 걸까?

하지만 그는 안경에 손을 대고 나지막하게 말했다. "나토리 양에겐 역시 너무 간단한 것 같군요."

"그야 뭐······."

중학교 1학년이 할 만한 문제라서 쉽게 풀 수 있었다. 수학뿐만 아니라 모든 과목이 중학교 수준이라서, 이걸로 고등학교라고 할 수 있을까, 하고 처음에는 깜짝 놀랐다.

"수업은 조금 시시할지도 모르지만 학교에는 나오세요." 후지타케는 마치 여기가 교실인 것처럼 말했다.

이 사람도 사쿠마처럼 독특하다. 지금까지 만난 교사들과는 다르다. 일주일에 몇 번이나 보건실까지 과제를 가져다주러 오는데, 컨디션은 어떠냐고 한 번도 묻지 않는다. 어디까지 수업했는지 일방적으로 말하고 "그럼 내일 봐요" 하는 말을 남기고 사라진다. 컨디션에 관해서 말하지 않는 건 압박하지 않기 위해서인가. 그런 생각도 들었지만, 그렇다면 보통은 공부 이야기도 하지 않으리라.

종잡을 수 없는 사람이다. 두뇌가 명석하고 냉정하며 침착하다. 학생들이 얼쩡거리며 수업을 방해해도 목소리가 거칠어지는 일이 없다. 이쪽에 관해서는 전부 꿰뚫어 보는 듯한 표정을 짓지만, 그가 무슨 생각을 하는지는 알 수 없다. 이 학교에는 이번 4월에 부임했는데, 그 이전에 어떤 일을 했고 어떤 경력을 가지고 있는지는 모른다.

손목시계를 쳐다보던 후지타케가 사쿠마를 보면서 말했다. "곧 시작할 시간입니다."

그러자 사쿠마가 흰 가운을 벗으면서 나를 돌아보았다. "난 직원회의가 있어서 잠깐 가봐야 해. 일찍 집에 가."

두 사람이 보건실에서 나가기를 기다렸다가 다시 사이드테이블 서랍에서 '방문 노트'를 꺼냈다. 깜빡하고 수학 프린트물 한 걸 쓰지 않았던 것이다.

무릎 위에서 노트를 펼쳤을 때, 노크도 없이 문이 벌컥 열리고 한 여학생이 성큼성큼 들어왔다. 온몸을 검은색 옷으로 감싸고 어깨까지 오는 검은 머리는 핑크색으로 부분 염색한 상태다. 또 그 아이다. 같은 1학년이라는 건 알지만 말을 나눈 적도 없고 이름도 모른다.

"으아, 몸이 나른해서 죽을 것 같아요." 그 애는 들어오자마자 그렇게 말하더니, 실내를 둘러보면서 목소리를 높였다. "뭐야? 사쿠마 선생님이 없잖아?"

그 애도 보건실 단골이다. 특별한 볼일도 없이 와서는 사쿠마한테 시비를 걸거나 애교를 부리는 모습을 커튼 사이로 몇 번 본 적이 있다.

"어라?" 그 애가 나를 발견하고, 곧장 침대 옆으로 다가오며 말했다. "우리, 같은 반이지? 보이지 않길래 그만둔 줄 알았어. 나, 알아? 마쓰타니 마야."

"……알아."

"이름이 뭐였더라?"

"나토리 가스미."

"그래, 가스미였지? 요즘 계속 여기에 있었어?"

"계속이라고 할까……."

말을 머뭇거리자 마야는 내 무릎에 있는 노트를 슬쩍 보면서 말했다. "공부하는 거야?"

나는 황급히 노트를 덮어서 사이드테이블에 올려놓았다. 별로 관심이 없는지, 마야는 곧바로 질문을 바꾸었다.

"사쿠마 선생님, 어디 갔는지 몰라?"

"교무실. 회의가 있나 봐."

나는 대답하면서 황급히 집에 갈 채비를 했다. 엮이지 않는 편이 좋다고 본능이 말해주었다.

"그럼."

일어서서 출입구로 가려고 하자 마야가 왼팔을 잡았다.

"잠깐만. 나 혼자 두지 마. 외로워."

"뭐? 하지만……."

"우린 같은 부류잖아. 난 척 보면 알아."

마야는 경련이 인 것처럼 입술을 파르르 떨면서 웃었다. 그러더니 내 왼팔을 끌어당겨서 하얀 티셔츠의 긴소매를 팔꿈치까지 걷어 올렸다.

손목에서 팔꿈치 안쪽에 걸쳐서 살짝 부풀어 오른 빨간 줄 몇 개가 적나라하게 드러났다. 나는 "이러지 마!" 하고 작게 외치면서 팔을 뿌리쳤다.

"화내지 마. 이것 봐."

마야가 이번에는 자신의 검은 셔츠 소매를 걷어서 나를 향해 왼팔을 내밀었다. 투명한 하얀 피부에는 나보다 훨씬 많은 리스트 컷wrist cut, 손목을 긋는 증상으로 극심한 스트레스에 놓인 사람이 자해 행위를 반복하는 현상 흔적이 생생하게 남아 있었다.

"우리 둘 다, 아무리 더워도 반소매는 입을 수 없겠네." 마야는 주눅 든 모습도 없이 태연하게 말했다.

심장이 미친 듯이 쿵쾅거렸다. 그것을 의식한 순간, 숨을 제대로 쉴 수 없었다. 큰일이다. 나는 가슴에 손을 대고 거칠게 숨을 쉬며 그 자리에 주저앉았다.

"왜 그래?"

마야가 깜짝 놀라며 한쪽 무릎을 바닥에 댔다.

나는 소리도 낼 수 없었다. 필사적으로 숨을 들이쉬어도 정신이 아득해졌다.

"힘들어? 과호흡이야?"

가까스로 고개를 끄덕이는 내 모습을 보고 마야는 배낭에서 편의점 비닐봉지를 꺼냈다. 안에 든 쓰레기를 쏟아내고 비닐봉지 입구를 내 입에 대주었다.

"이 안에 숨을 내쉬고…… 들이마시고…… 내쉬고……."

마야의 말에 따라 천천히 호흡을 반복하자 몇 분 만에 편안해졌다. 마야는 비닐봉지를 뗀 다음에도 내 등을 어루만져주었다.

"나도 가끔 그러거든. 그때는 이렇게 비닐봉지를 사용하고 있어. 그럼 직방이야. 하지만 사실은 좋은 방법이 아니래. 잘은 모르지만 위험한 일이 있는 것 같아."

"……그렇구나. 이제 괜찮아. 고마워."

내 입에서 겨우 소리가 흘러나왔다. 등에서 손의 온기를 느끼면서 고맙다고 말하자 마야는 내 눈을 물끄러미 바라보며 미소를 지었다.

"역시 같은 부류네, 우리는."

16화성일째. 제임스 P. 호건의 《별의 계승자》에 푹 빠진 사이에 3교시가 끝나려 하고 있었다.

앞부분은 약간 읽기 힘들었지만 수수께끼 풀이 요소도 있어서 점점 빨려 들어갔다. 역시 하드 SF의 명작이라고 불릴 만한 작품이다.

SF 소설을 읽기 시작한 지는 1년쯤 됐다. 원래 애니메이션과 라이트 노벨을 좋아했지만, 좋아했던 회귀물 작가가 영향을 받은 작품으로 로버트 A. 하인라인의 《여름으로 가는 문》을 들었다.

동네의 대형 헌책방에서 우연히 문고판을 발견해서, 아무런 예비지식도 없이 읽어보니 놀라울 만큼 재미있었다. 그때부터는 라이트 노벨을 제쳐두고 하인라인, 아이작 아시모프, 아서 C. 클라크 등이 쓴 유명한 작품을 닥치는 대로 읽으며 본격적으로 SF 소설의 늪에 빠졌다.

4교시 시작을 알리는 차임벨이 들리자마자 누군가가 "선생님!" 하고 보건실로 들어왔다.

"나른해서 죽을 것 같아요. 잠깐 쉬었다 가도 되죠?"

마야의 목소리다.

"한 시간만이야."

다음 순간, 마야가 내 침대의 커튼을 젖히고 얼굴을 들이밀었다.

"역시 있었구나."

나는 뭐라고 대답해야 좋을지 몰라서 일단 "응" 하고 작게 고개를 끄덕였다.

"마쓰타니." 사쿠마가 책상에 앉아서 엄격하게 말했다. "남 신경 쓸 기운이 있으면 교실로 돌아가."

"잠깐 인사했을 뿐이에요."

마야가 입을 삐죽거리면서 옆 침대로 들어갔다.

다시 책을 읽으려고 한 순간, 머리맡에서 휴대폰이 부르르 흔들렸다. 라인을 통해 마야의 메시지가 들어왔다. 어제 반쯤 강제로 연락처를 교환한 것이다.

'오늘은 과호흡 괜찮아?'

'응.'

'난 리스트컷을 하고 나서 과호흡이 줄었어.'

잠시 생각하고 '알 것 같아'라고만 답장을 보냈다.

'리스트컷은 언제부터?'라고 다음 메시지가 왔다.

'중3 때.'

'넌 착실한 것 같은데. 공부도 잘할 것 같고. 그런데 야간반에 왔다는 건, 중학교 때 등교 거부였어?'

'뭐…….'

'역시 나랑 똑같구나. 원인은 괴롭힘?'

곧바로 답장을 보냈다. '아니야, 병이었어. 기립 조절 장애.'

'뭐? 그게 뭐야?'

'자율신경의 이상. 아침에 잘 못 일어나.'

증상이 나오기 시작한 건 중학교 2학년 여름방학이 끝날 무렵이었다. 매일 아침 온몸이 나른해서 일어날 수 없었고, 억지로 침대에서 나오면 현기증과 두통이 엄습했다. 몇 번 병원에 가서 진찰을 받았지만 이렇다 할 만한 치료법이 있는 건 아니었다. 심리적 스트레스를 줄이는 게 가장 중요하다고 의사는 말했다. 하지만 나는 스트레스가 어떤 것인지 알 수 없었다. 반대로 말하면 철이 들었을 무렵부터 마음이 편하다는 감각을 모르고 자랐다.

가족은 셋. 엄마, 언니와 메지로다이의 아파트에서 살고 있다. 아버지는 내가 일곱 살 때 집을 나갔다. 지나칠 만큼 다정한 사람이라서, 강한 엄마와 성격이 맞지 않았으리라. 그 이후 아버지를 만난 적은 한 번도 없지만 지금도 가끔 그립고 보고 싶다.

양친이 이혼해도 경제적으로 힘든 일은 없었다. 엄마가 다니던 회사를 그만두고 독립해서, 외국 화장품을 수입, 판매하는 회사를 차린 것이다. 본인의 경험 때문이겠지만, 엄마는 아직 어린 우리 자매에게 입버릇처럼 말했다. "여자야말로 학력이 필요해. 혼자라도 살아갈 수 있도록. 자식을 좋은 환경에서 키울 수 있도록."

엄마를 닮아 똑똑하고 기가 센 언니는 엄마의 기대에 부응했다. 초등학교 2학년부터 입시 학원에 다니더니 도내의 유명한 사립여자중학교에 입학했다. 나도 엄마가 시키는 대로 그 학교를 목표로 공부에 매진했지만 결과는 불합격이었다. 안전장치로 지원한 학교에서도 떨어졌다.

분하지는 않았다. 모두 내 의사와는 상관없이 일어난 일이라서 좌절이라고 부르기도 우스웠다. 공립중학교의 교복 치수를 재면서 내가 언니보다 열등하다는 사실을 담담하게 받아들였다. 그리고 엄마가 친척에게 "저 애는 자기 아빠를 닮았어" 하고 투덜거린 소리를 들었을 때, 확실히 깨달았다. 엄마의 마음속에서 난 이미 끝났다는 걸.

낯가림이 심하고 말주변이 없는 나는 중학교에서 당연히 최하층에 매몰되었다. 그곳에서의 공통 화제는 애니메이션 정도고, 정말로 마음을 터놓을 수 있는 친구는 생기지 않았다. 교실에서 혼자 있는 시간이 늘어나자 뒤에서 "가스미는 자존심이 강한가 봐" 하고 쑥덕거렸다. 그런 사실을 알아도 이상하게 반발심은 들지 않았다. 오히려 그럴지도 모른다고 어렴풋이 생각했다. 능력도 없는 주제에 자존심만 강한, 가치 없는 인간이라고.

아침에 침대에서 나오지 못해 매일 지각을 해도, 원래 바쁜 엄마는 내 방을 들여다보지도 않고 일하러 나갔다. 기립 조절 장애라는 진단을 받았을 때조차 의사 앞에서 "툭하면 밤을 새우니까 그렇지"

하고 나를 타박했다.

몇 교시부터라도 학교에 가려는 마음은 이윽고 사라지고, 중학교 2학년 3학기부터는 아예 등교하지 않게 되었다. 점심때가 지나서 일어나고, 새벽까지 방에 틀어박혀 애니메이션을 보든지 소설을 읽는다. 밖에 나가는 건 편의점이나 헌책방에 갈 때뿐이라는 날들이 이어졌다.

"그런 식으로 살면 네 인생은 망할 거야."

웬일로 내 방에 나타난 언니가 그렇게 말한 것은 형식뿐인 중학교 3학년이 된 봄이었다. 그 말이 계기였는지 어떤지는 모른다. 다만 그 무렵부터 어느 감정이 파도처럼 엄습하게 되었다.

사라지고 싶다. 이 괴로움과 불안과 같이, 그대로 없어지고 싶다. 혼자 어두운 방에서 무릎을 껴안고, 그런 감정의 파도 속에서 매일 밤 흐느껴 울었다. 어느 날 밤, 너무나 괴로워서 '사라지고 싶다'라고 휴대폰에 입력하자 검색 결과에 '리스트컷'이라는 단어가 나왔다. 그리고 나와 비슷한 처지에 있는 많은 사람이 리스트컷으로 마음을 진정시키고 있다는 사실을 알게 되었다.

편해질 수 있다면 무섭지는 않았다. 커터 칼을 움켜쥔 채 손목에 대고 스윽 칼날을 긋는다. 날카로운 통증과 함께 어두운 감정의 파도가 물러갔다……

잠시 끊어졌던 마야의 메시지가 다시 도착했다. 이번에 도착한 건 사진이었다. 어깨까지 소매를 걷어 올린 양팔에 있는 무수한 흉터들. 침대 위에서 지금 찍은 것 같다. 곧바로 메시지도 이어졌다.

'난 이제 더는 그을 곳이 없어. 최근에는 팔이야.'

'그로테스크하네.'

'네 팔과 똑같은데 뭐. 그로테스크하지 않아. 그리고 이건 단지 흉터가 아니야. 내가 살아온 흔적이지.'

그 말은 나도 이해할 수 있었다. 우리는 죽고 싶어서 손목을 긋는 게 아니다. 사라지고 싶을 만큼 지독한 괴로움에서 해방되고 싶어서 리스트컷에 매달리는 것이다. 손목을 그으면 가까스로 그날을 넘길 수 있다. 마야의 말처럼 내 팔에 있는 흉터도 하루하루 가까스로 살아남았다는 발자국 같은 것이다.

'리스트컷, 그만둘 마음 없어?'

'그만두면 죽어. 다음에 같이 하지 않을래?'

나는 대답하지 않았다. 이 학교의 야간반 입학이 정해진 올봄부터는 한 번도 리스트컷을 하지 않았다. 오후 늦게 시작하는 이 학교라면 나도 다닐 수 있다. 나를 아무도 모르는 곳에서 다시 시작할 수 있다. 그렇게 생각하니 마음이 조금 가벼워지고, 리스트컷을 하지 않으면 견딜 수 없을 만큼 커다란 파도도 오지 않았다.

그래도 막상 다니기 시작하자 교실이라는 곳은 역시 커다란 부담으로 다가왔다. 더구나 이곳은 내가 알고 있는 학교와는 비교도 되지 않을 만큼 혼란스러웠다. 모두 사정이 있어 보이는 학생들 사이에서 내가 있을 곳을 발견할 수 있다는 자신감은 생기지 않았다.

나는 야간 고등학교에서도 있을 수 없는가. 큰 실망과 불안이 작은 기대를 침식해서, 리스트컷을 참는 것에 대한 부작용처럼 과호흡이 일어나게 되었다. 다시 손목을 긋기 시작하면 과호흡은 일어나지 않을지도 모른다. 실제로 지난 며칠간, 집에 가서 한밤중까지 방에서 멍하니 앉아 있었을 때, 문득 커터 칼에 손을 내밀고 싶다는 충동에 휩싸이는 일이 있었다. 그런 충동을 억제할 수 없는 것이 먼저인가, 학교를 그만두는 것이 먼저인가……

4교시의 끝을 알리는 차임벨이 울렸다. 마야는 잠들었는지, 희미한 숨소리가 들렸다.

집에 갈 채비를 하기 전에 여느 때처럼 사이드테이블의 서랍에서 '방문 노트'를 꺼냈다. 기록을 적는 페이지를 펼친 순간, 무심코 "어?" 하는 목소리가 새어 나왔다. 어제의 '일지 기록 : 15화성일째' 밑에 글씨가 쓰여 있었던 것이다. 꼼꼼한 글자는 본 적이 있다.

'《별의 계승자》는 굉장한 걸작이죠. 《마션》도 재미있었어요. 화성에 관심이 있다면 방과 후에 물리준비실로 오지 않을래요? 재미있는 실험을 하고 있습니다. 후지타케.'

역시 후지타케다. 그런데 왜…….

나는 노트를 들고 사쿠마에게 가서, 그 페이지를 보여주었다.

"저기…… 이거 사쿠마 선생님이 후지타케 선생님에게……?"

"응." 사쿠마는 노트를 힐끔 보더니, 다시 책상 위에 있는 서류에 눈길을 떨구고 말했다. "그런데?"

"제가 여기에 뭔가 쓰고 있다는 걸 알고 계셨어요?"

"몰랐어. 오늘 수업 시작 전에 보건실을 소독했는데, 네 침대의 사이드테이블 위에 있더라고. 그때 처음 봤어."

아차차. 어제 서두른 탓에 서랍에 넣지 않고 집에 간 것이다.

"암호 같아서 무슨 뜻인지 몰랐는데, 소설 제목이 쓰여 있잖아? 알아봤더니 SF 소설이더라고. 다른 것도 전부 과학 용어인가 해서 후지타케 선생님한테 물어봤어. 그랬더니 그 선생님이 엄청 좋아하지 뭐야?"

"좋아해요?"

"그곳에 쓰여 있지? 물리준비실에서 과학 동아리 같은 걸 하고 있나 봐. 너도 참여해줬으면 하는 것 같아."

"하지만 전……."

"어제 여기서 과호흡을 일으켰지?" 사쿠마가 의자를 돌려 진지한 얼굴로 말했다. "그 '막사'라는 거, 학교 안에 한 군데쯤 더 있어도 좋지 않을까?"

물리준비실이 어디 있는지는 모른다. 하지만 절반쯤 열린 문에서 어두운 복도로 불빛이 새어 나오는 걸 보면 그곳이리라.

"……라이트는 이걸로 괜찮아요?"

안에서 목소리가 들려서 살며시 들여다보자 남학생의 모습이 보였다. 지저분한 회색 작업복에 부스스한 금발과 수많은 피어스. 나보다 나이가 조금 많을까. 외모만 보면 과학을 좋아할 분위기는 아니다.

들어갈 용기가 나지 않아서 우두커니 서 있자 복도에서 발소리가 다가왔다. 티셔츠에 청바지 차림의 통통한 여성이었다. 나를 보고 생긋 웃으며 "무슨 일로 왔어?" 하고 말을 걸었다. 말투를 통해 외국 출신이라는 걸 알았다. 나이는 우리 엄마와 비슷할 것이다.

"후지타케 선생님께 볼일 있어? 잘 왔어, 들어가자."

대답도 하지 않았는데, 여성은 내 팔을 잡고 안으로 데려갔다. 당황해하는 나를 보고 실험대에 있던 후지타케가 가볍게 미소를 지었다.

"올 줄 알았어요."

"누구예요?" 금발이 눈살을 찌푸리며 후지타케에게 물었다.

후지타케가 나와 두 학생을 서로 소개했다. 금발의 남학생은 야나기다 다케토. 중년 여성은 고시카와 안젤라. 둘 다 2학년이라고 한다. 기묘한 조합이었지만, 이 두 사람과 후지타케는 일주일에 몇 번 지구나 행성의 현상에 관한 과학 실험을 하고 있다고 한다.

"오늘부터 화성의 저녁놀을 재현하는 실험을 할 겁니다." 후지타케는 태연하게 놀라운 말을 했다.

다케토가 옆에서 무뚝뚝한 얼굴로 말했다. "화성의 저녁놀은 파란색이래."

"파란색?"

그건 몰랐다. 화성의 하늘은 왠지 희미한 빨간색일 거라고 생각했다.

"믿기지 않지? 그래서 그걸 확인하는 거야."

"페트병 가져왔어요." 안젤라가 2리터짜리 빈 페트병을 가방에서 꺼내며 말했다. "깨끗하게 씻어놓은 거예요."

"일단 우리가 가지고 있는 재료로 시험해보죠. 얼마나 잘되는지 말이에요."

그렇게 말하고 후지타케가 지시를 내리자 다케토와 안젤라는 재빨리 움직였다. 준비라고 해도 물을 채운 페트병에 적갈색 가루를 조금 넣었을 뿐이다. 산화철 분말이라고 한다. 나는 조금 떨어진 곳에서 긴장된 얼굴로 모두의 모습을 지켜보는 수밖에 없었다.

"그러면 야나기다 군, 페트병을 잘 흔들어서 분말을 섞어주세요. 그리고 곧바로 실험대에 눕혀주세요."

다케토가 지시하는 대로 하자 후지타케는 손전등 타입의 백색 LED 라이트를 실험대 안쪽에 고정하고, 측면에서 페트병을 비추었다.

"그럼 투과광을 잘 보세요."

다케토와 안젤라가 나란히 허리를 숙이고 페트병을 통과하는 빛을 확인했다.

다케토의 입에서 가느다란 소리가 흘러나왔다. "으음, 뭐 약간 파랗긴 하지만요."

안젤라도 동의했다. "듣고 보니 그런 느낌이에요."

나는 후지타케의 재촉을 받고 쭈뼛거리며 실험대로 다가가 페트병에 얼굴을 가까이 댔다. 투과광은 분명히 푸른빛이 감도는 것처럼 보이지만, 몹시 희미하다.

후지타케가 말했다. "산화철 분말이 부족했을지도 몰라요."

"그럼 분말의 양을 조금씩 늘리면서 해볼까요?" 다케토가 소매를 걷어붙이며 말했다.

보기와 달리 매우 적극적이다.

"그래요. 몇 그램에서 어떻게 보이는지, 느낌이라도 상관없으니까 데이터를 써두는 게 좋겠군요."

다케토와 안젤라가 작업을 시작하는 걸 보고, 후지타케가 내게 안쪽으로 오라고 했다. 창가에 있는 책상에서 노트북 컴퓨터를 열고 내게 둥근 의자를 권했다.

"마니아라고까진 할 수 없지만 나도 SF 팬이랍니다." 후지타케가 다짜고짜 말했다. "《마션》, 영화도 봤나요?"

"네…… 일단은."

할리우드 영화인 〈마션〉에서는 맷 데이먼이 화성에 혼자 남겨진 우주비행사 역할을 맡았다. DVD를 빌려서 봤지만, 솔직히 말해 소설이 훨씬 재미있었다.

"영화에도 해 질 녘 장면이 나왔지만, 하늘은 오렌지색이었죠. 하지만 실제로 화성의 일몰 상황은 이런 느낌이라고 합니다."

후지타케는 재빨리 컴퓨터를 조작해서 사진을 하나 불러냈다. 검은 대지의 뒤쪽에 숨겨져 있는, 희푸른 태양. 그걸 에워싼 하늘은 파랗게 물들고, 방사상으로 멀리 갈수록 옅어지면서 회색으로 바뀌었다.

"예쁘다……."

무심결에 혼잣말처럼 중얼거렸다. 그야말로 파란 저녁놀이다.

"지구의 저녁놀이 왜 빨간지 알고 있나요?"

"아뇨, 그냥 느낌으로밖에……."

후지타케는 종이에 그림을 그려 레일리산란이라는 현상을 설명해주면서, 지구의 하늘이 파랗고 저녁놀이 빨간 이유를 가르쳐주었다.

낮의 하늘이 파란 건 태양광이 공기 분자에 부딪혀서, 하늘 전체에 파장이 짧은 파란빛이 더 강하게 흩어지기 때문이다. 일몰이 가까워지면 태양광이 대기를 통과하는 거리가 길어지고, 파란색 이외의 빛도 산란의 영향을 받게 된다. 따라서 서쪽 하늘을 보면 가장 파장이 길고 흩어지기 힘든 빨간빛이 살아남아서 눈에 들어온다. 그것이 지구의 저녁놀이 빨갛게 보이는 이유라고 한다.

"화성에서는 그 반대의 현상이 일어나고 있답니다. 화성에는 공기가 매우 희박하지만, 그 대신 바람에 휘말린 먼지가 대량으로 섞여 있죠. 먼지 입자의 크기는 빨간색 파장에 가까워서, 태양광 중 빨간빛을 더 강하게 흩어지도록 만듭니다. 그래서 화성의 낮 하늘은 빨간색이에요. 저녁때가 되어서 태양의 고도가 낮아지면 흩어지지 않고 남은 파란빛이 우리 눈에 닿아서, 파란 저녁놀을 볼 수 있는 거죠."

"그렇다면……." 나는 실험대 쪽으로 고개를 돌려, 다케토가 전자저울로 무게를 재고 있는 적갈색 분말을 보면서 말했다. "저 산화철 분말을 화성의 먼지 대신 사용하는 건가요?"

"바로 그거죠."

후지타케는 그 밖에도 화성의 풍경 사진을 몇 장 보여주었다. 웅대한 크레이터의 파노라마 사진과 신비한 모양의 사구, 소용돌이 같은 진선풍塵旋風, 지면 가까이에서 모래나 먼지 등을 일으켜 날리게 하는 강한 회오리바람을 포착한 사진도 있었다. 모두 실제로 누군가가 그곳에서 카메라를 들고 찍은 듯한 현장감이 있었다. 화성에 내려선 사람은 아직 아무도 없는데.

"이런 사진은 어떻게 찍은 거예요?"

"지금 보여준 건 전부 오퍼튜니티가 찍은 영상이에요. 조금 전에 보여준 파란 저녁놀도 그렇고요."

"오퍼튜니티……."

들은 적이 있긴 하지만…….

"《마션》에도 이름이 나오지요. NASA의 화성 탐사차입니다."

후지타케는 그 기체의 사진도 보여주었다. 좌우에 바퀴가 세 개씩 달린 탐사차로, 차체의 앞부분에서 바로 위로 기다란 목이 있고, 카메라 같은 눈이 두 개 달려 있다. 맨 끝에는 로봇 암이 달려 있고, 보디 윗면을 덮는 건 날개 모양의 태양전지 패널이다. 전체적인 모습은 새 같은 동물을 연상시켜서 매우 사랑스러웠다.

"이 애가 하는 일은 사진을 찍는 거였나요?" 나는 깊이 생각하지 않고 물었다.

"이 애…… 딱 맞는 표현이군요." 후지타케가 미소를 지으며 말을 이었다. "그래요, 사진을 찍는 것도 이 애의 일이었죠. 사람들이 오퍼튜니티한테 기대한 건 화성에 생명을 키울 환경이 있었는지 확인하는 거였습니다. 그걸 위해서 암석을 분석하거나 물이 존재한 흔적을 찾거나 하면서, 가는 곳곳의 영상을 지구로 보내주었어요. 하지만……."

후지타케는 컴퓨터를 조작하면서 덧붙였다.

"오퍼튜니티가 찍은 영상 중에서 내가 제일 좋아하는 건 암석이나 지형 사진이 아닙니다. 파란 저녁놀 사진도 아니고요. 바로 이거죠."

화면에 나온 것은 바큇자국 사진이었다. 끝없이 펼쳐진 황량한 붉은 대지에, 구불구불하면서 끊임없이 이어진 작은 두 개의 바큇자국. 바큇자국 안에 있는 가느다란 선은 차바퀴의 홈이 만든 것이다. 사진의 앞쪽에는 자신의 그림자 같은 것이 찍혀 있었다.

"오퍼튜니티의 바큇자국……. 이 애가 자기 혼자 온 길을 돌아보고 찍은 거죠."

18화성일째. 문고판을 머리맡에 두고 휴대폰에 손을 내밀었다.

대기 화면은 '오퍼튜니티의 바퀴자국'이다. 사진은 후지타케가 보내주었다. 휴대폰을 손에 들 때마다 무심코 멍하니 바라보게 된다. 이 사진이 머리에서 떠나지 않는 건 후지타케가 오퍼튜니티의 생애를 자세히 말해주어서다.

오퍼튜니티는 믿을 수 없을 만큼 열심히 일한 아이였다. 2003년 7월에 발사해서 약 반년간 우주를 여행한 다음, 2004년 1월에 화성에 도착했다. 에어백에 감싸인 상태로 통통 튀면서 착륙한 건 작은 크레이터의 한가운데였다고 한다.

설계 단계에서 예상했던 운용 기간은 약 3개월. 그걸 목표로 고독한 여행을 시작했다. 몇 가지 중요한 발견을 하면서 힘들게 크레이터를 탈출해, 또 다른 크레이터로 향한다. 그러는 사이에 3개월이라는 기간은 이미 지났다. 바위와 급경사면이 많은 화성 여행은 결코 쉽지 않았다. 앞바퀴를 두 개 잃거나 모래 구덩이에 빠지거나, 원인을 알 수 없는 전력 저하에 처하면서도 그때마다 문제를 극복하고 앞으로 나아갔다. 모래 폭풍우가 발생하면 휴면하면서 그것이 지나가기를 조용히 기다렸다.

그리고 흠칫 정신을 차렸을 때는 어느샌가 14년이 지나 있었다. 처음에 예상한 것보다 50배가 넘는 시간을 여행한 것이다. 하지만

2018년, 대규모 모래 폭풍우에 휘말려 장시간 햇빛이 차단되면서 마침내 태양전지가 끊어지고, 기능이 회복되지 않은 채 통신이 중단되었다. 그 후에도 NASA에서는 신호를 거듭해서 보냈지만 오퍼튜니티에게선 응답이 없고, 2019년 2월에 미션 완료가 선언되었다……

침대에 똑바로 누운 채, 두 팔을 내밀어 휴대폰을 얼굴 위로 들었다.

이 사진은, 실제로는 NASA의 오퍼레이터가 찍게 한 것이리라. 하지만 왠지 오퍼튜니티가 긴 목을 돌려서 뒤를 돌아보고, 자신의 의지로 셔터를 누른 것 같다는 생각이 들었다. 자신의 뒤쪽에 끝없이 뻗어 있는 두 개의 바큇자국을 보고.

그 바큇자국은 이 아이가 혼자서 이성異星의 들판을 몇 년이나 여행해왔다는 증거이자, 생명의 느낌이 하나도 없는 절대적인 고독 속에서 열심히 살아왔다는 발자취가 아닐까.

티셔츠의 소매가 흘러내려서 리스트컷 자국이 보였다. 손목에서 팔꿈치 안쪽으로 순서대로 새겨진 수많은 상처. 그렇다. 마치 바큇자국 같다. 왼팔을 들어 올려 팔꿈치까지 맨살을 드러내고, 상처 흔적을 '오퍼튜니티의 바큇자국'과 비교해보았다. 그제야 겨우 내가 왜 그토록 이 사진에 마음을 빼앗겼는지 알 것 같았다.

누군가가 불러서 사쿠마가 밖으로 나갔다.

그러자 그 기회를 노리고 있었던 것처럼 마야가 커튼 사이로 얼굴을 들이밀었다. 마야는 요즘 매일 3교시나 4교시에 보건실에 와서, 방과 후까지 내 옆 침대에서 지내고 있다.

마야가 목소리를 낮추고 말했다. "있잖아. 어제 부탁한 거, 가져왔어?"

"아아…… 응."

나는 가방에서 하얀 비닐봉지를 꺼냈지만, 망설일 수밖에 없었다.

"그런데 정말 괜찮을까?"

"괜찮다니까."

마야가 재빨리 손을 내밀어 비닐봉지를 낚아채더니, 안에 있는 알약을 확인했다.

"그래그래, 이거야! 나도 먹은 적 있어."

내가 처방받은 항불안제였다. 먹지 않고 모아두어서 수십 정이나 된다. 약이 떨어져서 그러니까 자기에게 달라고 한 것이다. 사쿠마가 돌아오자 마야는 그걸 슬쩍 등 뒤에 감추고, 아무렇지도 않은 얼굴로 자기 침대에 돌아갔다. 곧바로 라인으로 메시지가 도착했다.

'살았다. 요즘 병원에 갈 수 없었거든. 돈이 없어서.'

'알바 하잖아?'

'알바비 받은 거 엄마한테 전부 빼앗겼어.'

대부분은 파친코와 술에 쓴다고 한다.

커튼을 사이에 두고 이루어진 최근 며칠간의 메시지를 통해, 단편적이긴 하지만 마야의 상황을 알게 되었다. 그녀는 주간반 고등학교를 중퇴하고 다시 야간반에 들어와서, 나보다 한 살 많다. 엄마와 둘이 살고 있다. 친아버지한테서도, 양친이 이혼하고 아파트에 굴러 들어온 엄마의 애인한테서도 심한 폭행을 당했다. 그녀가 중학생일 때, 엄마가 정신적인 문제로 잠시 입원하는 사이에 할머니와 함께 산 걸 계기로 학교에 가지 않았다고 한다.

친아버지는 지금 미국 교도소에 있다. 한때 어울렸던 조폭이 각성제 주사를 놓으려고 해서 도망쳤다. 그런 거짓말 같은 말을 종종 하는 바람에, 마야의 말을 어디까지 믿어야 할지 모르겠다. 다만 그 애의 마음에도 커다란 무언가가 빠져 있어서, 그것을 다른 걸로 메우려고 발버둥 치고 있다는 것만은 절실하게 느껴졌다.

괴로울 거라는 건 알지만, 내게 아무리 이야기를 해도 해줄 수 있는 건 아무것도 없다. 남을 걱정할 수 있을 만큼 마음의 여유는 없고, 대답도 '그래?'와 '알아' 말고는 없으니까.

'있잖아, 오늘도 실험 있어?'

'그래, 있어.'

어제 방과 후에도 물리준비실에서 실험에 참가했다. 그때 어디 가느냐고 마야가 물어서, 후지타케의 실험에 관해서 말해주었다.

'가지 마.'

어제도 그렇게 말했다. 외롭다고 하면서.

'하지만 가고 싶어.'

'왜 그런 곳에 가는 거야? 나 혼자 놔두지 마. 여기에서 더 얘기하고 싶어.'

대꾸를 하지 않고 있자 15분쯤 지나서 옆 침대에서 커튼 열리는 소리가 났다. 한순간 긴장했지만 마야는 "선생님, 오늘은 그만 갈게요" 하고 보건실에서 나갔다.

4교시가 끝나기를 기다렸다가 물리준비실로 향했다. 도중에 교무실에서 나온 후지타케를 만나고, 연결복도에서 안젤라도 합류했다.

후지타케가 나를 쳐다보면서 말했다. "오늘은 신병기가 있다고 하더군요. 야나기다 군이 수조를 만들어온 모양이에요."

"수조요?"

"화성의 저녁놀 실험에 지금까지 페트병을 사용했잖아요? 빛이 통과하는 거리를 더 길게 하기 위해, 아크릴판으로 직사각형 수조를 만들어왔다더군요."

안젤라가 미소를 지으며 말했다. "야나기다가 손재주가 좋아요. 손재주도 좋고, 의외로 섬세하죠. 사람은 겉만 보고 몰라요."

L자 건물의 모퉁이를 돌았을 때, 복도 끝에서 뭔가 소리가 들렸다. 그 소리는 이내 긴박한 목소리로 바뀌었다.

"야! 너 왜 이래? 정신 차려!"

다케토의 목소리다. 후지타케가 뛰어갔다. 나도 안젤라와 같이 황급히 뒤를 따랐다. 물리준비실 앞에는 사람의 그림자가 두 개 있었다. 벽에 기댄 채 주저앉아 있는 누군가에게 다케토가 연신 말을 걸었다. 그건…… 마야였다.

다케토가 소리쳤다. "선생님! 이 녀석, 손목을 그었어요! 피가 장난 아니에요!"

"안젤라 씨, 보건실에 가서 사쿠마 선생님을 불러오세요." 후지타케가 다급하게 말했다.

안젤라가 튕기듯이 뛰어가자 후지타케는 물리준비실 문을 활짝 열고 안의 불을 켰다. 복도까지 빛이 닿아서 그제야 어떤 상황인지 알 수 있었다.

마야는 의식은 있었지만 눈의 초점이 맞지 않았다. 왼쪽 손목 부위를 꽤 깊게 그었는지, 손가락 끝까지 새빨갛게 물들고 바닥에는 피 웅덩이가 생겼다. 그 옆에는 커터 칼이 떨어져 있었다.

다케토가 빠른 말투로 설명했다. "내가 왔을 때는 이미 여기에 주저앉아 있었어요. 무슨 일이냐고 물어도 대답하지 않길래, 자세히 쳐다보니 피투성이였고……."

그러는 사이에 후지타케는 마야의 왼팔을 들어 올리고, 팔목 주변을 꽉 쥐었다. 지혈하려는 것 같다. 나는 마야에게 도움이 되기는커녕 온몸이 움츠러들어서 말도 할 수 없었다.

사쿠마는 곧바로 달려왔다. 이미 두 손에 비닐장갑을 끼고 있었다. 익숙한 동작으로 상처 위치와 출혈 방법을 확인하고, 평소처럼 담담한 어투로 후지타케에게 말했다.

"거긴 누르지 않아도 돼요. 동맥은 잘리지 않았어요."

후지타케가 손을 떼자 사쿠마는 가져온 상자에서 거즈를 꺼내 상처를 꼭 누르며 압박 지혈을 시작했다.

다음 날, 평소처럼 보건실로 등교하자 사쿠마는 선반 앞에서 비품을 보충하고 있었다.

"……안녕하세요."

사쿠마가 나를 힐끔 쳐다보면서 말했다. "안색이 안 좋네."

"네에……. 어제 잠을 제대로 못 잤거든요."

지금은 그것보다 묻고 싶은 게 많았다.

"마쓰타니는 괜찮아요?"

그 이후 구급차를 부르는 대신 사쿠마와 후지타케가 택시로 근처에 있는 종합병원 응급실로 데려갔다.

"괜찮아. 봉합해서 집까지 데려다줬어."

"다행이네요."

"마쓰타니가 손목을 긋기 전에 항불안제를 많이 복용한 것 같아. 약물 중독이지."

"네?"

얼굴에서 핏기가 사라졌다. 그 약이라면…….

"그래서 몽롱해서 더 깊이 그은 것 같아."

그렇다면 내 탓이다. 하마터면 죽었을지도 모른다. 솔직하게 말해야 할까? 하지만…… 입술이 덜덜 떨릴 뿐, 그 이상 움직여지지 않았다.

사쿠마가 그것을 알아차리고 물었다. "왜 그러는데?"

"저기……." 역시 잠자코 있을 수 없어서 솔직히 털어놓기로 했다. "그거…… 제가 준 약인 것 같아요."

나는 마야가 무슨 부탁을 했는지 전부 다 말했다.

잠자코 듣고 있던 사쿠마는 나를 야단치지도 않고, 한숨을 한 번 쉬고 나서 말했다. "가족한테 말해서 남은 약은 모두 압수하는 게 좋을 것 같구나."

"가족이라면, 엄마한테 말인가요? 하지만……."

딸의 아르바이트 비용을 빼앗아서 파친코를 하는 엄마다.

사쿠마와 눈이 마주쳤다. 그녀는 작게 고개를 끄덕이고는 "그래" 하고 의자에 앉았다.

"어제 응급실에서 알았는데, 마쓰타니 마야는 자기 혈액형을 모르더라고. 부모님이나 주변의 어른들이 그 애 몸을 신경 써준 적이 한 번도 없었나 봐."

몸만이 아니다. 마음도 그렇다. 얼마나 외로웠을까? 나도 똑같은 처지라서 가슴이 아플 만큼 이해가 되었다.

"아무리 그래도 그건 보호자한테 맡기는 수밖에 없어."

"네……?"

나도 모르게 기묘한 목소리가 새어 나왔다. 사쿠마의 말투가 너무도 차갑게 들린 것이다.

사쿠마는 책상에 서류를 펼치면서 말을 이었다. "야간반에서는 수업 중에 리스트컷을 하는 건 흔한 일이고, 폭행 사건도 많아. 예전에 있던 학교에서는 학생이 선생을 찌른 일도 있었고. 내게 가장 중요한 일은 학교 안에서 아이들을 죽게 하지 않는 것, 모두 살아서 집으로 돌려보내는 거야."

어제 그런 일이 있어서 당연할지도 모르지만, 4교시가 시작되어도 마야는 나타나지 않았다.

보건실은 조용했다. 조금 전 체육 수업에서 누군가가 발을 삐었는지, 사쿠마는 체육관에 가서 아직 돌아오지 않았다.

문 열리는 소리가 나고 누군가가 안으로 들어왔다. 사쿠마가 돌아온 걸까. 하지만 발소리는 곧장 내 침대 쪽으로 다가왔다. 사람의 그림자가 비쳤는가 싶더니 눈앞의 커튼이 힘차게 젖혀졌다. 숨이 멎을 것 같았다. 눈앞에 마야가 서 있었다.

"……마쓰타니."

"가스미, 내 말 좀 들어봐. 굉장한 얘기야."

왼팔의 붕대가 애처로워 보이고, 오른팔에는 하얀 비닐봉지가 매달려 있다.

"굉장한 얘기? 뭔데?"

정체를 알 수 없는 기이함을 느끼고 목소리가 떨렸다.

"약을 잔뜩 먹고, 리스트컷을 하는 거야. 기분이 얼마나 좋은지 몰라."

"그건…… 안 돼."

"지금 같이 하자."

마야는 무릎걸음으로 내 침대 위로 올라왔다.

"이러지 마……."

도망치고 싶은데, 온몸의 힘이 빠져서 꼼짝도 할 수 없었다.

마야는 내 몸을 누르듯이 뒤덮고, 오른손을 비닐봉지 안에 넣어서 무언가를 잔뜩 움켜쥐었다. 전부 알약이다. 양으로 볼 때 내가 준 항불안제만은 아니다. 기침약이나 진정제나…….

"50알쯤 먹으면 완전 대박이야."

나는 얼굴을 가까이 대는 마야의 어깨를 두 손으로 잡았다. 부분 염색한 핑크색 머리칼이 내 뺨을 스쳤다.

"우린 친구잖아? 지난번 과호흡 때 내가 구해줬잖아."

등을 어루만져준 마야의 손길이 떠올라서 한순간 힘이 빠졌다.

"이번에는 나를 구해줘."

마야의 손에 턱을 잡힌 순간…….

흰 가운의 팔이 다가와서 마야의 목을 잡고 뒤쪽으로 힘껏 떼어냈다. 마야는 작게 비명을 지르고 바닥으로 떨어졌다. 수많은 알약이 소리를 내고 보건실 바닥에 흩어졌다.

바닥에 쓰러진 마야 앞에 사쿠마가 우뚝 섰다.

"여기서 나가. 지금 당장. 다른 사람까지 위험하게 만든다면, 여기에 네가 있을 곳은 없어." 억양이 없는 사쿠마의 목소리가 보건실에 울려 퍼졌다.

마야는 두 손으로 바닥을 짚은 채 얼굴도 들지 않고 콧물을 훌쩍였다. 이윽고 천천히 일어나서 출입구를 향했다.

"……그렇다면 이제 죽어줄게."

마야는 혼잣말처럼 그 말을 남기고는 뒤도 돌아보지 않고 보건실에서 나갔다.

사쿠마는 아무 일도 없었던 것처럼 청소기를 꺼내서 바닥의 알약을 빨아들이기 시작했다. 그 모습을 침대에서 지켜보던 나는 청소기의 모터 소리가 멈추기를 기다렸다가 말했다.

"마쓰타니…… 진짜로 죽을지도 몰라요."

사쿠마가 청소기를 두고 내 옆으로 다가와, 침대 가장자리에 걸터앉았다.

"이 학교에는 말이지, 학대를 받거나 육아 방임에 가까운 상태에서 자란 아이들이 해마다 몇 명씩 들어와. 그런 아이들은 대부분 1년도 되지 않아서 그만두지. 그 애들을 다 붙잡기는 힘들어. 난 어디까지나 간호사 출신의 보건 교사이지, 정신과 의사도 카운슬

러도 아니니까."

"간호사 선생님이었어요?"

"계속 구명구급 현장에 있었어. 보람 있는 일이었지만 매일 너무 힘들어서 몸이 망가졌지. 서른 살 때 보건 교사 자격증을 따서 어느 고등학교 야간반에서 일하기 시작했어. 그 학교에도 보건실로 등교하는 여학생이 두 명 있었지. A, B로 말하자면, A는 트러블 메이커였고, B는 거의 말을 하지 않는 얌전한 아이였어."

사쿠마의 말에 따르면 A는 아동보호시설 출신으로, 툭하면 폭력을 휘두르는 남자와 동거했다고 한다. 교내를 어슬렁거리면서 수업을 방해하거나, 교사와 문제가 생기면 리스트컷을 하고 "이제 죽고 싶다"라며 보건실에서 흐느껴 울었다. 남자에게 얻어맞고 한밤중에 아파트에서 뛰어내리기도 하고, 건널목 근처에서 "지금 열차에 뛰어들겠어" 하고 사쿠마한테 전화를 건 적도 있었다고 한다.

"그때는 나도 경험이 별로 없었어. 그래서 A를 동정해서 나도 모르게 너무 깊숙이 들어갔지. 그렇게 끔찍한 환경에 있는 아이는 처음이었거든. 그래서 툭하면 A를 때리는 애인을 만나 직접 담판을 짓거나, 구청에 이야기하거나. 어떻게든 그 애를 구해주기 위해 뛰어다니느라 B가 며칠간 보건실에 나타나지 않는 것도 몰랐어. 그 결과, 정말로 목숨을 끊은 건 A가 아니라 B였지."

"B는 왜……."

사쿠마는 힘없이 머리를 가로저었다.

"이건 어디까지나 추측이지만, 내가 A만 돌봐주는 걸 보고 버림받았다고 여겼을지도 몰라. A도 문제는 무엇 하나 해결하지 않은 채, 그 이후에 학교를 그만뒀고." 사쿠마는 턱을 약간 올리고 허공을 바라보면서 말을 이었다. "그 사건이 있고 나서 계속 생각했지. '난 모든 학생을 구할 수는 없다. 그렇다면 누구를 구하고 누구를 구하지 말아야 하는가.' 트리아지triage라는 거 알아?"

나는 고개를 끄덕였다. 별들의 전쟁을 다룬 소설에서 본 적이 있다. 부상자가 많이 나온 현장에서 환자의 중증도에 따라 치료나 이송의 순위를 정하는 것이다. 회복할 가능성이 없는 사람은 아예 처치하지 않는 경우도 있다.

"구명구급 현장에서 수도 없이 보아온 트리아지를 결국 여기에서도 하고 있어. 구급보다 힘든 건 아무리 경험을 쌓아도 정답을 모른다는 거야."

그렇게 말했지만 옆얼굴에는 포기의 빛이 없었다. 오히려 그 표정은 용감하고, 결의가 담긴 것처럼 보였다. 어떤 상황에서도 계속 여기에 있겠다는 결의.

사쿠마가 일어나서 흰 가운의 주머니에 두 손을 넣고 나를 돌아보았다.

"이번에 마쓰타니는 널 위험에 빠뜨리려고 했어. 그래서 난 그 애가 아니라 널 지킬 거야. 너도 그 애보다 너 자신을 구해. 난 자신을 구하려고 하는 사람밖에 도와줄 수 없으니까."

물리준비실의 조명을 껐다.

다케토가 만든 아크릴 수조는 폭 25센티미터, 높이 10센티미터 정도였다. 안에 들어 있는 건 이번에도 물과 산화철 분말.

수조의 오른쪽에는 스탠드에 부착한 백색 LED 라이트, 왼쪽에는 작은 하얀 스크린을 설치했다. 라이트를 켠 순간, 빛이 수조를 빠져나가 스크린에 닿았다. 색깔은 희미한 파란색, 화성의 저녁놀이다. 하지만 수조 안의 현탁액 고체 입자가 분산되어 있는 액체은 빨간색으론 보이지 않았다.

"으음, 역시 틀렸나?" 다케토가 이마에 주름을 잡았다.

안젤라도 고개를 갸웃거리며 말했다. "빨간색이 아니야. 가스미한테는 무슨 색으로 보여?"

"누렇다고 할까요?" 나는 솔직하게 대답했다.

안쪽 책상에서 노트북 컴퓨터를 마주하고 있는 후지타케는 일하는 손길을 멈추고 이쪽을 보았지만, 눈을 가늘게 뜨고 미소를 지었을 뿐 아무 말도 하지 않았다.

최적의 조건을 찾아서 스크린 위에 화성의 파란 저녁놀을 재현하는 실험은 이제 꽤 잘할 수 있게 되었다. 파장이 짧은 파란빛이 수조를 빠져나가면 현탁액 속의 분말로 인해 산란하는 건 파장이 긴 빛뿐이고, 수조를 옆에서 봤을 때의 색은 붉은 기운을 띨 것이다. 즉, 화성의 빨간 하늘을 관찰할 수 있어야 하는데, 그것이 잘되지 않는다.

다케토와 안젤라가 새로운 비율의 현탁액을 만들기 시작했다.

그 모습을 보면서 나는 문득 생각했다. 후지타케는 왜 이 두 사람을 선택한 걸까. 그리고 다른 학생이 아니라 왜 나를.

사쿠마가 말한 트리아지라는 말이 머릿속에 떠올랐다. 어쩌면 후지타케도 사쿠마와 똑같은 갈등을 가지고 과학부 활동을 하고 있을지도 모른다. 그렇다면 내가 지금 여기에 있는 건 단지 우연일 뿐이다. 그 '방문 노트'에 적은 작은 신호를 후지타케가 우연히 받은 것에 불과하다. 그것을 진정한 행운으로 만드느냐 마느냐는 앞으로 나한테 달렸다.

그 사건이 있은 지 이제 곧 일주일이 된다. 나는 교실에 가는 연습을 시작해서 후지타케의 수업에는 출석할 수 있게 되었다. 다행히 아직까지 과호흡이 일어날 기미는 보이지 않는다. 여기서 다케토와 안젤라와 이야기를 나누는 것이 재활 훈련이 된 것이리라.

교실에서는 마야의 모습이 사라졌다. 보건실에도 나타나지 않고, 메시지도 오지 않는다. 마음에 걸리기는 했지만 떠올리지 않기로 했다. 사쿠마의 말처럼 일단 나부터 구해야 한다.

하교 시각인 10시가 되어서 다케토와 안젤라가 돌아간 뒤에도, 나는 물리준비실에 남았다. 실험에 관해서 어젯밤에 생각한 게 있지만, 두 선배 앞에서 말을 꺼내기 쑥스러웠던 것이다.

나는 집에 갈 채비를 하는 후지타케에게 물었다. "선생님, 한 가지 여쭤봐도 될까요?"

"물론이에요."

"이 실험에서는 왜 화성의 먼지로 산화철 분말을 사용하는 거예요?"

"실제로 화성의 표토에 함유된 물질이고 또한 간단히 구할 수 있어서예요. 화성의 먼지 크기라고 하는 1마이크로미터 정도의 입자 시약을요."

"하지만 화성의 진짜 먼지는 더욱 다양한 물질로 이루어져 있죠?"

"그래요. 화성의 표토를 구성하는 여러 광물의 미립자로 이루어졌을 거예요."

"어제 인터넷에서 이런 걸 발견했어요." 나는 휴대폰을 꺼내 북마크를 해두었던 과학 뉴스 사이트를 열면서 말했다. "미국의 대학 연구팀이 '화성의 흙'을 인공적으로 만들어서 판매하고 있대요."

계기는 역시 《마션》이었다. 화성에 남겨진 주인공은 식물학자로, 화성의 흙을 사용해서 막사 안에서 감자를 재배했다. 그 부분을 다시 읽어보고, 그러고 보니 화성의 흙은 어떤 걸까, 생각해보았다.

후지타케는 안경에 손을 대고, 내가 내민 휴대폰 화면을 응시했다. "이럴 수가…… 굉장하군요."

"이 흙을 사자는 게 아니라 이것에 가까운 걸 만들 수 없을까 해서요. 그리고 그걸 먼지로써 실험에 사용해보면 어떨까요?"

"점점 더 굉장해요." 후지타케는 만족스러운 미소를 지었다.

휴대폰을 대기 화면으로 돌리자 후지타케의 눈길이 배경 사진에 멈추었다.

"오! 그거 사용하고 있군요. 오퍼튜니티의 바퀴자국."

"네, 마음에 들어요."

"그러고 보니, 오퍼튜니티의 최대의 적은 화성의 먼지였다고 하더군요."

"아아, 마지막에 모래폭풍 때문에……."

"개발한 기술자들도 언젠가 먼지로 인해 움직일 수 없게 되리라고 생각했던 것 같아요. 화성에서 석 달이나 일하면 태양전지 패널에 모래 먼지가 쌓여서 전기를 만들 수 없다고 말이죠."

"그런데 어떻게 14년이나 버틴 거예요?"

"이유 중의 하나는 패널에 쌓인 먼지가 이슬에 씻기거나 계절풍에 날려간 거라더군요. 물론 그것만은 아니에요. 미션의 스태프들은 그 예상치 못한 행운을 살려서 오퍼튜니티가 되도록 오래 여행할 수 있도록, 생각할 수 있는 모든 노력을 했어요. 즉, 그들도 오퍼튜니티와 같이 오랫동안 여행한 거죠. 실은 대학 시절의 친구가 NASA에서 그 미션에 관여했답니다."

"네? 굉장해요!"

"그 친구가 오퍼튜니티 운용이 끝났을 때의 얘기를 해준 적이 있어요. 8개월간 통신이 두절됐던 오퍼튜니티한테 마침내 마지막 신호를 보냈던 날, 관제실에는 미션에 참여한 사람이 모두 모였죠. 그리고 짧은 신호를 네 번 보냈어요. 역시 응답 없음. '15년간, 임무를 수행하느라 수고했어.' 그 말과 함께 관리자가 미션 종료를 선언했을 때는 다들 눈물을 흘렸다고 하더라고요."

나는 휴대폰 화면에 눈길을 떨구었다. 이 애를 위해서 수많은 과학자가 눈물을 흘렸다니.

지금 이야기를 들었더니, 수도 없이 보았던 '오퍼튜니티의 바퀴자국'이 예전과 조금 다르게 보였다. 이 애는 자신의 뒤에 끝없이 이어지는 바퀴자국을 보고, 단지 고독을 느낀 것이 아니다. 분명히 좀 더 앞으로 나아가려고 했을 것이다. 지구에 있는 동료들의 존재를, 등에 있는 안테나에서 느끼면서.

물리준비실을 뒤로하고 학교에서 나왔다. 옆 건물에서 보니 1층 보건실에는 아직 불이 켜 있었다. 그곳에 사쿠마가 있다고 생각하니, 그것만으로 숨쉬기 편해졌다.

내일은 드디어 1교시부터 4교시까지 교실에 있을 생각이다. 만약 그것에 성공하면 집에 가는 길에 보건실에 들러서 사쿠마에게 보고하고 '방문 노트'에 이렇게 쓰자.

'일지 기록 : 24화성일째, 화성에서 지구로 무사히 생환.'

교문을 나와서 지하철역을 향해 언덕길을 내려갔다. 비가 그쳐서 몹시 덥기도 했고 사람도 지나가지 않아서 티셔츠의 소매를 팔꿈치까지 걷어 올렸다. 왼팔에 새겨진 흉터를 한 번 어루만졌다. 이 바큇자국은 여기서 종료.

 나는 지금부터 새로운 바큇자국을 만들 것이다.

4장

황금알의
충돌 실험

자기 페이스에 맞춰서? 우리 세대엔 생각할 수 없는 일이야. 살아가는 것에도, 배우는 것에도 죽을힘을 다했던 우리 세대엔 말이지. 정말이지, 요즘 젊은 녀석들은 참 편하다니까.

침대에 누워 있는 에미코가 눈만 움직여서 사이드테이블의 시계를 보았다.

"……벌써 8시 40분이야. 이제 그만 가봐."

아직 깊이 숨 쉴 수 없는 탓인지, 산소 튜브를 코 밑에 매단 아내의 목소리는 가냘프게 잠겨 있었다.

나는 "그래" 하고 수학 교과서를 덮은 뒤, 병원 개인실에 있는 간이의자에서 허리를 들었다.

병동의 면회 시간은 밤 8시 반까지지만, 9시가 넘지 않는 이상 간호사가 가라고 재촉하지는 않는다.

어떤 규칙이든 깨뜨리지 말아야 한다는 건 에미코의 타고난 성격이다. 오늘도 아침의 재활용 분리수거 때 우유팩을 그냥 내놓았다고 말했더니, 단호한 목소리로 "우유팩은 깨끗이 씻어서 잘 말린

다음, 가위로 잘라 펼쳐서 내놓아야지" 하고 나무랐다.

나는 짐을 챙기면서 말했다. "오늘은 학교에 들렀다 갈 거야. 담임한테서 부재중 전화가 들어와 있더라고."

"후지타케 선생님, 많이 걱정하시는 거 아니야? 한 번도 빠지지 않았던 사람이 일주일이나 빠졌으니까."

"다시 연락하겠다고만 녹음되어 있었는데, 한 번 얼굴을 보여주면 안심하겠지. 성실함을 그림에 그린 듯한 남자이니까."

문손잡이를 잡았을 때 에미코가 "여보" 하고 불렀다.

"내일부터는 학교에 가. 수술 후의 경과도 좋다고 했고, 당신이 계속 곁에 있지 않아도 되니까."

"알았어, 갈게. 2, 3일만 더 있다가."

가와다초의 대학병원을 나오자 아직 안개비가 흩뿌리고 있었다. 요즘 장마철 날씨가 계속되는 바람에 빨래가 마르지 않아서 큰일이다. 아내한테서 들은 선풍기 바람 쏘이는 방법을 오늘 밤부터 당장 시도해볼 생각이다.

우산을 쓸 정도는 아니라서 애용하는 중절모를 머리에 올리고 걸음을 내디뎠다. 오쿠보거리에서 왼쪽으로 꺾어, 평소의 버스는 타지 않고 그대로 걸어서 도립 히가시신주쿠고등학교로 향했다. 야간반 수업은 9시까지라서, 이제 슬슬 끝날 무렵이다. 복잡한 신오쿠보에 가기 전까지 이 일대는 옛날부터 주택가라서 오가는 사람이 거의 없다.

언덕길 도중에 있는 교문에 도착하자 마침 야간반 학생들이 한두 명씩 나오는 참이었다. 같은 2학년 세 명과도 지나쳤지만 다들 하나같이 고개를 숙인 채 걷고 있어서 나를 알아보는 사람이 없었다. 알아본다고 해도 인사도 하지 않겠지만.

요즘 아이들은 잘 모르겠다. 올해 일흔넷. 내가 너무 늙은 탓인지, 내 눈에는 초등학생이라고 착각할 만큼 어리게 보인다. 거의 매일 학교에 와서 가만히 자리에 앉아 있긴 하지만 공부할 마음이 있는 것처럼 보이지는 않는다. 애초에 표정에 생기가 없다.

항상 옆자리에 앉는 안젤라에 따르면 중학생 때 등교 거부를 했던 학생이 많다고 한다. 괴롭힘을 당했던 사람도 있는 것 같지만, 내가 보기에 이 야간반에는 폭력이나 폭언은 있어도 음습한 괴롭힘은 없다. 모처럼 환경이 바뀌었으니까 좀 더 적극적으로 공부에 힘쓰는 게 좋지 않을까.

그 아이들에 비하면 항상 교실 뒤쪽에서 빈둥거리는 불량 학생들이 더 이해가 된다. 그 녀석들도 눈에 거슬리고, 무엇을 하러 학교에 왔는지 모르겠다는 점에서는 마찬가지지만.

교문을 들어서자마자 보이는, 짙은 초록색 나뭇잎을 매단 벚나무 두 그루도 비를 맞고 있었다. 그 옆을 지날 때, 연결복도 밑의 출입구에서 금발의 청년이 나왔다. 귀에 짤랑짤랑 액세서리를 매단, 야나기다 다케토인가 하는 녀석이다.

다케토는 작업복 가슴 주머니에서 담배를 꺼내 입에 물고 불을 붙였다. 학교 건물에 들어가려고 하는 나를 힐끔 쳐다보더니 지나칠 때 연기를 내뿜었다. 일부러 그런 것이다.

나는 참을 수 없어서 그를 불러세웠다.

"이봐, 이런 곳에서 담배를 피우면 어떡해? 미성년 학생도 많이 지나가잖나?"

"어엉?"

다케토가 뒤를 돌아 위협적인 태도로 노려보았다.

"중정까지 가는 것도 참을 수 없나? 지금부터 그렇게 중독되면, 나이가 들어서 후회할 걸세. 폐나 심장이 나빠지면 다시는 돌이킬 수 없어."

다케토는 뻔뻔스러운 눈길로 나를 노려보고, 대답하는 대신에 다시 한 모금을 빨았다. 그러더니 연기를 거침없이 내뱉은 후에 중정 쪽으로 사라졌다. 정말이지, 난폭한 데다 예의라곤 찾아볼 수 없는 녀석이다. 나는 공중에 떠다니는 담배 연기를 손으로 뿌리치고, 다케토의 뒷모습을 노려보면서 학교 건물 안으로 들어갔다.

교무실에서는 후지타케의 모습이 보이지 않았다. 물리준비실에 있을 거라고 국어 교사가 가르쳐주어서 옆 건물로 이동했다. 쥐 죽은 듯 조용하고, 어두운 복도 안쪽에서 불빛이 새어 나오는 곳이다.

절반쯤 열린 문을 노크하고 "실례하겠습니다" 하고 안으로 들어갔더니, 후지타케가 실험대 앞에서 몸을 숙이고 있었다. 바닥에 있는 가로 1미터쯤 되는 용기(시멘트를 갤 때 사용하는 플라스틱 용기다)에 잔뜩 들어 있는 모래의 표면을 손으로 평평하게 만들고 있었다. 그 옆에는 '건조 규사'라고 적힌 25킬로그램짜리 모래주머니가 두 개 쌓여 있었다.

"무슨 공사라도 하나요?"

후지타케는 "아뇨, 실험 준비입니다" 하고 대답하고는 손의 모래를 털고 일어섰다.

"일부러 여기까지 오셨군요. 전 그저 어떠신가 여쭤보려고 했을 뿐인데요."

"병원에서 오는 길이거든요." 나는 옆의 둥근 의자를 끌어당겨 앉으며 말했다. "그저께 수술을 받았습니다. 수술은 잘됐다고 하더군요."

"그러세요? 다행입니다."

입원한 아내 곁에 있어줘야 해서 당분간 학교에 올 수 없다고 미리 말해둔 것이다.

"수술이라고 해도 흉강경 수술이거든요. 가슴에 구멍을 세 개 정도 뚫어서 거기로 작은 카메라며 수술기구가 달린 관을 넣지요. 수술 후에도 상처가 아프진 않나 봐요. 정말이지, 의학 기술의 발전은 놀라울 정도더군요."

"그러면 머지않아 퇴원하시나요?"

"네에…… 그렇겠죠."

그렇게 대답하긴 했지만 주치의의 말은 달랐다. 수술이 끝나고 언제쯤 퇴원할 수 있느냐고 물어보니 "조바심 내지 말고 차분히 지켜보죠" 하고 얼버무린 것이다. 이번에는 입원이 길어질 것임이 분명했다.

"어쨌든 며칠 더 상황을 지켜보고 나올 생각입니다."

"알겠습니다. 기다리겠습니다."

후지타케는 고개를 끄덕이고 말한 뒤, 불쑥 생각난 것처럼 "참, 그렇지" 하고 손뼉을 쳤다. 그러고는 실험대 위에 있는 작은 상자에 손을 내밀어 골프공 크기의 쇠구슬을 꺼냈다.

"나가미네 씨는 예전에 금속가공회사를 경영했다고 하셨죠?"

"아주 작은 공장일 뿐입니다."

"이 쇠구슬은 직경이 4센티미터인데, 이것보다 좀 더 큰 걸 구할 수 있을까요? 과학 교재 만드는 곳에서는 취급하지 않는 것 같아서요."

"그야 찾아보면 구할 수는 있겠지만…… 그런 걸 어디에 사용하시려고요?"

"크레이터의 형성 실험입니다."

"크레이터? 달 같은 곳에 있는 구덩이 말인가요?"

"네에." 후지타케는 쇠구슬을 들고, 모래가 든 플라스틱 용기 옆에 서서 말했다. "이 쇠구슬이 운석이고, 모래땅에 충돌한다고 가정해봅시다. 잠시 지켜보십시오."

그는 팔을 머리 위로 뻗어 2미터 정도의 높이로 쇠구슬을 올리더니, 평평한 모래 위에 툭 떨어뜨렸다. 털썩 하는 소리와 함께 모래에 밥공기 모양의 깔끔한 구덩이가 생겼다. 직경은 10센티미터쯤 될까? 그 중심에 파묻힌 쇠구슬이 머리만 내밀고 있다.

"의외로 멋진 게 생기죠? 보십시오. 림rim, 크레이터 끝부분에 있는, 땅이 링 모양으로 높아져 있는 부분도 확실하게 재현할 수 있어요." 그는 구덩이의 테두리를 에워싸는 불룩하게 올라온 부분을 가리키며 말을 이었다. "이건 충돌의 충격으로 모래가 올라온 곳에, 안쪽에서 나온 방출물이 쌓여서 생긴 겁니다."

사진으로 보았던 달 표면의 크레이터도 이런 모양이었다. 그런데…….

"이게 실험인가요? 내 눈에는 단순한 모래 놀이로밖에 보이지 않습니다만."

"모래 놀이입니다." 그는 입꼬리를 올리며 미소를 지었다. "하지만 모래 놀이 속에서 하나의 법칙을 발견하려고 하는 게 과학이지요."

후지타케는 작은 상자 안에서 다시 쇠구슬을 두 개 꺼냈다. 하나는 직경 3센티미터 정도이고, 또 하나는 2센티미터가 채 안 된다.

"한번 실험해보십시오."

후지타케에게 작은 공을 받아서 모래 위에 떨어뜨려보았다. 조금 전과 똑같이 밥공기 모양의 작은 크레이터가 생겼다.

"쇠구슬의 질량이 크면 클수록 큰 크레이터가 생기죠? 아니면 충돌 속도를 올려서 해봐도 좋습니다."

"뭐, 당연히 그렇겠죠."

"즉, 쇠구슬의 운동 에너지와 크레이터 직경과의 사이에는 비례 관계가 있다는 걸 알 수 있지요. 그런 관계를 '스케일링 법칙'이라고 합니다."

무게가 다른 쇠구슬을 여러 높이에서 모래 위로 떨어뜨려 크레이터의 직경을 측정하고, 스케일링 법칙을 구하려는 모양이다. 수많은 실험적, 이론적 연구를 통해 대답은 어느 정도 알고 있다고 한다. 표적이 암석처럼 단단한 물질인 경우, 크레이터의 직경은 충돌 에너지의 3분의 1제곱에 비례하고, 모래와 자갈에 충돌한 경우에는 약 4분의 1제곱에 비례한다고 한다.

"이 실험에서는 표적이 모래니까 4분의 1제곱에 가까운 값을 얻을 수 있겠죠. 일단 그걸 우리 손으로 확인해보려는 겁니다. 스케일링 법칙의 좋은 점은 이런 모래 놀이 같은 실험과 천체 스케일의 크레이터 형성을 하나로 이을 수 있다는 거죠."

그의 이야기는 멈추지 않았다. 그는 안쪽 책상에서 태블릿을 가져와 사진 하나를 꺼냈다. 사막 안에서 입을 벌리고 있는 거대한 크레이터 사진이다.

"예를 들어서 애리조나에 있는 이 베린저 크레이터는 직경이 1.2킬로미터나 됩니다. 스케일링 법칙을 사용하면 이걸 만든 운석이 얼마나 컸는지, 대충 계산할 수 있죠. 전문가에 따르면 충돌한 건 직경 30미터 내지 50미터의 철운석이지만, 그것과 거의 비슷한 측정치를 학생들도 도출해낼 수 있습니다."

"그래요? 그렇다면 모래 놀이도 학문이 될 것 같군요."

재미있기는 하지만 실제 사회생활에는 아무런 도움이 되지 않는다. 이런 종류의 학문은 전부 놀이에 지나지 않는 것이다.

나는 이야기를 끝낼 생각으로 물었다. "이 실험을 지학 수업에서 하려는 건가요?"

"아뇨, 이건 과학부를 위해 준비한 실험입니다."

"과학부? 이 학교에 그런 동아리가 있었나요?"

"정식으로 발족하는 건 지금부터지만요. 가입을 희망하는 사람이 셋 모여서 규정 인원에 도달한 덕분에, 다음 교직원 회의에 상정할 예정이거든요. 관심이 있으시면 나가미네 씨도 어떠신가요?"

"아뇨, 나는……."

"실은 예전부터 계속 생각했습니다. 물건을 만드는 건 뭐니 뭐니 해도 나가미네 씨죠. 과학부에 함께해주시면 할 수 있는 실험의 폭이 확 넓어질 겁니다."

물건을 만든다는 말을 들은 순간, 스스로도 놀랄 만큼 마음이 움직였다.

"예를 들면 어떤 물건을 만드는 건가요?"

"이 크레이터 실험만 해도 그렇습니다." 후지타케는 손안의 쇠구슬을 가리키며 말을 이었다. "이걸 4층 창문에서 바닥으로 떨어뜨리면 충돌 속도는 초속 15미터입니다. 위험하기만 할 뿐, 대단한 속도는 낼 수 없죠. 좀 더 안전하게 충돌 속도를 올릴 수 있는 발사 장치를 만들 수 없을까, 합니다."

"발사 장치……."

곧바로 머릿속에 간단한 도면이 두 개 정도 떠올랐다. 그것을 간파한 것처럼 후지타케가 내 눈을 들여다보았다.

"뭔가 아이디어가 있으신가요?"

"아니요……."

역시 안 된다. 스스로를 타이르듯 머리를 가로저었다.

"미안하지만 난 도와줄 수 없어요. 이것저것 할 일이 많거든요."

1교시의 '지리종합'이 끝나고 교사가 교실에서 나갔다.

칠판의 글씨만이 아니라 교사의 말까지 최대한 적은 노트를 덮고 땅이 꺼져라 한숨을 쉬었다. 열흘 만에 등교했지만 내 지정석 같은 교탁 앞의 자리는 여전히 비어 있었고, 주변 학생들의 면면도, 활기 없는 교실 분위기도 달라지지 않았다. 그래도 몹시 피곤한 이유는 수업을 듣는 동안에도 연신 아내의 일이 떠올라서, 수업에 제대로 집중할 수 없었기 때문이었다.

오늘 병원에서 주치의가 경과를 들려주었다. 일단 수술은 성공했지만 예상보다 폐 기능은 개선되지 않아서, 이대로 당분간 입원해서 다른 치료법을 시도한다는 것이다. 이 병원에 오래 다녔고 주치의를 신뢰하는 만큼, 나도 아내도 크게 동요하지는 않았다. "당분간 당당하게 누워 있을 수 있겠네" 하고 웃는 아내를 보면서 나도 가볍게 대꾸했다.

"그동안 밀렸던 휴가를 보낸다고 생각하고 편히 누워 있어."

하지만 최근 몇 년 사이에 동갑인 아내의 체력은 눈에 띄게 떨어졌다. 과연 퇴원할 수 있는 날이 올까? 그런 불안이 마음의 한쪽 구석에 달라붙어서 떨어지지 않는다.

그때 옆자리에 앉은 안젤라가 말을 걸었다. "나가미네 씨, 오늘은 한층 더 굉장했어요."

"굉장하다니?"

"선생님에게 계속 질문을 했잖아요. 거의 일대일 수업 같은 느낌이었어요."

"쉬는 동안 많이 뒤처졌거든."

그동안 받지 못한 수업 내용도 포함해 무의식중에 잇따라 질문을 쏟아낸 것이다.

잠시 후, 영어 교사인 기우치가 CD 플레이어를 들고 들어왔다. 이미 50대의 베테랑이지만 계절에 상관없이 화려한 알로하셔츠를 입고, 옅은 색깔이 들어간 안경을 끼고 있다.

기우치는 얼굴 가득 미소를 지으면서 미국에서 배운 발음으로 "Hello, everyone!" 하고 모두를 둘러보았다. "Hello, Mr. Kiuchi!" 하고 힘차게 대답하는 사람은 오늘도 안젤라뿐이다.

2교시의 '영어 커뮤니케이션I'은 내가 가장 어려워하는 과목이다. 젊은 시절부터 영어에 알레르기가 있었고, 해외여행을 간 적도 없다. 지난 1년 사이에 단어는 어느 정도 외웠지만 문법은 아예 감도 잡을 수 없었다. 아니나 다를까, 수업이 시작되자마자 벌써 벽에 부딪혔다. 오늘도 관계대명사를 설명한다고 하는데, 생판 모르는 것들만 나온다. 나도 모르게 조바심이 나서, 예문을 읽는 기우치를 가로막고 물었다.

"'which'는 '어느 쪽'이라는 뜻이 아닌가요?"

기우치가 설명해주었지만 알 것 같으면서도 모르겠다. 'that'과 무엇이 다른가, 'who'는 어떻게 사용하는가, 계속해서 물어보았다.

"죄송하지만 'which'의 사용법을 다시 한번⋯⋯."

이렇게 말을 꺼냈을 때, 교실 뒤쪽에서 콰당 하고 의자 쓰러지는 소리가 들렸다. 그러곤 다케토가 일어나서 고함을 쳤다.

"이 영감탱이, 적당히 좀 해! 주저리주저리 시끄러워 죽겠네! 오늘 수업 전세 냈어? 1교시부터 뭐야?"

"야나기다 군, 진정해요. Please calm down."

기우치가 달래도 다케토의 분노는 가라앉지 않았다.

"그렇게 물어볼 게 많으면 가정교사를 구해! 여긴 당신 혼자 수업하는 곳이 아니라고!"

나는 재빨리 반박했다. "그래, 분명히 나 혼자 수업하는 곳은 아니지. 앞쪽에 있는 서너 명은 제대로 수업을 듣고 있어. 하지만 다른 사람들은 선생님 말씀을 제대로 듣지 않잖아?"

"나도 그렇다는 거야, 뭐야? 엉?"

아내 때문에 우울했던 탓인지, 가시 돋친 말을 억제할 수 없었다. 나는 교실을 둘러보고 목소리를 높였다.

"잠을 자든지 만화책을 보든지 휴대폰을 만지작거리든지. 그렇지 않은 사람도 필기를 하지 않고 멍하니 앉아 있을 뿐이잖아! 만약 진지하게 공부한다면 질문 한두 개는 할 텐데 말이야."

느닷없이 시작된 말다툼에 교실의 중간쯤에 흩어져 있는 예전 등교 거부조 학생들은 좌우를 두리번거리거나 불안한 얼굴로 눈을 깜빡였다. 다케토 옆에서 휴대폰에 글자를 입력하던 화려한 차림의 쇼지 마이가 네일아트 손가락을 멈추었다.

마이가 얼굴을 들고 갈색 머리를 쓸어올리며 말했다. "그건 좀 다르지 않나요?"

"뭐가 다르지? 실제로 자네도 지금 휴대폰을 만지작거리며 빈둥거리고 있었잖아?"

"난 그랬지만." 마이는 부자연스러울 만큼 긴 속눈썹을 붙인 눈으로 예전 등교 거부조 학생들을 둘러보며 말했다. "얘네들은 모두 자기 페이스에 맞춰서 제대로 공부하고 있거든요."

나도 모르게 코웃음이 나왔다. "자기 페이스에 맞춰서? 우리 세대엔 생각할 수 없는 일이야. 살아가는 것에도, 배우는 것에도 죽을힘을 다했던 우리 세대엔 말이지. 정말이지, 요즘 젊은 녀석들은 참 편하다니까."

그 말을 계기로 교실의 공기가 완전히 바뀌었다. 겁먹은 표정을 짓던 학생들의 눈길이 차갑게 변한 것이다.

"편한 거 좋아하시네!" 다케토가 내뱉듯이 말하고 천천히 나를 쳐다보았다. "모든 걸 다 아는 것처럼 말하지 마! 우리에 대해서 아무것도 모르는 주제에!"

안젤라가 황급히 일어서며 말했다. "야나기다 군, 그만해."

나도 물러서지 않고 다케토를 노려보았다.

"어리광 부리지 마. 내가 보기에 그런 핑계는……."

"Anyone!"

갑자기 기우치의 커다란 목소리가 교실을 가득 메웠다. 한순간 찬물을 끼얹은 것처럼 조용해진 가운데, 기우치는 분필을 딱딱 울리면서 칠판 가득히 영어를 휘갈겨 썼다.

"Anyone who stops learning is old, whether at twenty or eighty." 기우치는 본인이 쓴 것을 먼저 읽고 나서 학생들 쪽으로 몸을 돌리며 말했다. "이 문장의 경우, 관계대명사는 'who'죠. 야나기다 군, 번역해보세요."

"그딴 거, 알 게 뭐예요?" 발길을 멈춘 다케토는 붉으락푸르락한 얼굴로 말했다.

"그러면 고시카와 씨, 부탁합니다."

"배움을 그만두는 사람은 누구나 노인이다. 스무 살이든, 여든이든." 안젤라는 자신의 말처럼 매끄럽게 대답했다.

"고마워요." 기우치는 웃는 얼굴로 고개를 끄덕이며 말했다. "미국 자동차회사인 포드의 창업자, 헨리 포드의 말입니다. 그 뒷말은 이렇게 이어지죠. Anyone who keeps learning stays young."

다음 날 방과 후에 후지타케가 호출했다.

물리준비실에 가까이 다가가자 절반쯤 열린 문에서 귀에 익은 목소리가 새어 나왔다. "됐어요, 그럼 자를게요" 하고 득의양양하게 말한 사람은 다케토다.

그 녀석은 오늘도 수업에 나오지 않았다. 그런데 왜 여기에······.

문 뒤에서 살며시 안을 들여다보았다. 실험대 앞에 후지타케, 다케토, 안젤라. 그리고 모르는 얼굴이 하나 있었다. 천진난만한 얼굴의 여학생이다.

네 명이 둘러싸고 있는 것은 직육면체의 모래 덩어리처럼 보였다. 펼친 신문지 위에 놓여 있는데, 폭 30센티미터, 높이 17센티미터쯤 될까? 그 위쪽에서 다케토가 칼을 집어넣어 두 개로 잘랐다.

잘린 한쪽을 조심스럽게 옆으로 비켜서 단면이 드러나자 네 사람이 "오오!" 하고 환호성을 질렀다. 단순한 모래가 아니라 빨간색과 파란색 줄무늬가 보였다. 안젤라가 통통한 팔을 휘두르면서 "예쁘게 됐어요!" 하고 함박웃음을 지었다.

뭘 만든 거지? 고개를 갸웃거리며 안으로 발을 넣었을 때, 그 기척을 알아차린 여학생이 나를 보고 "아!" 하고 놀라는 표정을 지었다.

후지타케가 안경에 손을 대고 말했다. "나가미네 씨, 오셨어요? 이쪽으로 오십시오."

다케토가 곧바로 달려들었다. "선생님, 왜 저런 인간을 들어오라고 하는 거예요?"

"내가 오시라고 했습니다. 할 말이 있어서요."

주인이 그렇게 말한 이상, 망설일 필요는 없다. 나는 다케토의 시선을 아랑곳하지 않고 실험대로 다가갔다.

모래 덩어리의 단면은 위쪽이 움푹 들어가고, 중심에는 쇠구슬이 묻혀 있었다. 표면에 가까운 몇 센티미터만 색깔이 있는 모래층이 겹쳐 있었다. 밑에서부터 초록색, 파란색, 빨간색이고, 맨 윗면에는 다시 갈색 모래가 덮여 있었다. 각각의 두께는 5밀리미터 정도다.

"이건 그 크레이터 실험의 일환인가요?"

"네, 스케일링 법칙을 구하는 것과 병행해서 하고 있습니다. 충돌할 때 표적 측의 방출물인 이젝터 ejector 등이 어떻게 흩어지는지, 완성된 크레이터 내부 구조는 어떻게 되어 있는지 시각적으로 볼 수 있는 실험이죠. 삼색의 색 모래층을 지층으로 가정하고, 그곳에 쇠구슬을 떨어뜨린 겁니다."

크레이터를 위에서 보면 중심에서 바깥쪽을 향해 초록색, 파란색, 빨간색 모래가 동심원상으로 흩어져 있다는 걸 알 수 있다. 즉, 위층의 모래일수록 멀리까지 날려가는 것이다.

"그런데 모래 덩어리를 부숴도 형태가 무너지지 않는 이유는 뭔가요?"

"신기하죠?" 안젤라가 개구쟁이처럼 웃으면서 말했다. "크레이터를 만든 다음, 뜨거운 물에 녹인 한천을 넣어서 그래요. 사흘 걸려 겨우 굳어서, 드디어 오늘 자른 거죠."

"아하, 한천이군!"

감탄하는 내 모습을 보고 다케토가 혀를 찼다. 이 이상 이야기에 끼어들지 말라고 말하고 싶은 모양이다.

"일단 이 주변을 주목해주십시오." 후지타케가 크레이터 림의 바로 밑에 있는 지층을 가리키며 덧붙였다. "재미있는 현상이 일어났는데, 아시겠어요?"

"아⋯⋯!" 여학생이 단면에 얼굴을 가까이 대고 놀라는 표정을 지었다.

안젤라가 물었다. "가스미, 알았어?"

"그런 것 같아요⋯⋯." 가스미라고 불린 학생이 그 부분을 가리키며 말했다. "파란색 모래가 아주 조금, 빨간색 모래 위에 있어요."

"그겁니다." 후지타케가 손짓을 섞어서 설명했다. "파란색 층이 더 상위에 있는 빨간색 층 위에 올라간 형태로 쌓여 있죠. 즉, 더 깊은 층의 이젝터가 얕은 층 이젝터 뒤에서 퇴적한 겁니다. 이 역전 현상은 실제 크레이터 림의 지층에서도 볼 수 있죠."

그런 다음에 후지타케는 단면을 스케치하라고 지시했다. 뭔가를 관찰할 때도 손을 움직이는 편이 좋다고 한다. 세 사람이 노트를 펼치는 걸 보고 나서 나에게 시선을 향했다.

"기다리게 해서 죄송합니다. 실은 기우치 선생님도 동석하고 싶다고 하셨거든요. 교무실에서 말씀을 나누고 싶은데, 괜찮으실까요?"

출입구로 가려고 했을 때, 다케토가 "아, 선생님!" 하고 후지타케를 불러 세웠다.

"스케일링 법칙을 구하는 실험 말인데요, 그래프를 그릴 때 대수라는 걸 사용하면 좋지 않을까요?"

후지타케가 만족한 얼굴로 대답했다. "굉장해요. 꼭 그렇게 해보세요."

"좋아! 그럼 대수 공부를 더 해둬야겠다." 다케토가 활짝 웃으면서 엄지를 치켜세웠다.

"데이터는 충분할 것 같나요?"

"아뇨, 역시 좀 더 큰 크레이터를 만들고 싶어요. 그 이상 무거운 쇠구슬이 없다면 충돌 속도를 높이는 수밖에 없지만요. 발사 장치를 만든다는 건 어떻게 됐어요?"

"생각은 하고 있지만, 아직 이렇다 할 만한 아이디어가 떠오르지 않네요."

발사 장치⋯⋯. 옆에서 듣고 있던 나는 목에서 나오려던 말을 집어삼켰다.

물리준비실을 나와 복도를 걸으면서 후지타케에게 확인했다.

"과학부 부원은 저 세 명인가요?"

"네. 나토리 가스미 양은 1학년입니다. SF 소설을 좋아해서, 재미있는 아이디어를 내주지 않을까 기대하고 있습니다."

"야나기다가 있는 건 솔직히 의외였습니다."

그 천하에 막돼먹은 불량배가 과학이라니.

"야나기다 군은 과학부를 대표하는 이론가가 되어줄 겁니다."

"이론가⋯⋯."

조금 전 다케토의 말을 들어보니, 허황된 말이라고는 생각할 수 없었다. 적어도 수학에 관해서는 나보다 훨씬 앞으로 나아간 것 같다.

"그는 지금 공부가 정말 즐거워서 견딜 수 없는 것 같습니다. 그런데⋯⋯." 후지타케는 시선을 앞으로 향한 채 덧붙였다. "나가미네 씨가 교실에 있는 한 수업에 들어가지 않겠답니다."

"내가 있는 한? 어제 말다툼을 했기 때문인가요?"

"실은 쇼지 마이 씨를 비롯해, 그 밖에도 그렇게 말한 학생이 몇 명 있습니다."

오늘은 유난히 결석생이 많아서 교실에 있던 학생은 일고여덟 명이었다. 설마 그것이 내 탓이었을 줄이야……

교무실에 도착해 칸막이로 구분된 안쪽 면담 공간에서 후지타케, 기우치와 마주 앉았다. 기우치가 알로하셔츠의 옷깃 안으로 부채질을 하면서 태연한 목소리로 말을 꺼냈다.

"저는 야간반과 주간반을 왔다 갔다 하면서 아이들을 가르친 지 30년이 됐어요. 야간반 특유의 문제 중 하나는 세대 간의 충돌입니다. 공부를 열심히 하는 나이 많은 학생들과, 한창 혈기 왕성한 젊은 학생들 사이에선 말다툼이 있을 수밖에 없어요."

후지타케가 말을 덧붙였다. "이번처럼 어느 한쪽이 수업을 거부하는 사태에 이른 적도 있다고 합니다."

"서로에게 쌓인 불만이 사소한 계기로 폭발하는 겁니다." 기우치가 검지를 세우면서 덧붙였다. "때로는 과자가 계기가 되기도 합니다."

"과자요?"

"어느 10대 학생이 쉬는 시간에 친구와 이야기를 하면서 과자를 먹었습니다. 그러자 그걸 본 전쟁 전에 태어난 학생이 '왜 과자를 모두에게 나눠주지 않고 혼자 먹지? 먹는 건 독차지하는 게 아니야!'라고 화를 냈어요. 그 결과, 반이 두 개로 쪼개지는 엄청난 소동으로 발전했습니다."

"그건 사소한 일이 아닙니다. 그분의 심정은 충분히 이해할 수 있어요. 난 전후에 태어났지만, 아직 물자가 풍요롭지 않은 시대에 자랐으니까요. 특히 우리 집은 지독하게 가난했어요."

"고향이 후쿠시마죠?" 후지타케가 물었다.

"조반탄덴의 탄광촌입니다. 광산에서 일하던 아버지가 일찍 돌아가신 데다 어린 여동생도 있어서, 고등학교는 꿈도 꿀 수 없었어요. 더구나 석탄은 이미 사양산업이라서 고향에서는 일자리가 없었습니다. 중학교를 졸업하자마자 집단취직 예전에 일본에서 행해졌던 고용의 한 형태로, 지방의 중학교나 고등학교 졸업자가 대도시의 기업이나 상점에 집단으로 취직하는 것으로 도쿄에 올라왔어요."

기우치가 눈썹을 올리며 말했다. "오호, 집단취직이었습니까? 황금알이었군요."

"그런 식으로 좋은 대접을 받은 사람도 있었지만, 나 같은 사람은 속아 넘어간 쪽이었지요. 조리기구 제조업체라고 들었는데, 막상 도착해보니 우라타의 영세한 공장이더군요. 일은 냄비나 주전자를 수리하는 게 전부였습니다."

아버지는 태평양 전쟁으로 갔던 동남아시아에서 다행히 살아서 돌아왔지만, 중학교도 나오지 못해 일자리는 고향의 광산밖에 없었다. 마찬가지로 탄광 지역에서 태어나고 자란 어머니와 결혼해서, 장남인 내가 태어난 것은 1949년. 이른바 단카이세대 전쟁이 끝나고 1947년에서 1949년 사이에 태어난 일본의 베이비 붐 세대에 해당한다.

아버지는 내가 열 살 때, 갱내의 화재 사고로 돌아가셨다. 갱도 안쪽에서 굴진 작업을 하다가 갱부 몇 명과 함께 피하지 못한 것이다. 조문객도 거의 없는 초라한 장례식 도중에, 상복 차림의 어머니가 초점이 맞지 않는 눈으로 허공을 바라보았던 것만은 선명하게 기억이 난다.

아버지가 세상을 떠난 후, 가난에 시달리는 우리 가족에게 손을 내밀어주는 탄광 사람은 아무도 없었다. 그 이유 중 하나는 나중에 알았다. 아버지는 성격도 비뚤어지고 사회성도 좋지 않았으며, 당시 활발했던 노동조합이나 파업에도 일절 참여하지 않았다.

어머니는 두 아이를 키우기 위해 잠자는 시간도 줄이며 식당 일과 세탁소 일을 같이 했다. 그 모습을 지켜보았던 내 가슴속에서 끊임없이 소용돌이친 감정은 분노였다. 아버지를 죽게 만들고 우리 가족을 버린 광산에 대한 분노. 회사에서 사람들과 어울리지 못하고 고립된 채, 가족을 남기고 세상을 떠난 아버지에 대한 분노. 무엇보다 우리가 처한 상황에 대한 분노. 갈 곳 없는 분노는 이윽고, 나는 학력 같은 것에 의지하지 않고 인생의 승자가 되겠다는 강력한 결의로 형태를 바꾸었다.

집단취직으로 들어간 첫 번째 공장은 2년간 일하고 그만두었다. 그곳에 있어도 대단한 기술을 배울 수 없어서였다. 때는 고도 경제성장기의 한복판. 오타구에서 종업원을 구하는 작은 공장은 얼마든지 있었다. 나는 우선 판금 공장에 들어가 용접 기술을 익히고, 3년 후에는 나사 공장으로 전직해서 절삭가공 기술을 배웠다.

어느 공장에서도 쉬는 날은 고작해야 한 달에 2, 3일뿐이었다. 야근과 휴일 출근을 자진해서 떠맡고, 야단맞는 것도 두려워하지 않고 선배에게 달라붙어서 눈으로 기술을 훔쳤다. 급료의 절반을 본가로 보낸 탓에 쓸 돈은 거의 없었다. 애초에 놀고 싶다고 생각한 적도 없어서 불만은 없었다. 여동생은 내가 보내준 돈으로 고등학교를 졸업하고 후쿠시마현에 있는 전문대학에 진학했다.

스물다섯 살에 내 인생의 전환점이 되는 두 사람을 만났다. 한 사람은 평생의 은인인, 특수한 스프링을 만드는 '시마노 하쓰조'의 시마노 사장이다. 업무차 스프링 공장을 방문한 시마노가 내 일하는 모습을 눈여겨보고 스카우트한 것이다. 또 한 사람은 아내인 에미코다. 같은 오타구의 타일 공장에서 일했던 그녀와 길거리에서 알게 되어, 1년간 교제한 끝에 결혼했다.

시마노 하쓰조에서는 매일매일 그때까지 느끼지 못했던 보람으로 가득 차 있었다. 시마노가 나를 비서처럼 곁에 둔 덕분에, 기술뿐만 아니라 공장 경영에 이르기까지 많은 걸 배울 수 있었다. 가정에서는 1남 1녀를 두었다. 아내와 아이들을 위해서, 또한 시마노의 신뢰와 기대에 부응하기 위해서 그야말로 몸이 가루가 되도록 일했다.

시마노 하쓰조에 12년간 근무하고 서른일곱 살이 되었을 때, 인생 최대의 결단을 내렸다. 시마노가 일선에서 물러나고 아들에게 경영을 물려준 걸 계기로 독립하기로 결심한 것이다. 시마노도 뒤에서 나의 도전을 지원해주었다. 나는 도내를 돌아다니며 기타신주쿠에서 망한 프레스 공장을 발견했다. 곧바로 은행에서 대출을 받아 최소한의 설비를 갖추고 '나가미네 제작소'를 창업했다…….

나의 인생 스토리를 거기까지 들은 기우치가 "오오!" 하고 감탄사를 연발했다.

"마침내 한 나라의 주인이 되신 거군요."

"궤도에 오를 때까지는 고생의 연속이었지요. 아내와 함께 죽을 힘을 다해 일했습니다. 작은 일도 최선을 다해 정직하게 해냈어요. 그 덕분인지 조금씩 주문도 늘어나고, 두세 명이지만 직원도 고용할 수 있게 됐습니다. 덕분에 아이들도 둘 다 대학에 보낼 수 있었어요. 아들은 공학부에 들어가서 대학원까지 졸업했습니다."

"그럼 지금은 아드님께 공장을 물려주셨나요?"

"아뇨, 아들은 자동차회사에 취직하여 하마마쓰의 연구소에 있습니다. 본인은 대를 이어도 좋다고 했지만, 내가 안 된다고 했어요. 우리의 강점은 정직함뿐이고, 특별한 기술이 있는 건 아닙니다. 이런 작은 공장은 앞으로 치열한 경쟁에서 살아남을 수 없어요. 그래서 제가 일흔이 되었을 때, 문을 닫았습니다. 부품과 재료 등이 남아 있어서 공장은 그대로 놔뒀지만요."

"아쉽지는 않았습니까?"

조용히 묻는 후지타케를 향해 나는 머리를 가로저었다.

"오래전부터 그렇게 하기로 정했습니다. 나는 내 공장을 가지고 싶어서 일한 게 아니니까요. 오직 후쿠시마의 어머니를 편안히 살게 해드리고, 여동생과 자식들을 학교에 보내기 위해서 일한 거죠. 그걸 다 이루었으니까 이제 충분합니다."

기우치가 부채를 탁 접고 "So impressive!" 하고 소리쳤다.

이어서 후지타케의 입에서 나온 말은 생각지도 못한 말이었다.

"지금 하신 말씀을 우리 반 학생들 앞에서 해주실 수 있겠습니까? '종합' 수업 시간에요."

"네? 아니, 하지만……."

기우치가 말을 이었다. "실은 말이죠. 조금 전에 말씀드린 과자를 계기로 일어난 싸움, 그게 해결된 것도 전쟁 전에 태어난 학생이 반 학생들 앞에서 본인의 성장 과정을 말씀해주셨기 때문입니다. 세대 간에 갈등이 생기는 가장 큰 이유는 서로가 서로를 잘 모르기 때문이거든요."

"취지는 이해하지만……." 나는 팔짱을 끼고 덧붙였다. "그 애들이 내 옛날이야기를 얌전히 들을 것 같지 않은데요."

결국 한다고도 하지 않는다고도 대답하지 않은 채, 교무실을 뒤로했다.

학교 앞에 있는 버스 정류장에서 마지막 버스를 기다리고 있을 때, 안젤라가 교문에서 나왔다. 가스미라는 1학년 학생도 같이 있었다. 마침 동아리 활동이 끝난 모양이다.

"나가미네 씨, 지금 가시는 거예요?"

"그래."

"가끔은 같이 걸어가요. 건강을 위해서요."

공장 근처에 있는 기타신주쿠의 집은 오쿠보역에서 조금만 가면 돼서, 걸어가도 20분 정도밖에 걸리지 않는다. 안젤라가 끈질기게 권해서 같이 걸어가기로 했다.

여자 둘의 대화를 건성으로 들으면서 언덕을 내려가 메이지거리에 도착했을 때, 가스미가 발길을 멈추었다. 히가시신주쿠역에서 지하철을 타는 모양이다. 가스미는 불현듯 생각난 것처럼 가방에 손을 넣고 문고판을 꺼냈다. 표지에 애니메이션 같은 그림이 그려져 있었다.

"이거, 전에 말했던 라이트 노벨이에요."

왼손으로 안젤라한테 책을 내민 순간, 나도 모르게 흠칫 놀랐다. 소매 끝에서 보이는 손목에 주저흔이 새겨져 있었던 것이다.

"고마워. 그런데 내가 읽을 수 있을까?" 안젤라가 웃는 얼굴로 받으면서 말했다.

"대사가 많아서 괜찮을 거예요."

"알았어. 이걸로 한자 공부를 할게."

가스미와 헤어져서 메이지거리를 건넌 뒤, 신오쿠보의 소란스러움 속으로 들어가면서 안젤라에게 물어보았다.

"저 나토리란 애는 아주 성실해 보이는데…… 그 애도 역시 중학교 때 학교에 안 간 건가?"

"그런 것 같아요."

"괴롭힘이라도 당했나?"

"그것까지는 몰라요. 하지만 야간반에 오는 젊은 애들은 다들 이런저런 괴로운 상황에 놓여 있어요. 당연하잖아요? 안 그러면 야간반에 오겠어요?"

"야나기다인가 하는 녀석도 말인가?"

"물론이에요. 야나기다는 후지타케 선생님을 만나서 다시 태어났지만요."

병실의 세면장에서 씻은 비파 세 개를 접시에 올려서 침대 테이블에 놓아주었다. 치바에 사는 딸이 어제 병원에 왔을 때 가져온 것이다. 딸도 일과 육아로 바쁠 텐데, 어떻게든 시간을 짜내 병원에 자주 와주고 있다.

"'부모 뽑기'라는 말이 있다는 거 알아?" 아내가 침대에서 말했다.

"그게 뭐야?"

"장난감 뽑는 거 알지? 우리 아이들도 좋아했잖아. 10엔짜리나 100엔짜리 동전을 넣고 손잡이를 돌리면 캡슐에 든 장난감이 나오는 거 말이야."

"아아, 달각달각하는 거 말이야?"

"그것처럼 어떤 부모 밑에서 태어나느냐 하는 건 운에 달렸고, 그걸로 인생이 정해진다는 거야. 요즘 젊은 사람들은 그런 말을 자주 하나 봐. 여기서 하루 종일 TV를 보니까 요즘 유행에 대해선 모르는 게 없어."

아내가 그런 말을 꺼낸 것은 조금 전까지 과학부 아이들 이야기를 했기 때문이리라. 어젯밤에 안젤라에게서 들은, 다케토의 난독증과 가스미의 중학교 시절 이야기다.

나는 간이의자에 걸터앉아서 말했다. "유행인지 뭔지 모르지만 이제 와서 뭘 새삼스럽게. 어떤 집에서 태어날지, 당첨과 꽝이 있는 건 옛날부터 그랬잖아? 난 꽝도 그런 꽝이 없었지. 캡슐 안이 텅 비어 있었어."

아내는 코의 산소 튜브에 손을 대고 작게 웃더니 곧바로 진지한 얼굴로 말했다. "하지만 말이야, 우리 시대의 달칵달칵은 작고 소박한 거였잖아? 특히 우리가 자란 시골에선 말이야. 당첨이라고 해도 고작해야 고등학교에 갈 수 있는 정도였고."

"그렇지. 주변 사람들도 모두 가난했으니까."

"요즘 젊은이들의 달칵달칵은 더 반짝반짝 빛날 거야. 적어도 그 애들의 눈에는 그렇게 보이겠지. 인터넷이며 SNS에서, 돈이나 겉모습이나 재능이나, 수많은 혜택을 누리는 전 세계 젊은이가 바로 옆에 있으니까. 그래서 자신이 뽑은 캡슐이 꽝이라면 참 견디기 힘들 거야."

"……그렇겠군."

"더구나 지금은 점점 좋아지는 시대가 아니잖아. 한 번 캡슐을 뽑으면, 그걸로 인생이 정해진다고 생각할 수밖에 없지 않을까?"

돌이켜보니 내가 젊었을 때는 밝은 미래를 믿을 수 있었다. 그래서 혜택받지 못한 환경에서도 열심히 살 수 있었고, 실제로 대부분의 사람이 풍요로워졌다. 요즘 젊은이들이 물질적인 풍요로움을 추구하는지 어떤지는 모르지만, 아무런 약속도 받지 못한 그들에게 안이하다든지 열심히 살라든지 하는 건 이치에 맞지 않는 일일지도 모른다.

아내가 비파를 하나 들고 껍질을 벗기기 시작했다.

나는 접시 옆에 있는 영어 교과서를 보면서 물었다. "당신은 어때? 어떤 캡슐을 뽑았다고 생각해?"

"글쎄……." 아내가 잠시 손을 멈추고 대답했다. "당신처럼 안이 텅 비었다고 생각했는데, 역시 뭔가 들어 있었던 것 같아. 난 집단 취직으로 도쿄에 오길 잘했다고 생각하거든."

4교시 시작을 알리는 차임벨과 동시에 다케토가 부루퉁한 얼굴로 교실에 들어왔다. 몇 분 전에 모습을 보인 마이는 평소의 자리에서 휴대폰을 만지작거리고 있었다.

후지타케가 각각 연락을 해서, 오늘 '종합' 수업에는 꼭 출석해달라고 설득한 모양이다. 덕분에 예전 등교 거부조 학생들도 거의 참석해서 교실은 원래의 인원수로 돌아갔다.

후지타케가 두 손으로 교탁을 짚고 평소와 같은 표정으로 말했다. "오늘부터 '종합' 시간에는 '직업의 선택과 자아실현'이라는 주제로 수업을 하려고 합니다. 일단 머릿속을 정리하기 위해 잠시 옛날이야기를 하고 싶습니다. 여러분은 집단취직이라는 게 뭔지 알고 있습니까?"

예상한 대로 학생들은 아무런 반응도 보이지 않았다.

후지타케는 집단취직에 관해 대강 설명하고 말을 이었다. "실은 우리 반에 집단취직을 경험한 분이 계십니다. 나가미네 씨입니다. 오늘은 나가미네 씨한테서 인생 이야기를 들으려고 합니다."

다케토가 얼굴을 찡그리며 불만을 터뜨렸다. "그게 뭐예요? 난 취직 이야기를 한다고 해서 왔다고요! 영감탱이의 이야기 같은 건 들을 시간이 없어요!"

후지타케는 "나가미네 씨, 부탁드립니다" 하고 나를 교단에 세운 다음, 교실 뒤쪽으로 가서 자리에서 일어나려고 하는 다케토를 다시 앉혔다.

나는 교탁 뒤에 서서 학생들을 둘러보았다. 학생들의 시선은 역시 차가웠다. 학생들 앞에서 이야기를 하겠다고 결심한 건 이틀 전에 아내와 병실에서 '부모 뽑기' 이야기를 한 다음이다. 후지타케한테는 한 가지 조건을 내걸었다. 이야기 내용은 내게 맡겨달라는 것이었다.

뒤쪽 벽 앞에 서 있는 후지타케가 나를 향해 고개를 끄덕였다. 나는 손을 어디에 두어야 좋을지 몰라서, 두 팔을 똑바로 내린 채 이야기를 시작했다.

"집단취직을 하러 갈 때는 전용 열차를 타고 갑니다. 1965년 3월, 나도 후쿠시마의 유모토역에서 우에노행 기차에 올라탔지요. 가족뿐만 아니라 중학교 동급생도 많이 배웅을 나왔습니다. 모두 고등학교에 진학한 사람들이죠. 제 옆에 앉아 있던 사람은 고개를 숙인 채 분함의 눈물을 흘렸습니다. '저 녀석들은 공부하기 싫다고 했잖아! 난 더 공부하고 싶었는데, 왜 이 기차를 타야 하지?' 하고요. 저는 울기는커녕 오히려 그들을 노려보았습니다. '너희들한텐 절대로 지지 않아' 하고 마음속으로 외치면서요."

교실은 찬물을 끼얹은 것처럼 조용해졌지만, 학생들의 표정에서는 아직 아무것도 읽어낼 수 없었다.

"실제로 저는 지지 않았습니다. 일하고 또 일해서, 마지막에는 제 공장까지 가질 수 있었지요. 그래서 지금도 이렇게 생각합니다. 학력 같은 건 없어도 충분히 성공할 수 있다, 구태여 고등학교에 갈 필요는 없다, 라고요."

"엉? 저 영감탱이가 무슨 말을 하는 거야?"

다케토가 황당한 얼굴로 소리를 질렀다. 그 뒤쪽에서 팔짱을 끼고 있는 후지타케도 눈썹을 치켜올렸다.

"그렇게 생각하는 제 인생 같은 건, 여러분도 듣고 싶지 않을 겁니다. 그래서 선생님한테는 죄송하지만 오늘은 다른 이야기를 하고 싶습니다. 제 아내인 에미코의 이야기입니다."

그 말을 들은 후지타케는 안경에 손을 대고 희미하게 미소를 지었다.

"아내는 아오모리의 쇠락한 어촌에서 태어났습니다. 아버지는 어부였지요. 젊은 시절에는 매우 부지런한 사람이었는데, 전쟁에서 돌아온 후로는 고기를 잡으러 가지도 않고 술만 마셨다고 합니다. 아마 전쟁으로 마음에 상처를 입어서 그랬을 거야, 하고 아내는 말했지요. 어쨌든 일하지 않는 아버지를 대신해서 아내가 집안 살림을 책임져야 했어요. 양친은 물론이고 할머니, 어린 남동생과 여동생이 있었으니까요. 아내는 중학교를 졸업하고 저와 비슷한 시기에 집단취직으로 상경했습니다."

마을 밖으로 나간 적이 거의 없었던 아내는 기차를 타고 있는 내내, 어머니가 쥐여준 찐 감자를 들고 눈물을 흘렸다. 아내만이 아니라 같은 차량에 있던 단발머리 여자들은 모두, 외국에라도 팔려 가는 것처럼 하염없이 흐느껴 울었다고 한다.

아내의 경우에도 그러했지만, 집단취직자의 부모는 회사한테서 준비금이라는 명목으로 미리 돈을 받는 경우가 많았다. 당사자 쪽에서 보면 그 돈에 얽매여 있는 한, 아무리 힘들어도 어디로도 도망칠 수 없다는 비장한 각오가 있었던 것이다.

아내가 취직한 곳은 우라타에 있는 타일 공장이었다. 그럭저럭 규모가 있는 회사라서 직원 기숙사도 있었다. 하지만 신입들은 좁은 방에 몇 명씩 넣어서, 한 사람에게 주어지는 공간은 0.5평밖에 되지 않았다.

근무는 2교대. 오전반은 아침 5시에 일어나 5분 만에 준비를 마치고 정자세로 점호를 기다려야 한다. 선배의 가르침도 엄격해서, 작업복 입는 방법부터 방의 정리정돈까지 규칙대로 하지 않으면 몇 번씩 다시 해야 했다. 요즘 젊은이가 보면 교도소로 착각할지도 모른다.

학생들은 어느새 꼼짝도 하지 않고 이야기에 빨려 들어갔다.

"타일을 만드는 건, 도자기를 만드는 것과 똑같습니다. 가장 힘든 건 온몸이 가루로 뒤범벅이 되는 것이었다고 하더군요. 배토를 준비할 때도, 유약을 뿌릴 때도, 뿌연 가루나 먼지가 화려하게 춤을 추죠. 하루 종일 일하면 머리끝에서 발끝까지 새하얘집니다. 사람들이 싫어하는 그런 곳에 아내는 자진해서 들어갔습니다. 한심하게도 책임감이 강했으니까요."

나는 그곳에서 잠시 말을 끊고 나서 숨을 가다듬었다.

"아내는 원래 공부를 좋아해서, 고등학교에 가고 싶어 하는 마음도 남들보다 몇 배는 강했습니다. 당시에 저도 우라타에서 일했는데, 그 지역에서 일하는 공장 노동자들 중에는 야간 고등학교에 가는 사람이 꽤 많았지요. 하지만 아내의 직장에서는 오후반은 밤까지 일해야 하기 때문에 고등학교에 다닐 수 없었습니다. 점심시간에 길거리 벤치에서 교과서를 보는 작업복 차림의 젊은이를 보면 부러워서 견딜 수 없었다고 하더군요."

연신 고개를 끄덕이던 안젤라의 입에서 "그 마음, 저도 알아요" 하는 말이 새어 나왔다.

"아내도 언젠가는 야간 고등학교에 다닐 수 있는 회사로 옮기고 싶었지만, 점점 책임 있는 일을 맡게 돼서 그만두고 싶어도 그만둘 수 없었지요. 그러는 사이에 10년이 지나고, 스물다섯 살에 나를 만나서 결혼했습니다."

그때 안젤라가 웃음을 터뜨리며 끼어들었다. "나가미네 씨, 잠깐만요. 거기서 그냥 넘어가면 안 되죠. 제일 재미있는 곳이잖아요?"

"아니, 하지만……."

아내와의 만남을 자세히 말할 생각은 없었다. 하지만 안젤라는 끝까지 물고 늘어졌다.

"어떻게 만났는지, 계기만이라도 말해주세요."

"계기는……." 나는 한숨을 쉬고 나서 말했다. "서서 먹는 우동집입니다."

"우동집? 옆자리에 있었어요?"

나는 머리를 옆으로 흔들면서 말했다. "당시 우라타의 역 앞에는 질 나쁜 자들이 많았죠. 일을 마친 여공에게 말을 걸어서 우동을 사주는 겁니다. 고된 일에다, 얼마 안 되는 월급을 고향으로 보내느라 배를 곯고 있는 사람이 많아서 잘 걸리거든요. 우동을 사준 다음에는 더 먹여주겠다고 하면서 억지로 집으로 끌고 가는 거죠."

"말도 안 돼! 최악이에요."

어느 날 아내가 동료 두 명과 역 앞을 걷고 있을 때, 남자 두 명이 말을 걸었다. 아내는 말렸지만 동료 두 명은 남자들이 유혹하는 대로 우동집으로 들어갔다. 아내는 걱정이 되어서 그대로 길에서 기다렸다고 한다.

잠시 후에 우동집에서 나오자 예상한 대로 남자들의 태도가 돌변했다. 남자들이 끌고 가려고 한 동료를 아내가 말리면서 서로 옥신각신했다. 그때 우연히 내가 그곳을 지나갔다.

"나가미네 씨가 구해준 거에요? 굉장하다! 영웅이잖아요!" 안젤라가 흥분해서 소리쳤다.

"영웅치고는 너무 많이 맞았어요. 이도 두 개나 부러졌고요."

자조하며 고개를 든 순간, 하얀 치아를 보이며 웃고 있는 마이와 눈이 마주쳤다. 나를 물끄러미 바라보는 다케토의 눈동자에서도 험악함이 사라졌다.

결혼한 후에 아내는 직장을 그만두고 가정으로 들어왔다. 이듬해에는 아들이, 다시 2년 후에는 딸이 태어났다. 기타신주쿠에서 '나가미네 제작소'를 차렸을 때는 아이들도 초등학교에 들어가, 아내는 경리 공부를 해서 사무를 떠맡아주었다. 집과 공장을 하루에도 몇 번씩 왔다 갔다 하면서 아침부터 밤까지 매일 부지런히 일했지만, 아이 둘을 대학에 보낼 때까지는 일하겠다면서 불평 한마디 하지 않았다.

"그러는 동안에도 고등학교에 대한 아내의 동경은 사라지지 않았습니다. 아이들이 취직하고 각각 가정을 가지자 '나, 지금부터라도 고등학교에 갈 수 있을까' 하고 말하게 됐지요. 하지만 그 무렵부터 아내의 몸이 이상해졌습니다. 조금만 걸어도 숨을 헐떡이고 기침이 멎지 않아 병원에 가서 검진을 받았더니 진폐증이라고 하더군요. 여러분, 진폐증이 뭔지 아시나요?"

분진이 발생하는 곳에서 일하면서 장기간에 걸쳐 분진을 흡입함으로써 폐 조직이 굳어서 섬유화하는 병이다. 분진 작업에서 멀어진 후에도 병은 서서히 진행되어, 몇 년 후에 증상이 나타나는 일도 있다.

아내의 경우에는 물론 타일 공장에서 10년간 가루를 뒤집어쓰면서 일했던 것이 원인이었다. 당시에는 노동위생이나 작업환경을 개선해야 한다는 사고방식이 없어서, 탄광이나 광산, 도자기를 만드는 노동자에게서 진폐증을 흔히 볼 수 있었다.

아내의 증상은 눈 깜짝할 사이에 악화했다. 기흉과 기관지에까지 합병증이 나타나서 입원과 퇴원을 반복하고, 2년 후에는 재택산소요법(호흡 부전이 있는 환자에게 가정에서 산소를 공급하는 치료)을 시작했다. 코에 튜브를 달고, 어디에 가도 산소 농축기를 끌고 다녀야 했다.

이번에 수술한 것도 계속 나빠질 뿐인 이차성 기흉을 치료하기 위해서였다.

"아내는 지금 입원해 있습니다. 언제 퇴원할지는 모르죠." 나는 숨을 크게 한 번 내쉬고, 시선을 허공에 고정한 채 조용히 말을 이었다. "전 말이죠, 지금 몹시 후회하고 있습니다. 집에서도 공장에서도 너무 오랫동안 아내를 혹사시켰어요. 전 예전에 지독한 골초였답니다. 아내에게 오랫동안 담배 연기를 마시게 했죠. 담배 같은 건 더 일찍 끊어야 했어요. 이 야간반에 오고 싶어서 매일매일 손꼽아 기다렸던 사람은 제가 아니라 아내였습니다. 제가 아내의 건강에 좀 더 신경을 써줬다면, 아내는 지금쯤 여기에……."

목소리가 떨릴 뻔해서 곧바로 입을 다물었다.

그때 다케토의 목소리가 날아왔다. "그럼 말이에요, 영감님은 아내 대신에 온 건가요?"

나는 대답할 수 없었다.

"비난하는 게 아니라 그냥 묻는 거예요. 영감님 혹시, 아내분 앞에서 수업을 재현하는 거 아닌가요? 그래서 항상 필사적으로 필기를 하고, 선생님에게 질문을 반복하고."

가까스로 입술이 움직였다.

"제 이야기는…… 이상입니다."

"고맙습니다." 후지타케가 내 쪽으로 다가오며 덧붙였다. "저에게도 큰 공부가 되는 이야기였습니다."

새로운 주가 시작되자 교실은 아무 일도 없었던 것처럼 평상시로 돌아갔다.

맨 앞줄에 앉은 면면은 열심히 필기를 하고, 예전 등교 거부조는 여전히 멍하니 앉아 있다. 마이는 계속 휴대폰에 메시지를 입력하고, 손님한테서 전화가 걸려올 때마다 복도로 나간다.

나는 조금 태도를 바꾸었다. 수업 중에는 되도록 질문을 삼가고, 쉬는 시간이나 방과 후에 한꺼번에 묻는 것이다. 수업 시간에 한두 개 질문을 해도, 등 뒤에 차가운 시선이 꽂히는 일은 없었다. 세 개를 계속 물어보면 다케토의 혀 차는 소리가 들려서, 뒤를 돌아보고 "이번이 마지막이야" 하고 말한다.

방과 후에 다시 후지타케가 호출했다. 물리준비실로 찾아가자 후지타케가 혼자 안쪽 책상에서 논문 같은 걸 읽고 있었다.

"오늘은 과학부 실험이 없나요?" 나는 둥근 의자에 앉으면서 물었다.

"네. 크레이터 실험은 잠시 중단했습니다. 하지만 나가미네 씨 덕분에 다시 진행할 수 있을 것 같습니다."

"그게 무슨 말이죠? 난 아무것도 안 했는데요?"

"실은 오늘 오후에 사모님께서 전화를 주셨습니다."

"전화요? 우리 마누라가 선생님한테요?"

후지타케가 종이를 한 장 내밀면서 말했다. "이걸 병원 편의점에서 학교로, 팩스로 보내주셨습니다."

그건 내가 병실에서 손으로 그린 쇠구슬의 발사 장치 도면이었다. 어디까지나 심심풀이로 그린 것이다. 이게 무엇인지는 물론 아내에게 설명했지만, 낙서 같은 거니까 버려도 좋다고 했었는데.

후지타케가 고무밴드를 잡아당기는 시늉을 하면서 말했다. "이건 한마디로 말해서 고급 파친코죠. 바로 밑을 향해서 쏘는……."

"스프링을 사용한 장치도 가능하지만, 안전성을 생각하면 일단 고무밴드를 사용해서 시험하는 편이 좋겠지요."

구조는 매우 단순하다. 알루미늄으로 만든 네 개의 다리에 나무판을 올린다. 나무판의 한가운데에 구멍을 뚫고, 위에서 염화 비닐관을 끼워서 세워놓는다. 염화 비닐관의 길이는 20센티미터 정도, 쇠구슬이 통과해야 해서 꽤 두꺼워야 한다. 염화 비닐관의 위쪽 입구는 굵은 고무밴드 두 개를 이용해, 십자 모양으로 교차해서 고정한다. 나무판의 뒤쪽이자 염화 비닐관의 아래쪽 입구 옆에는 광센서를 사용한 속도 측정 장치를 부착한다. 사용할 때는 플라스틱 용기에 장치를 세우고, 쇠구슬을 고무밴드의 교차 부분에 건다. 쇠구슬을 잡고 고무밴드를 위로 잡아당겨서 파친코 요령으로 쏘면, 쇠구슬이 염화 비닐관과 속도 측정 장치를 지나서 모래에 박힌다.

"그런데……." 나는 무슨 일이 일어나고 있는지 몰라서 어리둥절했다. "왜 내 마누라가 선생님께 이걸 보낸 거죠? 부탁하지도 않았는데."

 후지타케가 실눈을 뜨고 웃으면서 말했다. "저에게 부탁하셨어요. 나가미네 씨를 과학부에 넣어달라고요, 사모님께서요. 나가미네 씨가 고등학교 생활을 더 즐겼으면 좋겠다고 하시면서요."

 "내가 즐겼으면 좋겠다고? 아니, 그러니까 나는……."

 "사모님은 나가미네 씨가 예전에 야간 고등학교의 안내 팸플릿을 모았던 걸 알고 계셨습니다."

 "그랬군요……."

 15년쯤 전의 일이다. 후쿠시마의 어머니가 돌아가시기 직전에 "쇼조, 아버지를 원망하지 말거라" 하고, 유언 대신에 처음으로 말해주었다. 아버지가 왜 광산에서 고립되면서까지 노동조합에도, 파업에도 참여하지 않았는지.

 전부 나와 여동생을 위해서였다. 고등초등학교초등학교를 졸업한 후에 가는 교육기관으로 수업 기간은 2~4년, 1947년에 폐지되었다까지만 나와서 탄광에서 일할 수밖에 없었던 아버지는 자식들을 어떻게든 고등학교에 보내고 싶어 했다. 그러기 위해서는 한 푼이라도 많이 벌어야 한다. 아버지는 한 달에 하루 쉬는 것도 아까워하고, 노동조합에도 파업에도 관여하지 않은 채 임금이 높은 위험한 현장에 자진해서 들어갔다. 그리고 돌아오지 않는 사람이 되었다.

 그런 사실을 안 이후, 아버지에 대한 분노는 형용할 수 없는 죄송함으로 바뀌었다. 그것만이 아니다. 아버지가 목숨 걸고 자신들을 보내려고 했던 고등학교라는 곳을, 이대로 가보지도 못한 채 죽어도 되는가, 하고 생각하게 되었다. 아내 몰래 야간 고등학교 팸플릿을 받아보고, 예순이나 일흔의 나이에도 받아준다는 사실을 알았다. 이미 열심히 일할 필요도 없고, 마침 아내도 고등학교에 가고 싶어 했다. 몇 년 후에는 공장 일을 줄이고, 아내와 둘이 고등학교에 다니는 것도 좋겠다. 그렇게 생각했던 찰나에 아내에게 진폐증 증상이 나왔다. 나 혼자 고등학교에 다니는 것은 당연히 생각할 수도 없었다.

후지타케가 온화한 목소리로 말했다. "수업에서 배운 걸 집에서 가르쳐달라, 그렇게 말씀하신 분은 사모님이셨다고 하더군요. 그렇게 말씀하시면 나가미네 씨가 마음 편히 고등학교에 다닐 수 있다고 생각하신 게 아닐까요?"

나는 눈을 감고 조용히 숨을 쉬었다.

그렇게 말하지 않으면 당신이 고등학교에 간다고 하지 않았을 거잖아……. 눈꺼풀 안쪽에서 침대 위에 있는 아내가 미소를 지었다.

"사모님은 이렇게도 말씀하셨어요. '병실에서도 과학부 이야기만 하는 걸 보면 사실은 굉장히 들어가고 싶나 봐요. 우주나 지구에는 별로 관심이 없을지도 모르지만, 뭔가 만들어달라고 하면 돈이 되지 않아도 팔을 걷어붙이고 열심히 만드는 사람이니까요.'"

나는 눈을 뜨고 후지타케를 뚫어지게 쳐다보며 물었다. "선생님은 나의 그런 성격을 처음부터 알고 있었지요?"

"왜 그렇게 생각하시죠?"

나는 손안의 도면을 툭 던지면서 말했다. "이 정도 장치를 선생님이 생각해내지 못할 리 없으니까요."

후지타케는 대답하지 않고, 고개를 약간 갸웃거리며 미소를 지을 따름이었다.

그 표정을 보고 나는 작게 웃으면서 말했다. "선생님, 보통이 아니군요. 우리 마누라보다 더 보통이 아니에요."

5장

컴퓨터실의 화성

그것이야말로 진정한 내 모습이 아닌가. 내가 본래 있어야 할 곳은 이런 편차치 51의 고등학교 따위가 아니다. 유치한 게이머밖에 없는, 이름뿐인 컴퓨터부 따위는 결코 아니다.

2학년 2반 교실로 들어가서 평소처럼 누구와도 인사를 나누지 않고 자리에 앉았다.

2학기가 시작되자마자 자리바꿈으로 정해진 창가의 맨 뒷줄. 아무도 몰래 프로그래밍 공부를 하기에는 딱이지만, 나는 이 자리가 마음에 들지 않는다. 매일 아침 책상 위는 지우개 똥이 가득하고, 교과서나 노트를 넣는 책상 안쪽에는 빵 봉지나 빈 담뱃갑이 아무렇게나 들어 있었다. 지난 한 달, 마음속으로 욕설을 퍼부으면서 그걸 쓰레기통에 버리는 것이 하고 싶지 않은 일과였다.

이 교실은 야간반 2학년도 사용하고 있다. 편차치전국 성적을 기준으로 그 학교가 어느 위치에 있는지 확인할 수 있는 지표를 측정할 가치도 없는, 매년 정원이 부족한 야간반. 어떤 녀석인지는 모르지만, 그중에서도 특히 머리가 나쁜 녀석이 이 자리에 앉는 것이리라.

작게 혀를 차고 지우개 똥을 치운 뒤 책상 안을 들여다보니, 오늘은 종이가 한 장 들어 있었다. 그래프용지다. 데이터 같은 20여 개 점이 오른쪽으로 올라가면서 찍혀 있고, 그것에 맞춰서 자를 대고 직선을 그려놓았다.

크레이터? 나는 안경을 살짝 올리고 시선을 고정했다.

와이축에 '크레이터 반경'이라고 쓰여 있었다. 운석이 땅에 부딪힐 때 생기는 크레이터를 말하는 걸까? 엑스축은 '충돌 에너지'이고, 어느 쪽 값도 대수를 이루고 있다. 대수는 우리도 지난주에 배우기 시작했는데, 야간반 2학년이 이런 수업을 받고 있다는 걸 도저히 믿을 수 없었다.

더 뒤죽박죽인 점은 용어 수준에 비해 글씨가 너무나 엉망이라는 것이다. 유치원생이 쓴 것처럼 가타카나가 들쭉날쭉 늘어서고, 한자는 어이가 없을 정도로 크다. 충돌의 '충衝' 자는 눈동냥으로 대충 그렸는지, 용지에 들어가지도 않았다. 그것은 둘째치고 그래프의 의미를 이해할 수 없는 게 무엇보다 열받는다. 항상 쓰레기를 놔두고 가는 얼간이가 그랬다고 생각하니 더욱 그렇다. 야간반 주제에 건방지기 짝이 없다.

흠을 찾기라도 하듯 그래프를 바라보고 있자, 데이터에 맞는 직선을 몇 번이나 다시 그은 흔적이 눈에 들어왔다. 아무래도 눈으로 대충 보고 적당히 그은 것 같다. 회귀직선 구하는 방법을 모르는 것이다.

역시 그렇군. 나는 코끝으로 비웃으면서 조금 안심했다. 어차피 야간반이다. 교사가 시키는 대로, 무엇을 하는지도 모르는 채 만든 그래프임이 틀림없다.

과제인지 뭔지 모르지만 책상에 물건을 두고 가지 않는 게 교실 공유의 규칙이다. 그냥 버려도 불평을 들을 이유는 없다. 용지를 구기려고 하다가 문득 아이디어가 떠올랐다. 그렇다. 평소의 울분을 조금이라도 풀려면 쓰레기통에 던져 넣는 것보다도 좋은 방법이 있다. 나는 샤프펜슬을 꺼내서 용지의 여백에 크게 휘갈겨 썼다.

'쓰레기 넣지 마, 멍청아.'

만약 난폭한 불량배라면 어떡하지? 한순간 불안이 머리를 가로질렀지만 얼굴을 마주칠 일은 없다. 이 정도 일을 따지기 위해 일부러 찾아올 것 같지는 않다.

그래프용지를 책상 안에 넣음과 동시에 담임이 들어와서 조례가 시작되었다.

종례가 끝나자마자 가방을 들고 교실에서 나왔다.

오늘도 앞자리의 야마자키가 쉬는 시간마다 하는 시시한 이야기에 적당히 맞장구치는 것 말고는 누구와도 말을 하지 않았다.

따돌림을 당하는 것도, 괴롭힘을 당하는 것도 아니다. 단지 주변에서는 **그런 녀석**이라고 생각할 뿐이다. 구체적으로 말하면 '음침 캐릭터에 컴퓨터 오타쿠'지만 그래도 상관없다. 사귈 가치도 없는 녀석이라고 생각하는 건 나도 마찬가지다.

블레이저 교복을 칠칠치 못하게 입은 학생들이 복도의 여기저기에 모여서 시끄럽게 웃거나, 지금부터 어디로 갈지 의논하고 있다.

이 학교는 동아리 활동이 활발하지 않다. 그럭저럭 활발한 것은 댄스부 정도이리라. 운동장이 좁아서 야구나 축구를 진지하게 하고 싶은 학생은 애초에 들어오지 않는다. 지금 우리 교실을 둘러봐도 어쨌든 편안하게, 즐겁고 재미있게 3년간 지낼 수 있으면 그걸로 됐다는 녀석들뿐이다.

진지하게 공부하는 분위기는 당연히 어디에서도 찾아볼 수 없다. 졸업생 절반이 대학에 진학한다고 학교 측에선 주장하고 있지만, 진학 실적 리스트에 오르는 것은 입시 같은 건 보나 마나 한 삼류 대학이 대부분이다. 입학 전에 자료를 통해 그런 사실을 알았을 때는 놀라지 않았다. 대형 입시학원의 도립 히가시신주쿠고등학교 주간반 편차치는 51. 야간반보다는 훨씬 낫다고 해도 결국 이 학교는 중학교에서 평균점이 될까 말까 한 학생들이 오는 곳이다.

연결복도의 창문에서 보이는 중정의 은행잎이 10월에 접어들어 약간 노란색을 띠기 시작했다. 올해도 더위가 길게 꼬리를 끄는 걸 보니 가을은 눈 깜짝할 사이에 끝나버릴 것 같다. 그렇게 생각한 순간, 조바심이 온몸으로 파고들었다.

옆 건물로 건너가서 4층까지 올라갔다. 방화문을 지나간 곳에서 그때까지 복도와 이어져 있던 낡은 벽이 갑자기 깨끗해졌다. 컴퓨터실이다. 몇 년 전, 지학실험실이었던 공간을 리모델링해서 예전의 좁았던 컴퓨터실을 여기로 옮겼다고 한다.

 문의 작은 창문에서 불빛이 새어 나오고 있었다. 나보다 빨리 온 부원이 있다니. 신기하게 생각하면서 안으로 들어가자, 하얀색 컴퓨터가 쭉 늘어선 실내에는 아무도 없었다. 그 대신 컴퓨터 준비실 문이 활짝 열려 있고, 안에서 소리가 들렸다.

 누가 들어온 거지? 영역을 침범당한 것에 불쾌함을 느끼며 종종걸음으로 다가갔다.

 준비실 안에서는 한 남자가 작업을 하고 있었다. 좁은 구석에 세워둔 사다리에 올라가 천장에 뚫린 네모난 구멍 안에 머리를 넣고 있었다. 천장 패널을 한 장 떼어낸 것 같다. 학내 LAN 공사를 하는 걸까. 하지만 오늘 그런 걸 한다는 이야기는 듣지 못했다.

 남자가 구멍에서 머리를 빼고 나를 쳐다보았다. 그 얼굴은 어디선가 본 적이 있는 것 같지만 누구인지는 모르겠다.

 "누구를 만나러 왔나요?" 남자가 안경에 손을 대고 물었다.

 "아뇨, 동아리 활동이에요."

 "아아, 컴퓨터부요? 그럼 미안하지만 잠시만 도와주겠어요?"

 남자가 줄자를 길게 빼고는, 쇠 장식이 붙은 끝을 나에게 향했다. 그러고는 그것을 바닥에 붙이라고 하더니, 천장 안쪽까지 높이를 쟀다.

 "3미터 50. 좋군요." 남자가 만족스러운 얼굴로 중얼거렸다.

"저기, 이건······."

"하고 싶은 실험이 있어서요. 사전 조사를 하기 위해 학교 안을 돌아다니고 있습니다."

"실험이요?"

그렇다는 건 교사인가? 나의 의문을 알아차렸는지 남자가 신분을 밝혔다.

"후지타케라고 합니다. 야간반에서 과학과 수학을 가르치고 있죠. 과학부 지도교사이기도 하고요."

"과학부라니······ 야간반에 그런 게 있어요?"

주간반에도 없는 동아리다. 솔직히 농담으로밖에 들리지 않았다.

"생긴 지 얼마 안 됐습니다. 아직은 나와 부원 네 명이 전부죠."

생겼든 말든 관심 없다. 그보다 빨리 이 준비실에서 나가주었으면 좋겠다. 나는 일부러 얼굴을 찡그린 채, 옆 책상에 있는 검은색 데스크톱 컴퓨터를 물끄러미 바라보았다.

내 시선을 알아차리고 후지타케가 물었다. "혹시 여기를 사용하나요?"

"네에, 뭐."

"미안합니다. 금방 정리할 테니까 5분만 시간을 주세요."

그때 컴퓨터실에 부원들이 들어왔다. 평소에 자주 오는 1학년생 세 명이다. 컴퓨터부 명단에는 2학년생이 한 명 있지만, 유령부원으로 변한 지 오래되었다. 네 명 있었던 3학년도 은퇴한 것이나 마찬가지로, 내게 부장을 넘긴 후로는 한 번도 얼굴을 보인 적이 없다.

나는 창가의 컴퓨터 앞에 모여 있는 후배들 곁으로 갔다. 그곳에 있는 다섯 대는 일단 컴퓨터부 전용으로 되어 있다. 기종은 다른 것과 똑같고 최신 기종도 아니지만, 메모리를 높이거나 그래픽보드를 교체해놓아서 스펙은 조금 좋다.

1학년 고모토가 준비실 쪽을 쳐다보면서 물었다. "저쪽에 누가 있나요?"

"잘은 모르지만 야간반 선생님이 천장 안을 조사하고 있어."

"야간반? 이런 곳에서 **엔카운트**라니, 신기하네요."

엔카운트라는 건 '적과의 조우'를 가리키는 게임 용어다. RPG 마니아인 고모토는 교내에서 야간반 학생이나 교사를 만날 때마다 "맙소사, 엔카운트야" 하고 작은 목소리로 말하며 비웃곤 한다.

점심때가 지나서 출근하는 야간반 교사와는 복도에서 지나치는 일도 드물지 않다. 하지만 학생들의 모습을 볼 기회는 거의 없다.

야간반이 있는 탓에 이 학교의 완전 하교 시간은 6시로 매우 이르다. 체육관이나 음악실에서 하는 동아리 활동은 야간반의 시간표와 겹쳐서, 요일에 따라서는 더 일찍 철수해야 한다. 5시 반 이후에는 야간반이 사용하는 학교 건물에는 들어가지 못하고, 하교할 때는 정문이 아니라 뒷문으로 나가야 한다.

동선까지 구분해서 주간반과 야간반 학생이 접촉하지 못하게 하는 까닭은 쓸데없는 문제를 피하기 위해서다. 특히 야간반에는 주간반 학생과 얼굴을 마주치고 싶지 않다는 사람도 많다고 어느 교사가 말했다. 자기보다 처지가 나은 사람한테 콤플렉스가 있나 보다.

 이윽고 후지타케가 사다리를 들고 나타나서 "끝났습니다, 고맙습니다" 하고 컴퓨터실에서 나갔다. 그 순간만을 기다렸던 나는 신작 게임 이야기에 빠져 있는 후배들을 놔두고 혼자 준비실로 향했다. 동아리 활동은 4월부터 계속 이런 상태라서, 이제 그 애들도 아무렇지 않으리라. 어차피 관심은 게임과 애니메이션일 뿐이니까, 자기들 마음대로 즐기면 된다. 지난달 축제 기획도 통째로 1학년한테 맡겼더니, 미소녀 캐릭터가 컴퓨터로 타로점을 봐주는 게임을 내보냈다. 프로그램은 어디선가 주워온 모양이다. 컴퓨터부에 들어왔음에도 프로그래밍 공부도 하지 않는 저 애들한테 선배다운 일을 해줄 필요는 없다. 수학도 별로 잘할 것 같지 않고, 알고리즘이나 데이터 구조를 기초부터 가르쳐주는 건 너무 귀찮다.

 준비실로 들어가 문을 닫고, 검은 케이스의 컴퓨터 앞에 앉았다. 컴퓨터실의 컴퓨터보다 훨씬 성능이 좋은 CPU를 탑재한, 비교적 새 모델이다. 교사용이지만 아깝게도 거의 사용하지 않는다. 이 학교에는 아직 '정보'를 담당하는 전임 교사가 없어서, 아무도 이 준비실을 사용하지 않기 때문이다.

 수학 교사이자 컴퓨터부 지도교사인 쓰쿠이의 허락을 받고, 이 컴퓨터를 내 전용처럼 사용하고 있다. 컴퓨터실 관리 책임자이기도 한 쓰쿠이는 학내 LAN이나 서버의 보수를 맡고 있지만, 그것에 문제가 생길 때마다 쓰쿠이보다 잘 알고 있는 내가 처리한다. 이 컴퓨터를 자유롭게 사용하는 건 당연한 대가라고 할 수 있다.

6시까지는 앞으로 두 시간 반도 남지 않았다. 다른 때보다 더욱 집중해서 해야 한다. 곧바로 컴퓨터를 켜고 어제의 다음 부분을 하기 시작한다. '일본정보올림픽' 본선의 기출 문제. 가공의 철도 노선에서, 여러 가지 주어진 조건에서 임의의 목적지까지 갈아타는 횟수의 최소치를 구하는 프로그램을 만들라는 문제다.

정보올림픽이란 수학이나 물리 대회가 유명한 '과학 올림픽' 중 하나다. 일본 대회는 고등학교 2학년까지의 학생이 프로그램 능력을 겨루는 콘테스트로, '국제정보올림픽'에 파견할 일본 대표 선발도 겸하고 있다. 참가자는 매년 늘어나서 최근 몇 년은 2,000명에 달한다고 한다.

매년 9월부터 12월에 걸쳐서 온라인 형식으로 1차 예선, 2차 예선을 하고, 이듬해 2월에 간토 대회장에서 본선을 실시한다. 본선 입상자 약 30명에게는 3월의 춘계 트레이닝 합숙에 참가할 수 있는 자격이 주어지고, 그곳에서 벌어지는 최종 선발을 통해 네 명의 일본 대표가 정해진다.

나는 작년 대회에서 2차 예선을 돌파해 멋지게 본선에 진출했다. 하지만 안타깝게도 본선의 고차원 문제에 고전해서 성적은 하위로 내려앉았다.

도전할 수 있는 건 올해가 마지막이다. 지난 대회의 본선 출전자는 1차 예선이 면제되어서, 두 달 후인 12월 초순의 2차 대회부터 참가하면 된다. 2차는 이번에도 통과할 자신이 있지만 문제는 본선이다. 일본 대표로 선발되기는 힘들다고 해도, 어떻게든 상위 30명에 들어가 춘계 트레이닝 합숙에 참가하고 싶다. 그러기 위해서 지난 8개월간, 혼자서 이를 악물고 공부했다.

잠시 코드 치는 손길을 멈추고 미래의 내 모습을 그렸다. 전국의 유명한 명문고에 다니는 우수한 프로그래머들과 책상을 나란히 하고, 일류 강사에게서 수업을 받는 모습이다.

그것이야말로 진정한 내 모습이 아닌가. 내가 본래 있어야 할 곳은 이런 편차치 51의 고등학교 따위가 아니다. 유치한 게이머밖에 없는, 이름뿐인 컴퓨터부 따위는 결코 아니다.

"싫어요! 그건 안 돼요!" 두 명의 교사 앞에서 단호하게 말했다.

쓰쿠이는 원래 처진 눈썹을 더 밑으로 늘어뜨리고, 옆에 있는 후지타케 얼굴을 힐끔 쳐다보았다. 후지타케는 안경 안쪽에서 약간 눈을 가늘게 뜨고 나를 똑바로 쳐다볼 따름이었다. 마치 내가 그렇게 나올 걸 이미 예상했다는 표정이라서 더욱 화가 났다.

"그게 말이야, 이 방을 쓰지 말라는 게 아니야." 쓰쿠이는 머리칼이 거의 없는 뒷머리를 한 번 매만지고, 책상의 검은색 컴퓨터를 가리키며 말을 이었다. "야간반 학생들이 드나드는 동안에도 여기에서 이 컴퓨터를 사용해도 되거든."

"이렇게 좁은 곳에서 시끄러운 실험을 하면, 정신이 흩어져서 프로그래밍 공부를 할 수 없어요. 그건 말도 안 돼요!"

방과 후에 평소처럼 컴퓨터 준비실에 와서 쓰쿠이와 후지타케가 머리를 맞대고 있는 걸 본 순간부터 불길한 예감에 사로잡혔다. 예상한 대로 "니와 군에게 의논할 게 있어" 하고 쓰쿠이의 입에서 나온 말은 너무나 이기적인 말이었다.

야간반 과학부의 실험을 위해 이 방을 사용하게 해달라는 것이다. 되도록 높은 곳에 도르래를 부착해야 하는데, 천장 패널 한두 장만 떼어내면 3미터 50센티미터가 되는 이곳이 가장 좋다고 한다.

다른 교실은 천장 높이가 3미터인데, 오래된 천장은 부품이 낡아서 간단히 떼어낼 수 없다. 새로 리모델링한 컴퓨터실과 준비실만이 천장 패널의 위쪽 공간까지 쉽게 들어갈 수 있다는 것이다.

이곳을 하루만 제공하는 것이라면 나도 그렇게까지 펄펄 뛰지 않는다. 하지만 이야기는 그렇지 않았다. 장치를 만드는 것도, 그 이후의 실험도 시행착오를 거듭하면서 진행해야 해서, 앞으로 몇 달간 매일 여기서 작업하고 싶다고 한다. 야간반의 동아리 활동 시간만이 아니라 일주일에 몇 번은 그들의 수업이 시작되기 전인 오후 4시부터 5시 45분까지도.

이 중요한 시기에 그런 것을 어떻게 받아들이겠는가?

후지타케가 신중하게 말했다. "니와 군은 정보올림픽 본선에 나간다고 하더군요. 그런 우수한 프로그래머가 우리 학교에 있는 줄은 몰랐습니다. 정말 대단해요."

그런 입발림에 넘어갈 것 같아! 나는 그 말을 가까스로 집어삼켰다.

"두 달 후에 또 2차 예선이 있어서 저도 필사적이에요. 혼자 이 방에서 코딩에 집중할 수 있는 시간은 굉장히 귀중하다고요!"

쓰쿠이가 쭈뼛거리며 물었다. "집에서 하면 안 돼?"

"전에도 말씀드렸잖아요. 저희 집 컴퓨터는 망가졌다고요."

"참, 그랬지. 그럼 이렇게 하자." 쓰쿠이가 여덟 팔八 자 눈썹을 치켜올리면서 말했다. "이 컴퓨터를 저쪽 컴퓨터실로 옮기고, 거기서 마음대로 사용하는 거야. 어때?"

"그건 안 돼요. 1학년들이 워낙 시끄럽게 떠들거든요." 나는 머리를 옆으로 흔들고, 눈을 희번덕거리며 쓰쿠이에게 말했다. "선생님도 말씀하셨잖아요? 학교 홍보도 되니까 이번에는 꼭 입상해달라고, 그러기 위해서 협조를 아끼지 않겠다고요."

거북한 얼굴로 입을 다문 쓰쿠이의 옆에서 후지타케가 태연하게 입을 열었다.

"입상할지 말지는 둘째치고, 높은 차원에서 자신의 힘을 시험해 보는 건 무엇과도 바꿀 수 없는 소중한 경험이지요. 실은 우리 과학부도 힘을 시험해보고 싶은 곳이 있습니다."

"그래요? 과학계 동아리 활동의 콘테스트 같은 건가요?" 쓰쿠이가 물었다.

"아뇨, **학회 발표**입니다."

학회? 프로 학자들에 섞여서, 야간반이? 지금 제정신이야?

나도 모르게 콧김을 내뿜는 걸 보고 후지타케가 진지한 표정을 지었다.

"매년 5월에 열리는 일본 지구행성 과학연합 대회에 고등학생 세션이 있거든요. 다 같이 의논해서 거기에서 발표하는 걸 목표로 정했습니다."

후지타케의 말에 따르면 일본 지구행성 과학연합은 지질, 지진, 화산, 행성과학 등 지학 분야의 각 학회를 총망라하는 거대한 조직이고, 1년에 한 번 치바시의 마쿠하리 멧세에서 열리는 대회에는 약 8,000명의 연구자와 학생이 모인다고 한다.

고등학생 세션에서는 전국 고등학교의 과학부와 지학부, 천문부 등이 연구 발표를 하고 제일선 연구자와 토론하거나 조언을 받는다. 대학교수들이 심사해서 우수한 발표에는 상을 수여한다는 이야기까지 들려주었다.

쓰쿠이가 눈을 깜빡이며 말했다. "그럼 여기에서 하는 실험도 학회 발표를 위해서 하는 건가요?"

"네. 발표하려면 내년 3월에 발표 요지를 제출해야 합니다. 그래서 그때까지는 어느 정도 결과를 내야 하죠."

나는 더 이상 참지 못하고 끼어들었다. "선생님, 아직 그 사람들에게 이곳을 빌려준다고 하지 않았는데요."

"아아……. 그래, 그랬지." 쓰쿠이가 작게 고개를 끄덕이며 덧붙였다. "하지만 그러니까 더욱 어떤 실험인지 들어봐야지. 그래야 이쪽도 판단할 수 있지 않겠어?"

"판단이고 뭐고……."

내 말이 끝나기도 전에 쓰쿠이가 천장을 가리키며 물었다. "도르래를 사용한다고 하셨는데, 무슨 실험을 하는 건가요?"

후지타케는 여유만만한 미소를 지으며, 조금 사이를 두고 나서 대답했다. "**화성을 만들 겁니다.**"

"화성이요?" 쓰쿠이의 입에서 얼빠진 소리가 흘러나왔다. "그게 무슨 뜻이죠?"

"이 이상은 제 입으로 말하지 않는 편이 좋겠군요. 이걸 생각해낸 건 부원들이니까요."

하여간 일일이 거드름을 피운다니까. 이 후지타케라는 교사는 사사건건 사람을 조바심 나게 만든다.

후지타케가 나와 쓰쿠이의 얼굴을 번갈아 보면서 말했다. "만약 괜찮다면, 부원들이 실험 내용을 설명할 수 있도록 기회를 주시겠습니까?"

"네, 물론 좋습니다."

쓰쿠이의 말이 끝나기도 전에 나는 차갑게 말했다. "저한테는 설명해주지 않아도 돼요. 말씀 끝나셨죠? 오늘 중에 끝내고 싶은 게 있어서요."

아무런 결론도 내리지 않은 채 두 교사는 준비실에서 나갔다. 나는 자리에 앉아 컴퓨터가 작동하기를 기다리는 동안에 천장을 올려다보았다. 화성이라는 말을 들은 순간, 크레이터 그래프가 머리에 떠올랐다. 어쩌면 그 녀석은 과학부 부원일지도 모른다.

실은 오늘 아침에 등교했더니, 책상 안에 두꺼운 종이가 한 장 들어 있었다. 빈 담뱃갑을 찢어서 펼친 것으로, 역시 유치원생이 쓴 듯한 글자로 메시지가 적혀 있었다.

'쓰레기가 아니라 데이터야. 그것도 모르면 입 닥치고 있어, 꼬맹이.'

꼬맹이라고 불린 것보다 '그것도 모르면'이라는 말에 화가 나서, 충동적으로 노트를 한 장 찢어서 휘갈겨 썼다.

'제대로 해석하지 못하면 데이터도 쓰레기가 되는 거야, 이 원숭이.'

그것을 책상 안에 쑤셔 넣고 왔는데, 야간반의 원숭이는 아마 무슨 뜻인지 모를 것이다. 괜히 쓸데없는 짓을 했다고 작게 숨을 쉬고, 마음을 바꾸어서 키보드를 두드리기 시작했다.

다음 날, 오후 5시가 되기 전의 일이다.

컴퓨터 준비실의 컴퓨터 앞에서 혹사한 눈에 안약을 넣으려고 했을 때, 노크도 없이 거칠게 문이 열렸다. 깜짝 놀라 손이 흔들리는 바람에 안약이 눈 밑에 떨어졌다. 방울이 뺨으로 흘러내리는 걸 느끼면서 출입구를 보자 금발의 남자가 서 있었다. 위아래 모두 지저분한 작업복 차림으로, 양쪽 귀에는 피어스가 몇 개나 매달려 있었다.

"네가 니와 가나메야?"

"⋯⋯그런데요⋯⋯."

한순간 시설 관계자인가 싶었지만 곧바로 아니란 걸 알았다. 분명히 야간반의 그 녀석이다.

"너, 진짜 고2야? 꼬맹이라고 쓰긴 썼는데, 완전히 중딩 같군."

금발은 나를 머리끝에서 발끝까지 훑어보면서 거침없이 들어왔다.

"헉⋯⋯!"

나는 의자에 앉은 채 황급히 뒤로 물러섰다.

"쫄 거 없어. 두들겨 패러 온 게 아니니까." 금발은 부산스럽게 말하더니, 엄지를 세워서 자기 얼굴을 가리켰다. "야간반 2학년 야나기다 다케토야. 너한테 물어볼 게 있어서 왔어."

그는 종이를 두 장 내밀었다. 크레이터 그래프와, 어제 내가 노트를 찢어서 휘갈겨 쓴 메시지다.

"펜팔은 너무 답답해서 직접 물어보러 왔어."

"펜팔이라고……?"

목소리가 뒤집어졌다. 그런 생각은 눈곱만큼도 하지 않았다.

"'제대로 해석하지 못하면 데이터도 쓰레기가 되는 거야'라는 거, 무슨 뜻이야?" 다케토는 그래프용지를 가리키며 덧붙였다. "해석이라는 건 이 데이터의 점에 맞춰서 직선을 긋고, 기울기를 구하는 거잖아? 내가 뭘 잘못했어?"

아무래도 이 사람은 순수하게 질문을 하러 온 것 같다. 그 사실을 알고 겨우 등줄기의 땀이 사라졌다.

"잠깐만, 그 전에." 나는 이 이상 얕보지 못하도록 최대한 어른스럽게 말했다. "내가 여기 있다는 건 누구한테 들었어요?"

"이름은 모르지만 네 동급생한테서. 동아리 활동으로 남아 있던 주간반 남학생을 적당히 붙잡아 2학년 2반 녀석을 찾아내서, 그 녀석한테 물어봤어. 그 녀석이 그러더라고. 넌 컴퓨터부니까 아직 학교에 있다면 여기에 있을 거라고."

대체 누구야, 쓸데없는 말을 한 게.

"그렇다고 무턱대고 찾아오면 곤란해요. 무슨 그래프인지는 모르지만, 수업에서 한 거라면 내가 아니라 선생님한테……."

"수업이 아니라 동아리 활동에서 했거든, 과학부."

"과학부······."

역시 그런가.

"그러니까 되도록 우리 힘으로 해결하지 않으면 의미가 없잖아."

그렇게 거만하게 말할 거라면 나한테도 묻지 마. 그렇게 말할 생각으로 얼굴을 찡그렸지만 상대는 아랑곳하지 않았다.

"힌트만이라도 줘. 이거, 어디가 틀렸지?"

다케토가 그래프용지를 억지로 내 손에 쥐여주었다. 이게 남에게 묻는 태도인가! 하지만 빨리 쫓아내고 코딩으로 돌아가고 싶은 마음이 앞섰다.

"이 직선은 주관적으로⋯⋯ 그냥 적당히 그은 거죠?"

"응. 좋은 느낌이 될 때까지 몇 번이나 다시 그었어. 그러면 안 돼?"

"데이터의 수치를 이용해 더 객관적으로 그럴듯한 직선을 구하는 방법이 있어요. 최소제곱법이라고 해서⋯⋯."

"최소제곱법? 그게 뭐야? 교과서에 있어?"

"아니, 고등학교에서는 안 해요."

"그래?" 다케토는 한순간 표정을 일그러뜨렸지만 금세 밝게 말했다. "알았어. 어떻게든 공부해서 해볼게."

분명히 방법을 가르쳐달라고 할 것이다. 그렇게 생각했는데 너무 순순히 물러나서 조금 의외였다. 의욕만은 나름대로 있는 것 같다.

그때 문득 컴퓨터실 출입구 쪽에서 시선을 느꼈다. 고개를 돌리자 고모토를 비롯해 1학년 세 명이 살며시 들여다보고 있었다.

여기에서는 좀처럼 볼 수 없는 희귀 캐릭터의 등장에 흥미를 느낀 것이리라. 다케토가 그들을 발견하고 "뭐야?" 하고 한마디 하자, 세 사람은 황급히 고개를 집어넣었다.

그는 다시 한번 마법의 주문처럼 말했다. "최소제곱법이라……. 역시 주간반은 대단하군."

"역시 대단하다고요? 이 학교가 말인가요?" 나는 얼굴을 찡그리고 내뱉듯이 말했다. "여긴 쓰레기예요."

"쓰레기?" 다케토가 어리둥절한 얼굴로 되물었다. "왜? 무슨 불만이라도 있어?"

"불만이라고 할까…… 아무튼 대단한 학교가 아니란 뜻이에요."

그 이상 캐물으면 귀찮을 것 같아서, 그래프용지를 돌려주며 화제를 바꾸었다.

"이거, 무슨 실험 데이터예요?"

"크레이터를 만드는 실험이야."

"크레이터를 만들어요?"

"물론 모델 실험이지만, 막상 해보니까 꽤 심오하더라고. 지금 하려는 건 화성 크레이터를 재현하는 실험이야. 화성에는 좀 독특한 크레이터가 있는데, 알고 있어?"

"……몰라요." 나는 굴욕적인 기분으로 대답했다.

"화성이란 별은 말이지……."

후지타케가 말했던 실험임이 분명하다. 이 녀석도 준비실을 사용하게 해달라고 할 줄 알았는데, 일방적으로 화성 이야기만 떠들어댈 뿐 그런 낌새는 보이지 않았다.

고개를 살짝 갸웃거리며 의아해하는 얼굴을 보고 착각했는지, 다케토가 눈을 반짝였다.

"실험, 보고 싶어?"

이런!

"아니……." 나는 황급히 고개를 가로저었다.

하지만 그런 내게는 눈길도 주지 않고 다케토는 휴대폰으로 누군가에게 전화를 걸었다.

"마마, 아직 시작 안 했죠? 그럼 2분만 기다려줘요. 손님을 한 명 데려갈게요."

"어서 가자. 다들 기다리고 있으니까."

나는 결국 다케토한테 팔을 잡혀서 억지로 끌려갔다.

다케토를 따라간 건 야간반 녀석들의 '과학' 수준이 어느 정도인지 보고 싶은 마음이 손톱만큼 있어서였다. 더 솔직히 말하자면 '겨우 이 정도군' 하고 내 눈으로 직접 확인하고 안심하고 싶었기 때문이었다.

과학부가 평소에 사용하고 있다는 물리준비실은 같은 건물의 두 개 아래층에 있다. 시간이 시간인 만큼, 실험실이나 시청각실이 나란히 있는 복도에는 학생들의 모습이 보이지 않았다.

반쯤 열린 문으로 다케토가 먼저 들어가자 실험대 옆에 있던 체구가 작은 여학생이 맨 먼저 돌아보았다.

"아, 부장님."

부장님? 다케토가…… 이 금발 피어스가 부장이었던가?

출입구에 우두커니 서 있자, 동남아시아계로 보이는 통통한 중년 여성이 옆으로 다가왔다.

"어서 들어와. 어색해할 필요 없어."

여성은 친한 친구를 맞이하듯 오동통한 팔로 내 등을 감싸며 안으로 이끌었다.

"난 안젤라야."

먼저 자기 이름을 말하고, 부탁도 하지 않았는데 다른 부원들도 소개해주었다.

"저 애가 가스미고, 저분이 나가미네 씨."

나가미네라는 사람은 70대 남자로, 바닥에 있는 커다란 사각 용기 옆에서 작업을 하고 있었다. 야간반에는 노인도 들어오는 일이 있다고 들었지만, 정말로 있을 줄은 몰랐다.

공통점이라곤 하나도 없어 보이는 각양각색의 얼간이들이 모여서 **과학부 놀이**를 하는 것인가. 우스꽝스러움을 뛰어넘어 기이하다는 생각이 들었다.

다케토가 손짓을 해서 바닥에 있는 용기에 다가갔다. 긴 곳이

1미터쯤 되는 얕은 플라스틱 용기로, 안에는 사락사락한 하얀 모래가 잔뜩 들어 있었다.

"뭘 보여줄 건가?" 나가미네가 진지한 얼굴을 하며 다케토에게 물었다.

"일단 평범한 것부터 보여주는 게 좋겠죠."

나가미네는 용기 옆에 있던 기묘한 수제 장치를 들어 올리고, 네 개의 알루미늄 다리를 모래에 단단히 세웠다. 다리에는 나무판이 놓여 있고, 그 한가운데에 직경 4~5센티미터 정도의 염화 비닐관이 꽂혀 있었다. 염화 비닐관의 꼭대기 입구에는 십자 모양으로 교차시킨 두 개의 두터운 고무밴드가 감겨 있었다.

다케토가 실험대의 작은 상자에서 조그만 구슬을 꺼냈다. 직경이 3센티미터쯤 되는 쇠구슬이다.

"이게 운석이고 용기의 모래를 땅바닥으로 가정하자고."

다케토는 익숙한 손놀림으로 쇠구슬을 십자 고무밴드에 걸어 위쪽으로 잡아당겼다. 장난감 파친코와 똑같은 구조다. 다케토가 손을 떼자 바로 밑으로 쏘아진 쇠구슬은 염화 비닐관을 통과해 쿵 하는 소리와 함께 모래에 파묻혔다.

다케토는 장치를 치우고 모래땅에 생긴 직경 10센티미터 정도의 원형 구덩이를 가리키면서 "어때?" 하고 내 얼굴을 쳐다보았다.

"꽤 깔끔한 크레이터가 생겼지?"

"……뭐."

그래서 뭐가 어떻다는 건가, 하는 생각밖에 들지 않았다.

다케토의 말에 따르면 쇠구슬의 질량과 발사 속도를 바꾸면서, 그때 만들어지는 크레이터의 직경을 조사해 충돌 에너지와의 관계를 이끌어내려고 한 게 그 그래프라고 한다.

안젤라가 옆에서 말했다. "그 발사 장치의 통 밑에는 속도 센서도 붙어 있어. 나가미네 씨가 만든 거지. 기계공작의 전문가거든."

"이 정도는 기계공작에도 들어가지 않아." 나가미네는 조금도 웃지 않고 말했다.

다케토가 계속 설명했다. "달의 표면에 울퉁불퉁 뚫려 있는 게 이렇게 생긴 크레이터잖아? 밥공기 모양의 구덩이가 생기고, 그 가장자리 부분…… 림이 산처럼 높아지지. 충돌로 튀어나온 방출물을 이젝타라고 하는데 그게 거기에 쌓이는 거야."

전문용어를 사용한다고 해서 이야기의 수준이 높다곤 할 수 없다. 그런 생각을 하면서 나는 못마땅한 얼굴로 고개를 끄덕였다.

"하지만 아까 말한 것처럼 화성에는 독특한 크레이터가 있어."

다케토는 그렇게 말하고, 조금 떨어져서 이쪽을 보고 있는 가스미라는 여자 부원을 쳐다보았다. 파스텔그린의 트레이너복을 입은, 마음이 약해 보이는 학생이다.

"이건 네가 설명해. 네 아이디어니까."

다케토가 시키는 대로 가스미는 실험대 위에 있는 파일에서 종이를 몇 장 꺼냈다. 쭈뼛쭈뼛하면서 가져온 건 흑백의 정교한 크레이터 사진이다. 화성 탐사기가 찍은 것이리라.

"이거예요. 램파트 크레이터Rampart crater." 가스미는 모깃소리처럼 작은 목소리로 말했다. "림 주변에 있는 이젝터 퇴적물이 꽃잎처럼 펼쳐진……."

자세히 보니 내가 알고 있던 단순한 크레이터와는 조금 달랐다. 원형 구덩이에서 바깥쪽을 향해 전체적으로 끈적한 것이 흘러넘친 듯한 흔적이 있다. 그 가장자리 부분이 파도처럼 일렁이면서 크레이터를 감싸고 있는 것을 꽃잎이라고 표현한 듯하다.

가스미가 더듬더듬 설명한 바에 따르면, 이 지형은 충돌로 튀어나온 이젝터가 땅바닥을 기어가는 흐름에 의해 쌓인 것이라고 한다. 흐름의 끝부분은 우뚝 솟은 절벽이나 능선이 되고, 그것이 크레이터를 감싸는 성벽, 즉 램파트처럼 보인다고 해서 그런 명칭이 붙었다고 한다.

가스미가 수줍은 얼굴로 말했다. "저는 꽃잎이라고 말했지만, 연구자들은 이런 이젝터 퇴적물을 로브라고 부른다고 해요. 나뭇잎, 또는 귓불이라는 뜻이래요."

다케토가 말을 이어받았다. "문제는 화성에는 왜 이런 크레이터가 생기느냐 하는 거야. 몇 가지 가설은 있지만 결말은 나지 않았어. 가장 유력한 건 얼음이나 물 때문이라는 설이지."

짐짓 훌륭한 연구자 같은 얼굴로 다케토가 설명한 것은 이러했다. 화성 표면의 평균온도는 마이너스 55도의 극저온이라서, 지표와 지하에는 물과 이산화탄소가 얼어붙은 얼음이 존재한다.

운석이 충돌하면 그 얼음이 엄청난 열로 단숨에 녹아서, 이젝터가 대량의 물을 받아들여 이류泥流, 산사태가 일어나거나 화산이 폭발할 때 산허리를 따라 격렬하게 이동하는 진흙의 흐름가 된다. 또는 얼음이 순간적으로 증발해서 기체가 되고, 이젝터의 고체 입자와 기체가 섞인 고기이상류固氣二相流가 생긴다. 램파트 크레이터의 로브는 그것이 구덩이의 바깥쪽으로 흘러나와서 쌓인 것이라는 설이라고 한다.

"그래서 실험해봤어."

다케토의 재촉을 받고 실험대 건너편으로 이동했다. 그곳의 바닥에는 직경 50~60센티미터의 플라스틱 대야가 있었다. 안에 들어 있는 건 역시 모래지만, 알갱이가 매우 작고 물기를 충분히 머금고 있는 것처럼 보였다.

"이 모래는 화산재야. 그걸 미세한 체로 걸렀지. 당연하지만 열이 발생하는 충돌은 실험할 수 없으니까 처음부터 물을 넣어서 섞어놓았어."

그러는 사이에 나가미네가 기묘한 수제 장치를 화산재에 설치했다.

"간다."

다케토는 그렇게 말하고, 쇠구슬을 십자 고무밴드에 걸어 화산재를 향해 발사했다. 이번에는 습기를 머금은 충돌음이 들렸다.

"오! 꽤 좋은 게 만들어졌어."

다케토가 웃으면서 장치를 옆으로 치웠다.

구덩이는 똑같은 밥공기 모양이라도 불룩한 림의 바깥쪽으로 진흙이 얇고 넓게 흘러가서, 끝부분이 꽃잎처럼 물결치고 있는 걸 똑똑히 알 수 있었다.

"어때? 그럴듯하지?"

"……뭐."

진흙놀이로 만든 것치고는 화성 사진에 있는 크레이터와 비슷했다.

안젤라가 뒤쪽에서 끼어들었다. "레시피 만드는 거, 엄청 힘들었거든. 몇 번이고 몇 번이고 실험했어. 제일 예쁘게 만들어지는 게 화산재 100그램에 물 56그램이야. 물이 너무 많으면 찰싹이며 흩어지고, 너무 적으면 이젝터가 튀어나오지 않아."

안젤라의 말을 다시 다케토가 이어받았다. "이 실험은 아직 시작이야. 화성의 램파트 크레이터를 실험실에서 재현하는 게 과학부의 기념할 만한 첫 번째 연구 테마지. 이번 여름방학에 올해 말까지 할 걸 생각하자면서 가스미가 이 아이디어를 냈어."

"그게 아니라……." 가스미가 고개를 살짝 옆으로 기울이면서 말했다. "전 이게 뭘까, 생각했을 뿐이에요……."

"램파트를 발견했을 때 얘기 좀 해줘."

"네……?" 가스미가 당황하면서 머리를 옆으로 흔들었다. "그건 됐어요."

수줍어하는 가스미를 대신해서 다케토가 설명했다.

"이 녀석이 이래 봬도 SF 마니아거든."

가스미는 그중에서도 특히 앤디 위어라는 작가가 쓴 《마션》이라는 소설을 좋아한다고 한다. 임무 수행 도중에 사고로 혼자 화성에 남겨진 우주비행사가 지구로 생환할 때까지를 그린 SF 소설이다.

여름방학 도중의 어느 날 밤. 미국의 어느 대학에서 화성의 세밀한 3D 지도를 만들었다는 사실을 알게 된 가스미는 《마션》의 주인공이 탈출할 때까지 나아간 루트를 그 지도 위에서 따라가보기로 했다. 공개된 지도 사이트에 접속해서 탐사선의 착륙 지점을 찾고 있었을 때, 화성의 리얼한 3D 지형 중에서 조금 독특한 크레이터를 발견했다. 구덩이 주변에 진흙을 흩뿌린 듯한 흔적이 있었던 것이다…….

가스미가 눈을 내리깔고 조심스럽게 말했다. "후지타케 선생님께 물으러 갔더니, 램파트 크레이터라고 가르쳐주셨어요. 어떻게 만들어졌는지 아직 잘 모른다고 해서, 한번 실험해보는 것도 재미있지 않을까 했죠."

다케토가 말했다. "어떤 실험을 하면 좋을지, 다 같이 머리를 맞대고 의논하면서 진행하고 있어. 내년 5월, 이 연구로 학회에서 발표하는 게 우리 목표야."

"이걸로, 말인가요?"

나는 진흙에 생긴 구덩이를 보면서 차가운 미소를 지었다. 이 정도는 머리가 조금 좋은 초등학생이라면 여름방학 자유 연구로도 할 수 있지 않은가.

"이건 시작이라고 했잖아. 우리한텐 비밀병기가 있거든."

"비밀병기요?"

"저거야." 다케토가 준비실의 구석을 가리키며 말했다.

지금까지 몰랐지만 선반 옆에 나무로 조립한 망루 같은 것이 있었다. 천장에 닿을 것처럼 꼭대기에 보이는 은색 고리는 자전거의 휠인가?

"실은 말이야……."

다케토가 말을 하려고 했을 때, 출입구 문이 열렸다. 후지타케가 문손잡이를 잡은 채 나를 쳐다보았다.

"다행이에요. 이야기를 들으러 와주었군요."

"네?"

그때 문득 알아차렸다. 혹시 이 녀석들…….

"덫이었나요? 저를 여기로 유인하기 위한……." 나도 모르게 목소리가 날카로워졌다.

"음? 그게 무슨 말이죠?" 후지타케가 천연덕스럽게 시치미를 떼고 고개를 갸웃거렸다.

언제부터지? 언제부터 덫을 쳐놓은 거지? 설마…….

이번에는 다케토를 노려보면서 말했다. "그 **펜팔**도 전부 이걸 위해서였나요?"

다케토가 눈에 띄게 동요하는 모습을 보였다.

"아니, 그건……. 그런 거 아니야. 내 말 좀 들어봐."

"그렇게 비겁한 짓을 하다니!"

나는 그 말을 남기고, 성큼성큼 걸어서 준비실을 뒤로했다.

메뉴에서 가장 저렴한 250엔짜리 커피를 주문하고 벽 쪽 자리에 앉았다.

이 시간대에는 일을 마치고 한숨 돌리거나, 영어나 자격증 공부를 하는 직장인으로 의외로 북적거린다. 옆자리에 앉은 남성은 넥타이를 느슨히 하고 핫도그를 먹으면서 노트북 컴퓨터로 외국 드라마를 보고 있다. 부럽게도 맥 컴퓨터의 최신 기종이다.

그것을 곁눈질하면서 나는 가방에서 《프로그래밍 콘테스트 공략!》이라는 제목의 참고서와 얇은 키보드를 꺼냈다. 여기에서는 휴대폰 앱으로 코딩하는 수밖에 없어서, 중고로 휴대폰용 키보드를 구입했다.

참고서를 펼치고 예제를 풀려고 했지만, 마음속에서 분노가 부글부글 끓어올라서 문제가 머리에 들어오지 않는다. 그런 어설픈 연극에 나를 끼워 넣다니.

역시 이런 고등학교에 오는 게 아니었다. 이놈이고 저놈이고 내가 하는 일을 방해만 하고.

메이지거리에 있는 이 카페에 다닌 지는 벌써 석 달이 되었다.

오후 6시에 학교를 나오면 집에 가는 지하철역으로 가지 않고, 여기에 와서 세 시간 정도 프로그래밍 공부를 한다. 학교에서 나오기 전에 매점에서 산 빵을 먹어두면 커피 한 잔으로도 그럭저럭 배고픔을 견딜 수 있다.

곧장 집에 가지 않는 이유는 두 가지다. 하나는 집에 가도 사용할 수 있는 컴퓨터가 없어서. 또 하나는 단순히 집에 있고 싶지 않아서.

샤쿠지이공원에서 가까운 집까지는 매일 밤 기도하는 심정으로 돌아간다. 집 안에서 큰 소리나 화내는 목소리가 들리지 않으면 안심하고 현관문을 연다. 그 시간이면 엄마는 침실에서 나오지 않기 때문에, 주방에 차려놓은 저녁을 데워서 혼자 먹고 욕실에서 씻는다. 발소리를 죽이고 2층으로 올라가 동생 방을 살피고 내 방으로 들어간 후에는, 침대에서 참고서를 보거나 휴대폰을 보는 사이에 잠이 든다.

부모님이 별거를 시작한 건 4년 전이다. 그 이전부터 부부 사이가 좋지 않았다는 건 알고 있었다. 불화의 원인은 물어본 적이 없고, 어느 편을 드는 일도 없었다. 엄마와 아빠 모두 자기 생각만 옳다고 주장하는 타입이라서, 한번 뒤틀리면 회복이 되지 않는 것이리라.

냉정한 눈으로 양친을 보았던 나와 달리, 동생인 마모루는 당시 아홉 살이었고 당연히 아직 천진난만했다. 그런 마모루의 세계에서 아빠가 집을 나가는 건 있을 수 없는 사건이었으리라. 밝았던 마모루가 점점 웃음을 잃어버리더니, 작은 일에도 짜증을 내며 별안간 소리를 지르게 되었다.

그런 와중에도 나의 중학교 성적은 떨어지지 않았다. 3학년 때 1지망으로 응시하기로 한 고등학교는 어느 사립 명문고였다. 편차치로 볼 때 안정권인 학교였기에 합격할 자신이 있었다.

그런데……. 2월, 고등학교 입시를 보기 전날 밤, 가족에게 첫 번째 **그것**이 발생했다. 밤늦게까지 소리를 크게 틀어놓고 게임을 하던 마모루에게 엄마가 주의를 준 것이 계기였다.

"이제 그만해. 내일은 형 시험이잖아."

다음 순간, 마모루는 화를 내며 마구 난동을 부렸다. 게임기를 던져서 TV를 부수고, 스틱청소기를 휘둘러 집 안을 엉망으로 만든 것이다. 산산이 흩어진 식기 파편에 맞아서 엄마는 팔에 상처를 입었다.

엄마를 치료해주면서 나는 큰 충격을 받았다. 마모루는 이미 괴로움을 혼자 감당할 수 없게 되었다. 성장기에 들어간 육체가 그 괴로움을 밖으로 발산하려고 하는 것이다. 세 살 밑의 동생에게 태어나서 처음으로 공포를 느꼈다.

다음 날 아침, 예정대로 시험장에 도착했지만 마음은 안정되지 않았다. 진정하라고 스스로에게 말할수록 펜을 쥔 손이 바들바들 떨렸다. 결과는 설마 했던 불합격. 불운은 그것에 그치지 않고, 만일을 위해 지원해두었던 다른 사립 고등학교에는 시험조차 보지 못했다. 시험 전날 인플루엔자에 걸린 것이다.

그렇게 되자 선택지는 거의 없었다. 사립 고등학교의 2차 모집에 응시하느냐, 2월 하순에 도립 고등학교 시험을 보느냐. 사립 고등학교를 지망하느라 과학과 사회 공부를 거의 하지 않았던 내게 중학교 담임이 "안전하게 합격하려면 여기까지 등급을 낮추는 게 좋겠어" 하고 권해준 게 편차치 51의 히가시신주쿠고등학교였다.

한편 중학교에 들어간 마모루는 반년 만에 학교에 가지 않았다. 평소에는 자기 방에 틀어박혀 있지만, 한 달에 한두 번 불이 붙은 것처럼 난동을 부리며 손에 잡히는 대로 집 안의 물건을 때려 부쉈다. 마모루의 방 벽은 구멍투성이로 변했고, 멀쩡한 가구는 하나도 없었다.

중학교 카운슬러는, 힘으로 억누르는 건 오히려 역효과라고 했다고 한다. 엄마가 그 이야기를 들려주었을 때는 마음속으로 안도의 한숨을 내쉬었다. 이미 나보다 체격이 좋은 동생과 대치하는 것은 상상만 해도 무서웠다.

마음 편히 쉴 수 없는 황폐한 집에는 있고 싶지 않았다. 학교도 마찬가지다. 갈 때마다 내가 왜 이런 곳에, 하고 학력 콤플렉스에 휩싸인다. 있을 곳을 잃어버린 나를 구원해준 것이 바로 정보올림픽에 도전하는 일이었다.

프로그래밍에 관심을 가진 것은 초등학교 3학년 때였다. 시스템 엔지니어인 아빠가 노트북 컴퓨터를 바꿨을 때, 오래된 것을 나한테 주었다. 게임이 하나도 없잖아, 라고 불평하자 테트리스 같은 게임을 재빨리 만들어주었다.

그것을 보고 감동해서, 나도 재미있는 게임을 만들기 위해 거의 독학으로 프로그래밍 공부를 시작했다. 그러는 사이에 게임보다 품위 있는 알고리즘을 생각하는 것에 정신없이 빠져들었다.

컴퓨터 준비실에 틀어박혀서 정보올림픽을 향해 공부할 때만은 집안일을 잊을 수 있었다. 그리고 정보올림픽에서 입상하기만 하면 나의 진정한 가치를 증명할 수 있다.

컴퓨터 준비실은 내가 겨우 발견한, 무엇과도 바꿀 수 없는 소중한 장소인 것이다.

학교에 오자 책상 서랍에 또 종이가 들어 있었다.

'덫이라고 생각했다면 미안해. 오늘 한 번만 더 얘기하자.'

그렇게 쓰여 있었지만 상대할 마음은 없었다. 컴퓨터 준비실로 찾아오면 귀찮으니까 오늘은 수업이 끝나자마자 학교를 나와서 카페로 갔다.

밤 8시가 지나서 커피 한 잔으로 버티는 데 한계를 느끼고 집에 갈 채비를 시작했을 때, 눈앞에 누군가가 서 있었다. 고개를 들고 금발이 눈에 들어온 순간, "어?" 하는 소리가 입 밖으로 나왔다. 다케토였다.

"어떻게……."

여기에 있는 걸 어떻게 알았지?

"컴퓨터부 1학년한테 물어봤어. 교내에 없으면 여기에 있을지도 모른다고 하더라고."

고모토다. 이 카페에 들어가는 걸 봤다고 해서, 최근에 매일 다니고 있다고 말한 적이 있다.

"나 말이야, 좋은 생각이 떠올랐어."

다케토는 그렇게 말하고 배낭 안에서 회색 옷을 꺼냈다. 작업복이다.

"이거, 빌려줄게."

"엉?"

"후지타케 선생님한테 들었어. 너희 집 컴퓨터가 고장 났다며?"

고장 났다는 표현은 정확하지 않다. 3개월 전, 마모루가 난동을 부리며 야구 방망이를 휘둘러 깨부순 것이다. 내가 학교에 있는 사이에 일어난 일로, 집에 갔을 때는 부품을 사서 조립한 데스크톱 컴퓨터도, 아버지의 낡은 노트북 컴퓨터도 무참한 잔해로 변해 있었다.

"그래서요?" 나는 냉담하게 대답했다.

"집에서 컴퓨터를 할 수 없다면 학교에서 하면 되잖아? 이걸 입고 있으면 야간반 학생으로 보이거든. 학생들 사이에 적당히 섞여 있으면 밤 10시까지 학교에 있을 수 있어."

이 녀석, 무슨 말을 하는 거야? 나더러 지금 학교에 거짓말을 하라고?

주변 손님들이 힐끔힐끔 쳐다봐서 일단 가방을 들고 카페에서 나왔다. 히가시신주쿠역 쪽으로 걸어가자 다케토가 딱 달라붙어서 따라왔다.

"어제 일은 사과할게. 미안해." 다케토는 고개를 숙이며 덧붙였다. "하지만 후지타케 선생님은 진짜로 아무것도 몰랐어. 나 혼자 생각한 일이야."

듣고 싶지 않은데도 들리는 건 대단한 이야기가 아니었다.

내가 처음에 그래프용지에 '쓰레기 넣지 마, 멍청아'라고 남겼을 때, 다케토는 그것이 내 짓이란 걸 몰랐다. 그것은 사실인 것 같다. 그 자리를 사용하는 사람이 누구인지, 2학년 2반 학생한테서 알아낸 건 '제대로 해석하지 못하면 데이터도 쓰레기가 되는 거야'라는 메시지를 본 다음이다.

니와 가나메라는 이름을 알게 된 그는 일단 후지타케를 찾아갔다. 그 메시지가 무슨 뜻인지 물으러 간 것이다. 그걸 쓴 사람이 가나메라고 말했더니 후지타케는 "아아, 니와 군인가요? 그렇다면 본인에게 직접 물어보는 게 어때요?" 하고 말했다고 한다.

그는 그때 처음으로 후지타케한테서, 며칠 전 컴퓨터 준비실에서 있었던 쓰쿠이를 포함한 세 사람의 대화 내용을 들었다. 그곳에서 순간적으로 생각했다. 이 **펜팔**을 이용해 가나메에게 접근하면 크레이터 실험 이야기로 연결할 수 있고, 잘만 하면 물리준비실로 데려올 수 있을지도 모른다……

"다른 부원한테는 미리 말했지만 선생님한테는 말하지 않았어. 그러니까 전부 내 잘못이야."

그가 거짓말을 하는 것 같진 않다. 하지만 "전부 내 잘못이야"라는 말을 액면 그대로 받아들일 수는 없었다. 모든 걸 꿰뚫어 보는 듯한 후지타케의 눈이 떠올랐다. 그 사람은 실제로 다케토가 이렇게 행동하리라는 걸 예상한 게 아닐까. 역시 방심할 수 없는 남자다.

그때 역의 출입구에 도착했다.

"사정은 알았으니까 이제 됐어요. 난 그만 가볼게요."

"잠깐만!" 다케토가 다급히 소리치더니, 아스팔트에 무릎을 꿇고 말했다. "다시 한번 부탁할게! 이번에는 정식으로 부탁할게!"

"왜 이래요? 어서 일어나요!"

지나가는 사람들이 호기심 어린 눈으로 쳐다보았다. 호스트처럼 보이는 두 남자가 "오오, 무릎을 꿇다니! 조폭이야?" 하고 말하는 게 들렸다.

다케토는 나를 똑바로 쳐다보며 큰 소리로 말했다. "우리가 컴퓨터 준비실에서 무엇을 하고 싶은지, 왜 그곳이 아니면 안 되는지, 이야기만이라도 들어줘. 네가 정보올림픽에 진심으로 도전하고 있다는 건 알고 있어. 하지만 우리도 진심이야. 태어나서 처음으로 진심이라고!"

다케토와 함께 완만한 언덕길을 올라갔다. 학교로 가고 있는 것이다.
그를 일어나게 하기 위해서는 이렇게 하는 수밖에 없었다. 사람들 시선도 개의치 않는 그 방법은 한마디로 말해서 비겁했다. 비겁한 방법인 만큼, 마음은 움직일 수밖에 없다.
여기까지 오면서 다케토는 자신에 관해서 조금씩 말해주었다. 중학교에도 제대로 다니지 않고 나쁜 짓만 했다는 것, 낮에는 재활용 업체에서 쓰레기 처리 일을 하고 있다는 것, 오후 4시부터 동아리 활동에 나오기 위해 직장에 부탁해서 아침 일찍 출근하고 있다는 것 등이다.
"한 가지 물어봐도 돼요? 후지타케라는 선생님은 대체 어떤 사람이에요?"
다케토는 내가 하고 싶은 말을 금방 알아차리고 대꾸했다. "그렇지? 교사답지 않지? 교사가 된 건 비교적 최근의 일이고, 그 이전에는 대학에 있었던 것 같아. 지구나 행성을 연구하면서."
"루저 연구자란 건가요?"
"루저? 무슨 뜻이야?"
"뭐…… 예전 연구자, 정도의 뜻이에요. 나쁜 의미로요."

"그 사람은 **'예전'**이 아니야. 월급은 받지 않는 것 같지만 지금도 대학에 적을 두고, 우리 학교에 출근하기 전까지 매일 거기서 연구하고 있으니까."

"그럼 정말로 하고 싶은 건 연구이고, 야간반 교사는 직업이라고 구분하고 있는 건가요?"

"구분한다?" 다케토는 고개를 가로저으면서 말했다. "그건 그 사람한테 가장 어울리지 않는 말이야. 동아리 활동을 할 때, 우리보다 더 즐거워하는 것 같거든."

"……그래요?"

역시 종잡을 수 없는 사람이다.

"비밀은 많지만 난 믿고 있어."

"믿어도, 될까요?"

"그쪽은 우리를 믿어주고 있으니까. 뭐 결국은 엘리트이고, 세상 물정을 모르는 사람이란 설도 있지만." 다케토는 가볍게 웃으면서 덧붙였다. "처음에는 시치미 떼는 태도가 하도 구역질 나서, 묵사발을 만들까 했지만 말이야."

그때 시끄러운 배기음을 울리며 언덕 위에서 오토바이 한 대가 내려왔다. 헬멧을 쓰지 않은 젊은 남자 두 명이 타고 있었다. 그냥 지나가나 했더니 이쪽을 발견하고 속도를 떨어뜨렸다.

아는 사이인지 다케토가 혀를 차면서 중얼거렸다. "하필 이럴 때 미우라를 만나다니."

오토바이가 우리 옆에서 멈추었다. 핸들을 쥔 남자가 가늘게 깎은 눈썹을 치켜올리고 히죽거렸다.

"난 또 누군가 했더니 갓 군이잖아? 완전 오랜만."

"안녕." 까까머리를 붉게 물들인 뒷자리 남자가 손을 들고 인사했다.

"여어, 박대성." 다케토가 까까머리의 인사에 대꾸했다.

미우라라는 남자의 시선이 내게로 이동했다. 무슨 말을 할까 긴장하고 있었더니 조롱하듯 입술 끝을 일그러뜨렸다.

"한동안 안 보는 사이에 파트너가 바뀌었네? 너, 괜찮아? 이 형이 협박하거나 그러지 않아?"

나는 어떻게 대답해야 할지 몰라 당황하면서 "아니……" 하고 머리를 옆으로 흔들었다.

"참견 말고 네 갈 길이나 가. 우리는 시간 없어." 다케토가 한숨을 섞어서 말했다.

"학교에 가려고? 지금 수업 들으러 가는 거야?"

"수업 아니고 실험이야."

"실험? 그러고 보니 지난번에도 그런 말을 했었지. 뭐 잘못 먹었냐? 왜 갑자기 착실해졌지?" 실실거리며 웃던 미우라가 돌연 눈초리를 바꾸며 말했다. "왜 어울리지도 않는 짓을 하고 난리야?"

"닥쳐. 너하곤 상관없어."

"이 자식, 너 지금 뭐랬어?"

흥분해서 오토바이에서 내리려고 한 미우라의 어깨를 박대성이 뒤쪽에서 잡아 눌렀다.

"그만해." 박대성은 진지한 얼굴로 다케토를 향해 가볍게 턱짓을 하며 말했다. "이 녀석은 이제 아니야."

그 말에 미우라의 얼굴이 추악하게 일그러졌다. 가느다란 검은 눈에 가득 차 있는 것은 증오 같기도 하고, 고통 같기도 했다. 빨리 가, 라고 박대성이 우리를 향해 눈짓했다. 나는 말없이 걷기 시작한 다케토를 황급히 따라갔다. 뒤쪽에서 "으아, 열받아!" 하는 미우라의 목소리가 어린애의 짜증처럼 들렸다.

움찔거리면서도 뒤를 돌아보지 않고 잠시 걸어가자, 오토바이가 다시 배기음을 울리기 시작했다. 그 소리가 메이지거리 쪽으로 멀어지자 겨우 심장의 고동이 진정되었다.

아무 일도 없었던 것처럼 걸음을 옮기던 다케토가 혼잣말처럼 중얼거렸다. "미안해. 저 녀석들, 우리 야간반에 있었던 녀석들이야. 6개월도 다니지 않았지만."

"아아, 그랬군요."

"이런저런 녀석들이 들어오니까, 야간반에는."

다케토는 분명히 나보다 몇 살 위일 것이다. 그도 또한 대부분의 사람이 당연히 걸어가는 길을 한 번 크게 벗어났다가 다시 학교라는 곳으로 돌아온 것이리라. 생각이 그곳에 미치자 문득 물어보고 싶어졌다.

"사람을 때리는 거, 어떤 느낌이에요?"

"뭐? 때려본 적 없어?"

"있을 리 없잖아요?"

나는 블레이저 소매를 걷어 올리고 가느다란 팔을 보여주었다.

"하긴, 그 팔로는 컴퓨터 하는 게 고작이겠군."

이번에는 과감하게 말해보았다. "이상한 질문일지 모르지만 가족을 때린 적 있어요?"

다케토는 곧바로 대답했다. "없어. 아버지 멱살을 잡은 적은 몇 번 있지만 때리지는 않았어. 그 대신 벽을 때려서 구멍도 뚫고 문도 걷어차서 부쉈지만."

"부모를 때리는 대신이요?"

"나뿐만 아니라 부모를 때리는 건 쉽게 할 수 있는 일이 아니야. 그런 걸 하면 상대뿐만 아니라 자신까지 부서지니까. 자신을 지키기 위해서라도, 그걸 대신해서 물건을 부수는 거야."

마지막 말에 스스로도 당황할 만큼 가슴이 조여들었다.

마모루도, 엄마에게 직접 폭력을 휘두른 적은 한 번도 없다. 내게도 그렇고. 집 안을 엉망으로 부수는 것은 누군가를 상처 입히고 싶어서가 아니라 오히려 그 반대라는 것인가.

마모루는 원래 나와 정반대로, 운동도 잘하고 친구도 많은 녀석이었다. 그런데 철도를 좋아하고 컴퓨터를 잘하는 것뿐인 나를 무턱대고 존경했다. "우리 형은 게임을 만들 수 있어" 하고 친구들에

하늘을 건너는 교실   231

게 종종 자랑하기도 했다. 형은 멋있다. 그런 말을 해준 사람은 이 세상에서 마모루뿐이다.

그래서 마모루를 끝까지 미워할 수 없었다. 그 녀석 때문에 고등학교 입시에 실패했다. 그 녀석 때문에 평온한 생활도, 소중한 컴퓨터도 잃었다. 그런 생각이 머리와 마음을 칭칭 얽어매서 숨도 쉴 수 없을 만큼 괴로웠던 때도 물론 있었다. 하지만 마모루는 하나밖에 없는 동생이다.

마모루는 괴로워하고 있다. 필사적으로 자신의 마음을 지키려 하고 있다. 사실 그것은 처음부터 알고 있었다. 그러면서도 미친 듯이 발버둥 치는 동생에게서 계속 눈을 돌렸다.

내가 정말로 증오하는 건…… 아무것도 할 수 없는 나 자신이다.

어느새 정문을 통과했다. 이런 시간에 학교로 들어가는 건 처음이었다.

창문에 불이 켜 있는 건 오른쪽 건물의 3층뿐이다. 야간반은 지금 4교시 수업 중이라고 한다. 만약 교사나 수위가 불러 세운다면 놓고 간 물건을 가지러 왔다고 말하면 된다.

"기왕에 왔으니까 야간반 수업하는 거 잠깐 볼래?"

"네? 아니, 그건 좀……."

"복도에서 잠깐 보기만 해. 야간반 교사는 학생이 얼쩡거려도 신경 쓰지 않으니까. 이걸 입으면 괜찮아."

다케토가 예비 작업복을 주었다. 어쩔 수 없이 블레이저를 벗어

가방에 집어넣고, 작업복 상의만을 걸쳤다. 담배 냄새가 지독했다.

　다케토를 따라서 발을 집어넣은 학교의 1층은 매우 조용했다. 문에 불빛이 보이는 곳은 교무실과 보건실뿐이다. 계단으로 3층까지 올라가자 교실의 불빛이 복도를 비추고, 교사의 목소리가 작게 새어 나오고 있었다.

　야간반 1학년이 사용하는 2학년 1반 교실 옆을 조용히 지나서, 2반 뒤쪽에 있는 미닫이문에 몸을 붙였다. 목을 길게 빼고 창문으로 안을 들여다보았다.

　계절에 맞지 않은 알로하셔츠를 입은 교사가 칠판에 영어를 쓰고 있다. 영어 수업인가 보다. 교탁의 바로 앞에서 열심히 필기하는 사람은 나가미네라는 할아버지인가. 그 옆자리에 앉은 안젤라는 가끔 뒤쪽으로 몸을 돌려서, 뭐가 그렇게 즐거운지 입을 벌리고 웃고 있다.

　교실 중간 정도에는 내 또래의 얌전한 학생들이 여기저기에 흩어져서 앉아 있고, 맨 뒷줄에서는 화려한 차림의 여자가 네일아트한 손가락을 만지작거리고 있었다.

　진지하게 수업을 듣는 사람도 있었고 멍하니 앉아 있는 사람도 있었으며, 몰래 휴대폰을 보는 사람도 있었다. 주간반 수업과 별로 다르지 않다. 교사는 농담도 하면서 몸짓을 섞어 열심히 가르치고, 학생은 전원이 아니더라도 그것에 제대로 반응한다. 나이나 복장은 제각기 다르고 긴장감 같은 것은 보이지 않는다. 그래도 그곳에는 내가 생각했던 것보다 훨씬 교실다운 교실이 있었다.

2, 3분간 상황을 지켜본 뒤, 조용히 그 자리를 떠나서 옆 건물의 물리준비실로 향했다.

어두운 연결복도를 걸어가면서 물어보았다. "지금은 통신제 고등학교도 많이 있잖아요? 왜 다들 구태여 야간반에 오는 거죠?"

"그냥 학교에 오고 싶기 때문이 아닐까?"

"가고 싶어도 갈 수 없었던 나이 많은 사람이라면 또 몰라도, 내 또래 아이들은……."

하긴 중학교 때 학교에 가지 않고, 집에 틀어박혀 있었던 사람도 많았을 것이다.

"좋은 추억 같은 건 하나도 없어도, 집에 틀어박혀 있었던 시기가 있었어도, 학교에 가고 싶다는 마음은 좀처럼 없어지지 않아." 다케토는 앞을 바라본 채 덧붙였다. "학교는 참 이상한 곳이야."

마모루에게도 그런 마음이 아직 희미하게나마 남아 있을까. 조금 전에 본 교실의 광경을 떠올리면서 조금이라도 남아 있어주기를 진심으로 바랐다.

물리준비실은 캄캄하고 아무도 없었다. 다케토가 불을 켜자 천장 근처에서 자전거의 휠이 형광등 불빛을 반사했다. 어제도 본 망루가 실험대 앞으로 이동해 있었다.

다케토가 그것을 올려다보면서 말했다. "이 비밀병기에 관해 꼭 설명해주고 싶었어."

"이건…… 도르래군요."

그러고 보니 예전에 후지타케도 도르래가 어쩌고저쩌고 말한 적이 있다.

"그래. 비밀병기의 정체는 도르래, 단순히 도르래야."

직육면체인 망루의 본체는 높이 2미터 정도. 꼭대기에 걸쳐놓은 두 개의 나무에 축받이가 있어서, 타이어의 고무를 제거한 휠이 회전할 수 있게 되어 있다. 휠에는 가느다란 금속 와이어가 걸려 있고, 그 양쪽 끝에 각각 나무상자가 쇠 장식으로 고정되어 있었다.

긴 변이 40센티미터쯤 되는 한쪽 상자는 바닥까지 내려와 있었고, 한 변이 15센티미터쯤 되는 다른 쪽의 작은 상자는 가벼워서 휠의 바로 밑까지 올라가 있었다.

"이 녀석이 여기에 화성을 만들어주지."

화성을 만든다……. 이것도 그때 후지타케가 한 말이다.

"지구와 화성의 차이가 뭐라고 생각해?"

나는 머리에 떠오르는 대로 말했다. "춥다. 공기가 거의 없다. 붉은 땅뿐이다. 그리고 생물이 없다."

"조금 있는 공기는 대부분 이산화탄소이고, 지표의 기압은 지구의 0.6퍼센트밖에 안 되지. 생물은 지금으로선 없다, 일까? 휴면 상태의 미생물이나 땅속에서 살아 있는 생명체가 발견될 가능성은 아직 있는 것 같아." 다케토는 검지를 세우면서 덧붙였다. "그리고 크기가 달라. 화성은 의외로 작거든. 반경이 지구의 절반 정도밖에 안 돼. 질량은 지구의 10분의 1이고, 중력은 0.38배. 가스미의 말에 따르면 《마션》의 주인공은 무거운 우주복을 입고 통통 뛰어서 화성의 땅을 이동했다고 하더라고."

멀리서 차임벨 소리가 들렸다. 4교시가 끝난 것 같다.

다케토가 다시 말을 이었다. "크레이터 형성은 기본적으로 물리적 현상이지? 그래서 램파트 크레이터의 재현 실험도 최대한 화성의 물리적 환경과 비슷한 상황에서 해보고 싶다는 얘기가 나왔어. 온도나 기압이나 중력이나."

"아니, 그건 좀 어렵지 않나요?"

"그래. 하지만 우리는 처음에 그게 어렵다는 것조차 몰랐어. 그래서 나름대로 공부해서 순서를 검토한 거야. 맨 먼저 무리라는 걸 안 건 중력이야. 지구에서는 어디나 중력이 똑같잖아? 중력은 결코 바꿀 수 없다…… 그렇게 생각하고 곧바로 제외했지."

다케토의 말에 따르면 다음에 온도와 압력을 검토해서, 역시 어렵다는 결론에 도달했다고 한다. 일시적으로 온도를 마이너스 55도로 낮추거나 10헥토파스칼 이하의 저압으로 하는 건 가능할 수도 있지만, 그 상태를 유지한 채 크레이터 형성 실험을 하기 위해서는 상당한 대규모 장치가 필요하다는 걸 알았다.

"애당초 우리 과학부에는 돈이 없어. 학교에서 주는 건 1년에 1만 엔. 나가미네 영감님이 돈이라면 내겠다고 했지만 우리가 거절했어. 비용은 모두가 똑같은 금액을 내야 하니까."

"그렇다면 어떤 물리적 환경을 화성에 가깝게 하나요?"

"응. 검토 결과를 후지타케 선생님한테 가져갔더니, 불만스러운 표정을 짓더라고. 중력을 제외한 이유를 모르겠다고 하면서. 하지만 중력은 지구의 어디에서나 똑같다고 말했더니 '그건 그렇지만 **여러분 자신**은 여러 중력을 항상 겪고 있을 거예요'라고 하더라고."

"우리 자신……."

"'여러분은 디즈니랜드에 놀러 간 적이 없나요?' 하고 물었어. 나랑 영감님만 간 적이 없더라고. 무슨 놀이기구였더라? 이름이 타워 뭐라든가……."

"아……."

그런가. 그런 건가. 그들이 뭘 하려고 하는지 겨우 알았다.

나는 망루를 올려다보고 말했다. "'타워 오브 테라' 말이군요."

"그래, 그거! 수직으로 떨어지는 놀이기구지? 탄 적이 없어도 케이블이 끊어진 엘리베이터를 상상하면 돼. 자유낙하 하는 상자 안에서는 무중력이 되지."

밑으로 내려가는 엘리베이터를 타면 한순간 몸이 가벼워지는 것처럼, 수직 하향으로 가속도 운동을 하는 상자 안에서는 중력이 작아진다. 구체적으로 말하면 지구의 중력가속도에서 낙하 가속도 뺀 것을 중력으로 느낀다.

즉, 상자가 낙하하는 가속도를 조절해주면 원칙적으로는 그 안에 원하는 크기의 중력을 만들 수 있다. 그리고 그것은 도르래의 양쪽에 매단 상자 무게의 균형을 조절하면 간단히 할 수 있게 된다.

"그렇군요. 재미있는 아이디어네요."

태연함을 가장했지만 속마음은 달랐다. 굉장하다. 듣고 나면 아무것도 아닌 것 같지만, 간단히 생각해낼 수 있는 게 아니다. 솔직히 경외감이 들었다.

"역시 대단해. 더는 설명할 필요가 없나?" 다케토는 망루에 손을 대고 말했다. "이건 **중력가변장치**야."

"중력가변장치……."

이름이 조금 거창하다는 느낌은 있지만 기능은 분명히 그대로다.

"이걸 사용해서 떨어지는 상자 안이 화성 중력이 되는 사이에 그곳에 크레이터를 만드는 거야. 그러면 이젝터가 사방으로 흩어지는 모습은 화성 중력일 때와 똑같이 되니까."

"크레이터는 어떻게 만들 건데요?"

"어떻게 해서든. 상자에 모래를 넣어두고, 낙하 중에 쇠구슬을 박아 넣을 거야. 구체적인 방법은 지금부터 생각할 거고."

"그런데 이 정도 규모의 장치로 그런 실험이 가능한가요?"

무중력이나 미소微小중력 상태에서의 실험은 우주정거장이나 항공기 안에서 한다고 어디선가 읽은 적이 있다.

"이런 도르래 방식의 장치는 실제로 외국 연구기관에서도 사용하고 있다고, 후지타케 선생님이 가르쳐줬어. 조사해봤더니 무지

무지 거대하더라고. 높이가 15미터라고 했던가? 하지만 가볍게 계산해봤더니 방에 들어갈 정도의 장치라도 0점 몇 초라면 화성의 중력을 만들 수 있을 것 같았어."

0점 몇 초……. 역시 그 정도인가? 그 찰나의 사이에 크레이터 실험을 하는 건 상당히 난도가 높은 것처럼 여겨졌다.

"그렇다면 일단 만들어보자는 결론에 이르렀지. 본체는 공짜로 만들 수 있을 것 같고."

"공짜?"

그때 수업을 마치고 다른 부원들이 들어왔다. 안젤라와 나가미네의 뒤에서 1학년인 가스미의 모습도 보였다.

"아, 니와다!"

안젤라가 재빨리 뛰어왔다. 껴안을 듯한 기세에 압도되어 나는 황급히 뒷걸음질 쳤다.

"또 와줬구나. 기뻐."

다케토가 말했다. "지금 이걸 공짜로 만들 수 있다는 얘기를 하던 참이었어요."

"그래그래, 폐자재와 못 쓰는 물품으로 만들 거거든. 나가미네 씨가 모아줬어. 본인 공장에 없는 물건은 공장을 하는 지인한테서 얻어왔고."

"이런 재료라면 얼마든지 구할 수 있지." 나가미네가 무뚝뚝하게 말했다.

"과학부 비용으로 산 건 가속도계 정도야." 다케토가 자랑스럽게 덧붙였다. "그래도 1만 엔은 하지 않았어."

백문이 불여일건이니까 장치를 한 번 작동해보기로 했다.

큰 상자가 실험 박스다. 즉, 그쪽을 떨어뜨려서 안에 작은 중력을 만든다. 지금은 텅 비어 있고, 바닥 귀퉁이에 4센티미터 정도의 작은 가속도계를 부착해놓았을 뿐이다. 작은 상자는 추 역할을 한다. 실험 박스 안에서 지구의 0.38배인 화성의 중력이 발생하도록, 안에 모래를 넣어서 중량을 조정해두었다고 한다.

"추의 무게를 정하는 게 굉장히 힘들었거든. 몇 번이나 테스트를 했어."

"네? 계산하면 금방 알 수 있잖아요?"

"그렇게 생각하지? 그런데 **자동적으로는 알 수 없어.**" 다케토는 이해할 수 없는 말을 하면서 덧붙였다. "물리 문제로 푼 값의 추로는 원하는 가속도가 나오지 않더라고. 최종적으로는 실제로 손을 움직여서 정하는 수밖에 없어."

도르래의 회전축에서 발생하는 마찰이나 공기저항, 휠의 관성 모멘트물체가 회전운동하는 상태를 계속 유지하려는 성질 등이 있는 탓에 단순한 이론값과는 달라진다고 한다.

다케토가 실험 박스의 가속도계와 실험대의 노트북 컴퓨터를 긴 케이블로 접속하자, 가스미가 컴퓨터의 소프트웨어를 조작해서 화면에 그래프를 불러냈다. 가속도계의 값을 그곳에서 볼 수 있는 모양이다.

"그럼 마마, 부탁해요."

다케토의 지시에 따라 안젤라가 작은 사다리로 올라가서, 추의 작은 상자를 들고 천천히 내린다. 그와 동시에 실험 박스가 휠의 바로 밑까지 올라가자 나가미네가 바로 밑의 바닥에 오렌지색 쿠션을 놓았다. 안젤라의 딸이 애용했던 비즈 쿠션으로, 실험 박스의 파손을 막기 위한 충격 흡수재 대용이라고 한다.

안젤라가 추의 작은 상자를 바닥면 가까이에서 지탱하고 있다. 다케토가 실험 박스의 흔들림을 가볍게 손으로 막고 "좋아, 됐어" 하고 신호를 보냈다.

"갑니다! 3, 2, 1!"

안젤라가 작은 상자에서 손을 떼자 휠이 돌아가는 작은 소리와 함께 실험 박스가 낙하해서 비즈 쿠션에 툭 떨어졌다. 자유낙하보다 조금 천천히 떨어지는 것 같았지만, 그래도 1초도 걸리지 않았을 것이다.

다케토는 "됐어?" 하고 가스미의 어깨 너머로 컴퓨터 화면을 들여다보았다. 가스미는 "괜찮은 것 같아요" 하고 화면을 가리켰다. 나도 옆에서 그래프를 들여다보았다.

가속도계로 측정한 실험 박스 안의 중력 변화가 연속 데이터로써 기록되고 있었다. 와이축은 'G'. 1G가 지구의 중력이다. 엑스축은 시간으로 0.1초 단위의 눈금이 붙어 있다.

1G 부분에서 작게 떨렸던 그래프의 선은 실험 박스가 낙하함과 동시에 확 떨어져서 크게 흔들린 뒤, 0.4G 라인의 조금 밑에서 한순간 거의 일정값을 얻고, 쿠션에 닿은 시점에서 다시 급격히 튀어 올랐다.

"어때? 0.38G를 만들었지?" 다케토가 그래프의 밑바닥을 가리키며 말했다.

"그래요. 하지만 역시 한순간이네요."

"그건 그래. 지금의 세팅이라면 지속 시간은 고작해야 0.4초야. 그사이에 크레이터를 만들어야 하니까 이걸 0.1초라도 늘리고 싶어."

"그래서⋯⋯." 나는 작게 한숨을 쉬며 말했다. "여기보다 조금이라도 높은 곳에 도르래를 설치하고 싶다는 건가요?"

"바로 그거야."

크게 고개를 끄덕인 다케토의 뒤에서 안젤라와 나가미네, 가스미까지 나를 물끄러미 바라보았다. 그들의 눈길에 깃든 바람은 물론 알고 있다. 이 중력가변장치를 사용해서 크레이터 형성 실험을 실현할 수 있다면 학회 발표도 꿈이 아닐지 모른다.

고등학교 야간반이 학회에서 발표한다⋯⋯. 아마 전례가 없으리라.

고등학생 세션이라곤 하지만 연구 성과를 내는 대부분의 고등학교는 전국의 유명한 명문고일 것이다. 그것은 정보올림픽도 마찬가지다. 하지만 이 네 명은 그런 고등학교의 이름을 하나도 모르는 게 아닐까.

며칠 전에 히가시신주쿠고등학교를 "여긴 쓰레기예요" 하고 내뱉었을 때, 의아해하던 다케토의 얼굴이 떠올랐다.

이 세상에는 가장 들어가기 힘든 대학이나 의학부에 매년 수십 명이나 합격자를 내는 고등학교가 존재한다. 그런 세계가 있다는 것조차 이 네 명은 모를지도 모른다. 학회에 참석하는 건 그런 고등학교의 학생들이에요, 하고 말해준다고 해도 이 네 명은 아무런 관심도 가지지 않고 멍한 표정을 지을 뿐이리라.

하지만 만약 누군가가 실험의 힌트라도 말해준다면 그 순간 눈을 반짝일 것이다. 그곳에는 자신들의 우수함을 증명하고 싶다는 시시한 욕망 같은 건 티끌만큼도 없지 않을까.

나는 이 네 사람이 부러워서 견딜 수 없었다.

헤드폰으로 음악을 들으면서 코드를 입력한다. 책상에 펼친 참고서의 예제는 거의 다 풀었다.

애용하는 검은색 데스크톱 컴퓨터를 이 컴퓨터실의 한쪽 구석으로 옮긴 지 벌써 일주일이 되었다. 여기서 공부하는 것에도 많이 익숙해져서 이제는 꽤 집중할 수 있게 되었다.

컴퓨터 준비실을 기웃거리던 고모토를 비롯한 1학년 세 명이 이쪽으로 돌아왔다. 그들이 쿡쿡거리며 속삭이는 것 같아서 헤드폰을 빼고 들어보았다. '잠동사니'라는 말이 들렸다.

고모토가 히죽히죽 웃으면서 옆으로 다가왔다. "부장님, 저래도 괜찮아요?"

"뭐가?"

"저 사람들, 준비실을 마구 뜯어내고 있어요."

다케토 일행의 목소리와 전동 드릴 소리가 벽 너머로 들렸다.

어제부터 본격적으로 중력가변장치를 이동해서 설치하기 시작했다. 이동해서 설치한다기보다 거의 새로 만들고 있다. 천장 패널을 두 장 떼어내고, 망루의 높이를 1미터쯤 높이는 것이다.

"쓰쿠이 선생님이 괜찮다고 하셨으니까 괜찮겠지 뭐."

희미한 비웃음을 지으며 가려고 하는 고모토 삼인조를 "너희 말이야" 하고 불러 세웠다.

"야간반 녀석들……." 나는 헤드폰을 쓰면서 진지한 얼굴로 말했다. "비웃지 마."

멍하니 입을 벌린 채 그대로 굳어진 고모토 삼인조를 힐끔 쳐다보면서, 나는 다시 키보드를 두드리기 시작했다.

6장

공룡 소년의 가설

히가시신주쿠고등학교 야간반에서 과학 교사를 찾고 있다는 말을 들었을 때, 내가 원하는 실험장은 그곳이라고 직감했다.

산을 넘어오는 메마른 바람을 맞고 창문에서 덜컹 소리가 났다.

멀리 보이는 오쿠타마의 능선은 눈을 희미하게 뒤집어써서 하얗다. 2월에 접어들어 도심에서도 한 번 가랑눈이 춤을 추었는데, 산에는 제법 쌓인 모양이다.

은은한 커피 향기 속에서 테이블 위에 있는 작은 모형에 손을 내밀었다. 소행성 탐사기 '하야부사2'의 정교한 프라모델이다.

커피를 내리고 있는 이 방의 주인인 아이자와는 땅딸막한 체구와 짧은 손가락에 어울리지 않게 옛날부터 손재주가 좋았다. 벽의 선반에는 '하야부사2' 외에도 금성탐사기 '아카쓰키'와 월주회위성 '가구야'의 모형이, 월구의나 화성의와 함께 장식되어 있었다.

아이자와가 두 손에 머그잔을 들고 오는 걸 보고, 나는 테이블 한가운데에 쌓인 산더미 같은 서류를 옆으로 치웠다. 정리정돈을 못 하는 건 옛날과 똑같지만, 그래도 지금은 서류의 산이 무너지지 않는다. 대학 시절의 그의 책상은 그곳만 지진이라도 일어난 것처럼 눈 뜨고 볼 수 없는 지경이었다.

"기운이 쭉 빠졌을 줄 알았는데, 의외로 잘 지내는 것 같군." 아이자와가 커피에 밀크와 설탕을 듬뿍 넣으면서 말했다.

"내가 왜 기운이 쭉 빠져야 하는데?" 나는 블랙으로 한 모금 마시면서 말했다.

"너, 지금 야간반에 있잖아? 어떤 학생이 있는지는 모르지만, 골치 아픈 곳이란 건 안 봐도 비디오야."

"골치 아픈 곳? 그럴지도 모르지. 하지만……." 나는 들고 있던 탐사기 모형을 테이블에 내려놓으면서 덧붙였다. "골치 아픈 **실험**일수록 할 만한 가치가 있지."

아이자와가 미간에 주름을 잡으며 말했다. "실험? 무슨 말이야?"

"조만간 알게 될 거야."

"너 말이야, 그 오만한 비밀주의는 그만두는 게 어때?" 아이자와는 얼굴을 찡그리며 말했다. "우리는 익숙하니까 괜찮아. 프로젝트 아이디어를 너 혼자 몰래 만들어서, 그걸 세미나에서 불쑥 터뜨리는 일이 한두 번이 아니었으니까. 그때마다 '역시 후지타케야, 또 사고 쳤군' 하고 생각했지. 하지만 일반 사회에서 그런 식으로 일하면, 다들 또라이라고 손가락질할걸."

나는 입가에 살짝 미소를 머금으며 말했다. "내가 그랬던가? 그렇다면 적당히 할게."

아이자와는 작게 한숨을 쉬고, 'JAXA'의 로고가 들어간 머그잔을 입으로 가져갔다.

가나가와현 사가미하라시에 있는 이 우주과학연구소는 JAXA, 즉 우주항공연구개발기구의 연구 부문 중 하나다. 아이자와는 태양계 과학연구계의 준교수로, 전문은 행성물질과학이다.

도토대학 시절의 동기인 만큼, 안 지는 꽤 오래되었다. 대학원에서는 지도교수가 달랐지만 박사 과정을 마칠 때까지 5년간 같은 대학원생실에 있던 사이다. 연구자가 된 많은 동기 중에서 제일 먼저 준교수가 된 사람이 아이자와였다.

오늘 고등학교에 출근을 늦추고 여기에 온 이유는 조금 전까지 열렸던 연구 모임에 참석하기 위해서였지만, 1년 가까이 얼굴을 보지 못한 아이자와와도 만날 생각으로 미리 메일을 보내두었다.

"그런데 대학에는 제대로 가고 있어?" 아이자와가 걱정스러운 얼굴로 물었다.

"가고 있어. 매일 아침 8시에 연구실에 가서 낮 1시경까지 있어. 다섯 시간만 있으면 여러 가지를 할 수 있으니까. 그리고 오후에 세미나가 있는 목요일과, 오늘처럼 연구 모임에 가고 싶을 때는 오후 늦게 출근해도 돼."

히가시신주쿠고등학교 야간반으로 옮긴 작년 4월부터, 모교인 도토대학 대학원 과학연구과에 무급 학술연구원으로 다니고 있다.

은사는 이미 정년퇴직해서, 아는 교수에게 받아달라고 부탁했다.

분쿄구에 있는 캠퍼스에서 히가시신주쿠고등학교까지는 지하철을 한 번만 타면 된다. 오후 1시 조금 전에 대학을 나서면 근무 시작 시각인 1시 30분까지 갈 수 있다. 오후 늦게 출근할 때는 교장의 재량으로 대학에서의 연구 활동을 학교 외 연수로 인정해주고 있다.

"하지만 학교 일이 끝나는 건 거의 한밤중이잖아? 힘들지 않아?"

"야간반에는 원래 겸직하는 사람이 많아. 우리 반에도 낮에 일하고 밤에 학교에 오는 학생이 몇 명이나 있거든."

"학생은 그럴지도 모르지만."

"교사도 겸직하면 어때서? 난 그러기 위해서 야간반으로 옮긴 거거든."

그전에는 2년간 도립 고등학교의 주간반에 근무했다. 근무시간도 길었고, 대학에 가려면 밤늦은 시간에밖에 갈 수 없었다. 다른 연구자와 토론하거나, 세미나와 연구 모임에 참석하는 일은 불가능에 가깝다. 과학계 동아리도 있기는 있지만 오랫동안 담당한 지도교사가 있어서, 신임인 내가 나설 자리는 없었다.

그런 때, 히가시신주쿠고등학교 야간반에서 과학 교사를 구하고 있다는 말을 듣고 재빨리 지원했다. 만성적 교사 부족에 시달리던 교장은 매우 기뻐하며, 대학에서 계속 연구할 수 있도록 최대한 편의를 봐주겠다고 약속해주었다.

"오늘 연구 모임에도 온 보람이 있었어. 흥미로운 이야기를 많이 들을 수 있었거든."

"목성의 빙위성氷衛星 탐사 모임 말이지?" 아이자와가 고개를 갸웃거리며 덧붙였다. "너, 요즘 그쪽에 관심이 있어? 충돌 실험은 이제 안 해?"

내가 대학원 시절부터 계속 힘을 쏟아온 연구 테마는 '천체 충돌과 행성의 진화'였다. 구체적으로 말하면 화약을 사용해 탄환을 쏘는 초고속 충돌총이나 고에너지 레이저를 사용해 천체 충돌 시에 발생하는 물리적, 화학적 현상을 실험실에서 재현해, 행성이나 그 대기의 초기 진화에 관해 탐색하려는 연구다.

박사 논문의 일부분으로 쓴 논문은 세계적인 학술지인《네이처》에 실렸다. 아이자와는 어떻게 생각할지 모르지만, 그 분야 연구자의 대부분은 연구자로서 나의 절정기는 그 무렵이었다고 생각하리라.

나는 커피를 다 마시고 나서 말했다. "지금은 앞으로 뭘 할지 모색 중이야. 재미있을 만한 것엔 일단 고개를 들이밀어서 이야기를 듣고 있어. 다행히 대학에 책상만 있는 마음 편한 연구원이라서 당분간 느긋하게 찾아보려고."

아이자와가 불만스러운 얼굴로 입술 끝을 올리며 말했다. "와신상담이야? 솔직히 말하면 너답지 않아."

"딱히 뭔가를 참거나 견디고 있는 건 아니야."

"말은 그렇게 하지만 언젠가는 아카데미로 돌아오고 싶지? 이 이상 커리어에 구멍이 뚫리면 넌 끝이야." 아이자와는 얼굴을 찡그리고 속사포처럼 말했다. "난 도무지 널 이해할 수가 없어. 힘들게 조교가 됐는데 느닷없이 그만두고 미국에 가더니, 또 느닷없이 귀국해서 고등학교 교사로 일하고. 무슨 생각을 하는지, 내 머리론 쫓아갈 수 없다고."

"괜찮아. 난 나를 이해하고 있으니까."

황당한 얼굴로 고개를 가로젓는 아이자와를 향해 미소를 지으며 나는 자리에서 일어섰다.

"그만 가볼게. 1교시에 늦겠어."

"내 말 잘 기억해. 난 분명히 충고했다." 아이자와는 뭉툭한 검지로 내 코끝을 가리키며 말했다.

나는 사무실 문을 열고, 떠나기 전에 마지막으로 물었다. "참, 5월에 마쿠하리에 올 거야?"

3개월 후에 마쿠하리 멧세에서 열리는 일본 지구행성과학 연합 대회에 참석할 거냐는 질문이었다.

"세션은 둘째치고 모임이며 회의며 이때다 하고 열릴 테니까 안 가면 뒤에서 손가락질하겠지. 솔직히 말하면 지긋지긋할 정도로 바빠서 올해는 패스하고 싶지만."

"와."

"뭐? 너, 발표해?" 아이자와가 눈을 깜빡거리며 물었다.

"꼭 와. 널 위해서 하는 말이야."

"날 위해서?"

어안이 벙벙해 있는 아이자와를 남겨두고는 복도로 나왔다. 닫히는 문틈으로 "그러니까 그 비밀주의 좀……" 하는 목소리가 들려왔다.

저녁놀이 스며드는 JR요코하마선의 일반열차에 흔들리고 있을 때, 코트 주머니에서 휴대폰이 짧게 떨며 메시지의 도착을 알렸다.

'선생님, 어디예요?'

다케토였다. 나는 곧바로 답장을 보냈다.

'연구 모임에 참석했습니다. 지금 학교로 가는 전철 안입니다.'

'에이, 보여주고 싶은 게 있었는데. 그럼 방과 후에 봐요.'

입을 삐죽거리는 다케토의 얼굴을 떠올리면서 휴대폰을 다시 주머니에 넣었다.

야나기다 다케토.

그를 만나지 않았다면 이 실험은 시작할 수 없었다. 부원들이 지금 도전하고 있는 램파트 크레이터 형성 실험을 말하는 게 아니다. 고등학교 야간반에 과학부를 만든다는 **나 자신의 실험**이다.

히가시신주쿠고등학교 야간반에서 과학 교사를 찾고 있다는 말을 들었을 때, 내가 원하는 실험장은 그곳이라고 직감했다. 대학에 다닐 시간을 낼 수 있다는 것도 마음에 들었지만, 야간반으로 옮기겠다고 결심한 최대 이유는 그것이었다.

야간반의 실상을 아는 사람의 눈에는 무모한 도전으로 보일 것이다. 사실 교직원 회의에 과학부 신설을 상정했을 때, 이해심이 있는 교장조차 그런 동아리 활동이 계속되리라곤 생각하지 않는다고 난색을 표했다.

다른 교사들의 반응도 탐탁지 않았지만, 유일하게 영어의 기우치만이 "일단 시작해보는 게 어때? Let's see what happens" 하고 말했다. 기우치가 말한 의미와는 조금 다르지만 내 의도도 그의 마지막 말에 집약되어 있었다.

고등학교 야간반에 과학부를 만들고, 무슨 일이 일어나는지, 무엇이 만들어지는지 **관찰**하는 것이다.

학생들에게 과학의 즐거움과 훌륭함을 전하고 싶다. 그들에게 성공이라는 경험을 맛보게 하고 싶다. 그런 교육자다운 마음으로 시작한 행동이 아니다. 어디까지나 내 탐구심을 채우기 위한 기획일 뿐이다.

부원들을 모르모트로 취급한다고 비난하면, 순순히 고개를 끄덕일 수밖에 없다. 경우에 따라서는 그렇지 않아도 좌절이 많은 그들의 인생에, 받지 않아도 될 상처를 하나 더 주는 것으로 끝날 수도 있다. 그것을 누구보다 잘 알면서 실험을 계속하는 걸 보면, 나는 세상에서 가장 냉혹한 사람이리라.

실험을 시작함에 앞서서 두 가지 조건을 설정했다. 하나는 스스로 과학부에 들어오는 일은 절대로 없을 만한 학생에게 일부러 말을 걸 것. 상식의 틀 밖에 파묻혀 있는 아이디어를 파내줄 사람은 우등생보다 오히려 그런 학생들이 아닐까. 정말로 가치 있는 질문은 종종 무지함에서 태어나는 법이니까.

또 하나는 다양한 멤버로 구성할 것. 비슷한 유전자를 가진 생물 집단은 환경의 변화나 감염증의 유행으로 쉽게 전멸하는 것처럼, 똑같은 능력을 가진 멤버로 이루어진 팀은 어려움을 돌파할 방법을 찾아내지 못한 채 그대로 멈춰 서는 일이 많다.

가장 먼저 찾아야 할 사람은 과학부의 중심이 될 학생이다.

수학 수업만은 빠지지 않고 출석하고 계산 능력이 높은 다케토에게는 처음부터 주목했다. 야간반에 온 이유가 운전면허를 따고 싶다는 것은 의외였지만, "난 멍청이가 아니야, 게으름을 피운 것도 아니야" 하고 오열하는 모습을 본 순간, 그의 내부에서 누구보다 간절한 '지식'에 대한 갈망을 엿볼 수 있었다. 그와 동시에 확신했다. 그와 함께라면 과학부가 움직이기 시작할 것임을.

마른 스펀지가 물을 흡수하는 것처럼, 다케토는 놀라운 속도로 지식을 흡수했다. 내가 빌려준 태블릿을 이용해 폰트를 난독증용으로 바꾼 교과서를 읽고, 수학과 물리는 겨우 반년 만에 일반 고등학교 2학년에서 다루는 내용까지 습득했다. 그 두 과목에 한정해서 말하면 이미 주간반의 1등보다 뛰어나리라.

하지만 그의 가장 큰 장점은 학력이나 총명함이 아니다. 외부 세계를 배우기 시작한 어린아이가 가지는 전능감全能感과도 비슷한 감각이다. 할 수 없다고 생각하기 전에 할 수 있다고 느끼는 것. 머리로 생각하면서 망설이기 전에 손을 움직여서 시도해보는 것이다.

실제로 그는 내가 몇 가지 실험을 예로 들고 손을 떼면, 다른 부원들의 선두에 서서 혼자 앞으로 나아갔다. 그의 특징이 가장 멋지게 드러난 것이 중력가변장치다.

램파트 크레이터를 재현하기 위해 화성의 물리 환경을 실험실에 만들 수 없을까. 그들이 그런 고민을 했을 때, 중력을 제외하지 말라고 조언한 사람은 나였다. 하지만 솔직히 말해 그들끼리 도르래를 사용한 낙하 장치를 만들리라곤 생각지 못했다. 더구나 그 정도 규모의 장치가 실제 실험에 견뎌낼 줄은 상상도 못 했다.

다케토는 지금 연구에 푹 빠져 있다. 성과다운 성과를 처음 만들어내 흥분에 사로잡힌 대학원생처럼, 연구를 위해서라면 모든 걸 희생해도 좋다는 단계에 이르렀다. 그런 탓에 최근에는 주변의 상황이 일절 눈에 들어오지 않는 것처럼 보인다. 그것만이 유일한 걱정이었다.

4교시가 끝나는 차임벨을 듣고 교무실을 나왔다.

연결복도에서 나가미네, 안젤라, 가스미를 만났지만, 다케토의 모습은 보이지 않았다.

"야나기다 군은 먼저 갔나요?"

안젤라가 대답했다. "계속 그쪽에 있어요. 오늘은 3교시부터 수업에 나오지 않았어요."

'그쪽'이라는 건 컴퓨터 준비실이다.

나가미네도 난감한 얼굴로 투덜거렸다. "열심히 하는 건 좋지만, 최근에는 학생의 본분을 잊어버린 것 같아요. 본인에게도 그렇게 말했는데, 부루퉁한 얼굴로 화를 내더군요."

"그랬군요……. 보여주고 싶은 게 있다고 했습니다만."

"네. 드디어 발사 장치가 잘 작동하고 있어요."

컴퓨터 준비실로 들어가자 다케토가 바닥에 주저앉아서 작업을 하고 있었다. 실험 박스에 디지털카메라를 부착하려고 하는 것 같았다. 그는 내 모습을 보자마자 벌떡 일어났다.

"선생님, 왜 이렇게 늦었어요?"

"나가미네 씨한테서 들었습니다. 잘되고 있다고 하더군요."

"네. 얼마나 고생했는지 몰라요. 그렇죠?" 다케토는 만면에 웃음을 지으면서 나가미네한테 눈짓을 했다.

"장치는 단순하지만 조정하느라 애를 먹었죠." 나가미네가 고개를 끄덕이며 대답했다.

"굉장해요. 어서 보고 싶군요."

네 명의 부원은 재빠르게 중력가변장치를 작동할 준비를 시작했다.

구석에 있는 망루는 천장 패널을 두 개 빼낸 네모난 구멍에, 머리를 약간 넣은 형태로 서 있었다. 손으로 대충 만든 모습은 컴퓨터 준비실과 어울리지 않는다. 더구나 자전거 휠이 천장의 구멍에서 아래쪽 절반만 나와 있어서, 사정을 모르는 사람의 눈에는 기이한 광경으로 보일 것이다.

망루 높이를 3미터로 함으로써 화성 중력인 0.38G의 지속 시간은 0.6초로 늘어났다. 이 약간의 차이가 실험의 성패에 크게 관여하는 것은 분명하다. 실험 박스는 예전의 나무 상자에서 안이 잘 보이는 투명 아크릴로 바뀌었다. 옆면을 문처럼 열 수 있는 긴 쪽의 길이는 40센티미터로, 표적의 모래를 넣은 플라스틱 용기를 안에 넣는다. 그것을 도르래로 낙하하는 사이에 위에서 금속 탄환을 쏘아서 크레이터를 만드는 것이다.

어디에서 어떻게 탄환을 쏠 것인가. 아이디어는 몇 가지가 나왔다. 예를 들면 손으로 쏠 수 있는 간이 파친코식 발사 장치(한마디로 말해서 단순한 파친코다)를 만들어 누군가가 도르래의 바로 위인 천장 안쪽이나 높은 사다리 위에서 기다리다가, 낙하하는 실험 박스의 모래를 노려서 쏜다. 하지만 이것은 정확한 타이밍에 표적의 중심을 맞히기가 너무 어려워서 없던 걸로 되었다.

결국 채택한 것은 실험 박스 위에 발사 장치를 부착하는 아이디어였다. 즉, 발사 장치와 실험 박스가 하나가 되어 낙하하는 것이다. 그렇다면 적어도 표적을 빗맞히는 일은 없다. 하지만 이 경우에는 사람의 손으로 고무밴드를 잡아당길 수 없으므로 파친코식 장치는 사용할 수 없다. 그 결과, 나가미네가 스프링식 공기총 구조를 응용한 발사 장치를 새로 만들었다.

총처럼 손잡이가 있는 게 아니라, 본체는 단순한 알루미늄 통이다. 길이는 20센티미터 정도다. 내부에 강력한 스프링과 피스톨을 집어넣었다. 사용할 탄환은 직경 1.5센티미터의 쇠구슬이다. 통의 옆면에 있는 방아쇠를 당기면, 밀어 넣은 스프링이 돌아와 피스톤을 밀어내서 압축된 공기가 탄환을 발사한다.

이 발사 장치를 실험 박스의 위쪽 뚜껑에 쇠 장식으로 부착해놓았다. 옆에서 보면 아크릴 상자 위에 약간 틈을 두고 알루미늄 통이 서 있는 듯한 모습이다. 통의 발사구 바로 아래, 실험 박스 위쪽 뚜껑의 한가운데에는 당연하지만 탄환을 통과시키기 위한 둥근 구멍이 뚫려 있다.

이 발사 장치와 가속도계, 디지털카메라를 포함해 중력가변장치 전체의 제작비는 3만 엔 정도라고 한다. 나가미네와 다케토가 폐자재와 못 쓰는 물품, 중고품을 끌어모아온 덕분이다.

장인의 눈길로 발사 장치의 상황을 확인하면서 나가미네가 익숙한 손놀림으로 방아쇠 주변에 스프레이 윤활제를 뿌렸다.

나가미네 쇼조.

그를 과학부에 끌어들이지 못했다면 실험은 일찌감치 벽에 부딪혔으리라. 부원들에게 각각 특별한 역할을 주고 싶다고 생각한 것은 아니지만 나가미네에게만은 특별한 기대감이 있었다. 어떤 실험 아이디어가 나오든, 그것을 형태로 만들기 위해서는 그의 기술이 필요하다.

나가미네의 일솜씨는 지금도 입원 중인 그의 아내가 예전에 말해준 대로였다. 부원이 이런 게 필요하다고 말하면 그는 심각한 얼굴로 잠시 팔짱을 끼고 생각하다가, 천천히 셔츠의 소매를 걷어 올리고 대략적인 도면을 그리기 시작한다. 그렇게 하기 전에 어렵다거나 불가능하다고 말하는 것을 한 번도 본 적이 없다.

이번 신형 발사 장치도 공장에서 혼자 몇 번 시제품을 만들다가 작년에 정밀도가 높은 본체를 완성했는데, 한 가지 해결해야 할 과제가 있었다. 목표로 한 타이밍에 어떤 식으로 방아쇠를 당기는가. 화성의 중력을 유지할 수 있는 겨우 0.6초 안에 탄환을 쏘아서 크레이터를 만들어야 하는 것이다.

그가 처음에 생각한 건 모터를 이용해 방아쇠를 당기는 기계를 만들어 원격으로 조종하는 방법이었다. 하지만 기구가 매우 복잡해지는 데다 발사 타이밍을 정확히 맞추는 것도 지극히 어려운 일이라고 여겨졌다. 그것이 180도 다른 아이디어로 바뀐 것은 다케토가 도르래를 올려다보고 중얼거린 한마디 때문이었다고 한다.

"실험 박스는 떨어지는 거죠? 그 힘을 이용할 수 없을까요?"

나가미네가 무슨 뜻이냐고 묻자 다케토는 이렇게 대답했다.

"가령 1.5미터 밑으로 떨어진 곳에서 방아쇠를 당기고 싶다고 가정해요. 그렇다면 그 길이의 끈을 준비하는 거예요. 끈의 끝을 망루의 꼭대기에 묶어두고, 다른 한쪽 끝을 발사 장치의 방아쇠에 묶어요. 실험 박스가 끈의 길이만큼 떨어진 순간, 끈에 끌려가서 방아쇠가 당겨져요. 아아, 하지만 안 되나? 그러면 그곳에서 낙하가 멈추겠네요."

다케토는 자신의 생각을 취소하려고 했지만 나가미네의 머릿속에 한순간 희미한 불이 켜졌다.

"……아니, 의외로 좋은 아이디어일지도 몰라."

나가미네는 그 아이디어의 씨앗을 집으로 가져가서, 머리에 떠오르는 대로 그림을 그리면서 마침내 어느 구조를 생각해냈다.

일단 발사 장치의 방아쇠에 스프링을 붙이고, 아무것도 하지 않으면 그 스프링으로 인해 방아쇠가 당겨지도록 해둔다. 그것과는 별도로 방아쇠에 끼워 넣어서 움직이지 않도록 억제하는 작은 잠금장치를 만든다. 그리고 망루의 최상부에 고정한 끈의 끝을, 방아쇠에 끼운 잠금장치에 연결하는 것이다. 그러면 실험 박스가 끈 길이만큼 낙하한 시점에서 잠금장치만 빠지고 스프링이 방아쇠를 당긴다. 실험 박스와 발사 장치는 물론 계속 낙하한다.

나가미네는 그로부터 일주일에 걸쳐서 그 절묘한 장치를 발사 장치에 집어넣었다. 끈 대신 사용한 것은 가늘고 튼튼한 체인이다.

하늘을 건너는 교실

방아쇠에 끼워 넣은 알루미늄 잠금장치는 체인을 걸 수 있도록 되어 있고 바로 위로 뽑기만 하면 빠진다. 방아쇠를 당기는 타이밍은 체인의 길이로 조절할 수 있다. 더구나 대단한 점은 오류 발사를 막기 위한 안전장치도 장착해놓았다는 것이다.

하지만 그것을 장착했다고 해서 생각처럼 제대로 작동하진 않았다. 처음에는 잠금장치가 빠지면서 실험 박스가 흔들린 탓에 낙하 가속도가 크게 흐트러졌다고 한다. 그걸 해결하기 위해 잠금장치가 매끄럽게 빠지도록 몇 번을 조정했다. 또한 중력이 0.38G에 도달한 순간에 방아쇠를 당기는 것이 이상적이라서, 체인의 길이를 정하기 위해 수십 번이나 박스를 떨어뜨려 실험했다고 한다.

"그러면 이제 탄환을 넣을게요." 다케토가 작은 쇠구슬을 들고 말했다.

실험 박스는 와이어에 연결된 상태로 작은 작업대에 놓여 있다. 안에는 이미 모래를 넣은 용기가 들어 있었다.

발사 장치의 통 끝에서 탄환을 장전하고, 다케토가 "좋아, 올려요!" 하고 말했다. 도르래의 반대쪽에서 이미 사다리에 올라가 있던 안젤라가, 높은 곳에 있는 추의 작은 상자를 들고 신중하게 내렸다. 실험 박스의 총중량에 맞춰서 추의 무게도 미리 조절해놓았다.

다케토가 다른 사다리를 이용해, 올라가는 실험 박스가 흔들리지 않도록 손으로 지탱했다. 추의 작은 상자가 바닥에 도착하고,

실험 박스는 휠의 바로 밑인 정위치에 도착했다. 가스미가 낙하 위치에 비즈 쿠션을 놓았다.

다케토가 망루 최상부 나무에 늘어뜨려놓은 체인을, 발사 장치의 방아쇠에 끼운 잠금장치에 연결했다. 마지막으로 안전장치를 해제하고 "OK, 됐어요" 하고 엄지를 세웠다.

"갑니다, 3, 2, 1!"

안젤라가 그렇게 말하며 작은 상자에서 손을 뗐다.

실험 박스가 낙하하기 시작한 다음 순간, 탕 하고 발사음이 들렸다. "됐어!" 하고 다케토가 소리를 질렀을 때, 박스는 이미 비즈 쿠션에 파묻혀 있었다.

나는 손뼉을 치며 말했다. "굉장해요! 발사 타이밍도 좋은 것 같군요."

실험 박스에 다가가서 안을 들여다보니, 낙하 충격으로 형태는 무너졌지만 크레이터 흔적인 구덩이는 분명히 생겼다.

다케토가 부루퉁한 얼굴로 말했다. "아직 좀 불안정한 곳이 있어요. 가속도 그래프를 보니까 진동이 꽤 심하더라고요. 특히 떨어지기 시작했을 때가 그래요. 더구나 실험할 때마다 정도가 달라요."

"내 짐작이지만, 추를 놓는 것과도 관계가 있는 것 같아." 나가미네가 추의 작은 상자를 올려다보고 덧붙였다. "손으로 놓는 게 아니라 뭔가 다른 방법을……."

나가미네의 말이 끝나기도 전에 다케토가 말했다. "한 가지 아이디어가 있어요. 오늘 잠깐 해보지 않을래요?"

"오늘?" 나가미네가 미간에 주름을 잡으며 말했다. "너무 서두르지 마. 조바심을 내면 될 일도 안 돼."

"어떻게 조바심을 안 내요? 발표 요지의 마감까지는 이제 한 달밖에 안 남았다고요!"

일본 지구행성 과학연합대회 고등학생 세션의 발표 신청은 이미 시작되었다. 신청을 한 팀은 다음 달인 3월 15일까지 연구 개요를 정리한 발표 요지를 제출해야 한다.

실은 이 발표 요지 단계에서 심사가 이루어진다. 고등학생 세션에는 해마다 80팀에서 100팀 정도 참가하지만, 회장에서 구두 발표를 할 수 있는 팀은 발표 요지의 내용으로 선발된 15개 팀뿐이다. 그 이외의 팀은 전시회장에서 포스터 발표를 하게 된다.

나는 네 명을 둘러보면서 말했다. "뭐, 어쨌든 이걸로 램파트 실험을 할 수 있다는 전망이 섰잖습니까?"

"선생님, 우리도 느낌이 꽤 좋은 곳까지 왔어요." 안젤라가 가스미에게 미소를 지으며 덧붙였다. "그렇지?" 그러고는 다시 나를 보면서 말했다. "선생님, 보러 가요."

안젤라와 가스미의 뒤를 따라 2층으로 내려가서 물리준비실로 향했다.

두 사람은 최근 한 달간 다케토, 나가미네와 별도로 실험을 하고 있었다. 중력가변장치를 사용하기 전의 예비 실험으로, 지구 중력하에서 램파트 크레이터를 재현하는 연구를 심도 있게 진행하고 있었던 것이다.

물리준비실의 실험대에는 잡다한 물건들이 어지러이 흩어져 있었다. 인쇄한 자료나 사진 외에도 《행성지질학》 교과서, 조리용 볼, 목장갑, 체, 망치, 헌 신문 다발 등. 가정용 빙수기와 핸드믹서는 오늘 처음 본다.

커다란 노트가 그대로 펼쳐져 있는 걸 보니, 두 사람도 1교시가 시작되기 직전까지 여기서 실험했던 것이리라.

노트에는 실험에서 만든 크레이터의 상세한 스케치가, 가스미의 꼼꼼한 그림체로 그려져 있었다.

그것을 들여다보고 말했다. "오호, 2중 로브의 램파트도 완성했나요?"

가스미가 곧바로 대답했다. "네. 표적의 화산재와 물 혼합층을 조금씩 두껍게 했더니 이렇게 됐어요."

크레이터의 구덩이 주변으로 흘러나온 진흙 로브가 더 크게 펼쳐진 아래층과 조금 작은 위층의 2층 구조로 되어 있었다. 2중 로브형, 또는 2층 이젝터 크레이터라고 부르는 것으로, 실제로 화성에서 많이 볼 수 있다.

안젤라가 옆에서 말했다. "처음에는 알아차리지 못했어요. 그런데 가스미가 '어? 이중으로 되어 있는 거 아니에요?'라고 하더라고요. 역시 눈썰미가 좋아요."

"두께 2센티미터에서 3센티미터일 때, 2중 로브가 잘 생기는 것 같아요."

"그건 흥미롭군요. 고찰해볼 가치가 있을 것 같아요."

가스미가 환하게 웃으면서 노트북 컴퓨터를 열어서, 그 실험을 했을 때의 사진을 보여주었다.

나토리 가스미.

그 애의 풍부한 상상력을 알아차린 것은 보건실의 '방문 노트'에 남겨진 《마션》식 일지를 봤을 때였다. 가스미라면 SF 마니아다운 발상으로 교과서적이 아니라 자유분방한 아이디어를 떠올릴 것이다. 그렇게 판단하고 보건실에서 나오게 해서 과학부로 유도했다. 가스미가 램파트 크레이터를 만난 경위를 생각하면 그 판단도 틀리지 않았지만, 그보다 더 도움이 되는 건 뛰어난 관찰력일지도 모른다.

크레이터 주변에 펼쳐지는 기묘한 지형을 눈여겨보고 이것은 무엇일까, 하고 느끼는 힘. 왜 이렇게 되어 있는가, 하고 의아하게 여기는 힘. 세계의 자세한 부분을 응시하는 뜨거운 눈길은 센스 오브 원더 sense of wonder, 즉 자연의 신비에 눈을 크게 뜨는 감성과 직결된다. 그리고 그것은 과학에서 무엇보다 중요한 능력이다.

가스미에게는 또 한 가지 훌륭한 자질이 있다. 관찰한 것을 세밀하게 기록하는 능력이다. 가스미가 과학부를 대표해 매일 적고 있는 '과학부 활동 노트'에는 과장이 아니라 볼 때마다 입을 다물지 못한다. 그날의 활동 내용은 물론이고, 실험의 세부 사항과 스케치, 데이터 표 등을 몇 색의 볼펜을 사용해서 꼼꼼히 기록하고 있다.

뭐든지 기록해두도록. 사진에 의지하지 말고 스케치하도록. 내가 알려준 것은 그 정도이고, 나머지는 가스미가 스스로 생각해서 시작했다. 다른 세 사람이 담소를 나눌 때도 혼자 묵묵히 노트에 적는 가스미를 종종 볼 수 있었다. 그곳에 모든 것을 적으면서 자기 자신과, 그리고 세계와 대화하는 것이리라.

"선생님, 이쪽 실험도 한번 보세요. 우리가 자신 있게 내놓을 수 있는 작품이에요."

안젤라가 그렇게 말하고 구석에 있는 냉동고에서 발포 스티롤 상자를 꺼냈다. 실험대 위에서 펼친 상자 안에는 신문지로 감싼 도시락 크기의 물체가 들어 있었다. 신문지를 풀자 새하얀 덩어리가 나타났다. 드라이아이스였다.

"드라이아이스를 사용한 실험은 잘되지 않았잖아요?"

램파트 크레이터가 만들어진 원인의 하나로 여겨지는 것이 화성의 지표나 지하에 존재하는 이산화탄소의 얼음, 즉 드라이아이스가, 충돌의 열로 단숨에 기체가 되어, 튀어나온 이젝터를 흐르게 만들었다는 것이다.

두 사람은 그 실험에도 착수했다. 잘게 깨뜨린 드라이아이스를 화산재에 섞어, 그것을 표적으로 쇠구슬을 쏘는 것이다. 하지만 표적 전체가 곧바로 차갑게 굳어져서, 크레이터 자체가 생기지 않는 다고 들었다.

"간단히 포기하면 안 돼요." 안젤라는 두 손에 목장갑을 끼면서 장난스럽게 윙크를 하고 덧붙였다. "계속 실험하는 사이에 속도가 중요하다는 걸 알았어요. 재빨리 한다! 요리랑 똑같아요."

안젤라는 두꺼운 비닐봉지에 드라이아이스를 넣은 뒤, 실험대에 골판지상자를 몇 장이나 겹쳐서 깔았다. 드라이아이스를 그 위에 놓고, 비닐봉지 위에서 망치로 깨뜨렸다.

"드라이아이스 입자를 되도록 자잘하게 해요. 계속 녹게 하고 싶으니까요."

"녹는 게 아니라 승화군요."

"그래요, 그거예요! 그래서 빙수기를 가져왔어요."

안젤라는 드라이아이스 조각을 빙수기에 넣고 밑받침 위에 볼을 놓은 뒤, 핸들을 돌려서 갈기 시작했다. 그러는 동안 환상의 호흡으로 가스미는 화산재를 넣은 용기와 핸드믹서를 준비했다.

볼에 가득 쌓인 드라이아이스 분말을 가스미가 용기에 넣고 핸드믹서로 화산재와 뒤섞었다.

무심코 감탄사가 흘러나왔다. "많이 생각했군요. 더구나 전부 시간을 많이 줄였고요."

가스미가 손을 움직이면서 말했다. "안젤라 씨 아이디어예요. 전 드라이아이스 같은 건 거의 만져본 적도 없으니까요. 깨뜨리는 것 정도라면 괜찮지만 빙수기로 갈아도 될까, 하고 처음에는 걱정했거든요."

"그래서 내가 말했어요. 드라이아이스는 음식점에서도 케이크 가게에서도 흔히 사용하고 있으니까 걱정할 필요 없다고요."

똑같은 것을 세 번 반복해서 완성한 화산재 드라이아이스 분말 혼합물을 바닥에 있는 대야의 규사 위에 평평하게 깔았다. 드라이아이스는 그동안에도 계속 승화해서, 하얀 연기가 모락모락 피어올랐다.

그때 안젤라가 파친코식 발사 장치를 고정했다.

"그럼 빨리 해요!"

직경 3센티미터의 쇠구슬을 끼운 고무밴드를 잡아당겨 대야의 표적을 향해 발사했다. 쿵 하는 소리와 함께 크레이터가 만들어졌다.

안젤라가 발사 장치를 치우고 눈썹을 꿈틀거리며 득의양양하게 말했다. "완성이에요. 보세요, 맛있겠죠?"

완성된 모습을 보고 저절로 웃음이 흘러나왔다.

"정말 그렇군요. 놀랐습니다. 멋진 팬케이크군요."

충돌한 구덩이 주변에 직경 10센티미터 정도의 둥글고 평평한 융기 부분이 생겼다. 한가운데가 움푹 들어간 팬케이크다. 물결치는 로브가 아니라 이런 식으로 원반 모양의 대지臺地, 주위보다 고도가 높고 넓은 면적의 평탄한 표면을 가지고 있는 지형로써 이젝터가 퇴적하는 유형의 램파트 크레이터도 실제로 화성에 존재하고, 팬케이크형이라고 부르기도 한다.

가스미가 주뼛거리면서 말했다. "이건 제 생각인데요, 드라이아이스가 승화해서 화산재 입자 사이에 틈이 많이 생기는 바람에 이젝터가 후악 하는 느낌으로 쌓인 게 아닐까 해요……."

나는 고개를 끄덕이며 맞장구를 쳤다. "나도 중요한 건 이젝터의 간격률이라고 생각해요. 그나저나 감탄했어요. 승화량은 최대한 늘리고 싶다, 하지만 드라이아이스를 너무 많이 넣어서 화산재가 차갑게 굳으면 곤란하다, 그래서 드라이아이스를 분말로 만들어 재빨리 작업한 거죠?"

"네, 그랬어요. 가스미, 지금 선생님께서 하신 말씀, 확실하게 메모했어?" 안젤라는 그렇게 말하고 소리를 내어 웃었다.

고시카와 안젤라.

그녀는 과학부 안에서 어느 의미에서 가장 **예측할 수 없는** 인재였다. 도중에 흥미를 잃어버리고 나타나지 않을 가능성도 있다고 생각했지만, 예상은 좋은 쪽으로 멋지게 빗나갔다. 중요한 곳마다 나타나서 훌륭하게 활약해주고 있는 것이다.

학력으로 볼 때, 안젤라는 분명히 다른 사람보다 뒤처진다. 하지만 그녀에게는 인생의 경험과 그것에 뒷받침이 된 지식이 있다. 드라이아이스를 사용한 이 실험만 해도 처음에 생각해낸 사람은 가스미지만, 안젤라가 없었으면 실현할 수 없었으리라.

드라이아이스를 어디서 구하고 어떻게 보관하고 어떻게 다루면 되는지, 가스미가 모르는 것을 안젤라는 알고 있다. 빙수기나 핸드믹서를 이용하는 발상도 요리사인 그녀가 아니면 할 수 없었으리라.

안젤라가 뒷정리를 대충 하고는 말했다. "아아, 피곤하다! 차 마실래요? 오늘은 마하 블랑카를 만들어왔거든요."

"네? 정말이요? 저 엄청 좋아해요." 가스미가 웬일로 들뜬 목소리로 말했다.

"위에 가서 두 사람도 불러와요."

"그럴게요."

가스미가 밖으로 나가자 안젤라는 냉장고에서 밀폐용기를 꺼냈다. 마하 블랑카는 필리핀의 전통 디저트로, 옥수수와 코코넛 밀크로 만드는 바바루아 같은 음식이다. 예전에 한 번 얻어먹은 적이 있었다.

이런 점에서도 또한 안젤라의 뛰어난 사회성을 엿볼 수 있다. 여러 사람이 하나가 되어서 일을 할 때 필요한 게 무엇인지, 머리가 아니라 몸과 마음으로 알고 있는 것이다. 간식은 물론이고 그녀의 커다란 웃음소리와 조금은 가벼운 말투, 때로는 지나친 오지랖과 눈물까지도 팀의 윤활제가 되고 있다.

안젤라 이외에 세 사람밖에 없어서 어색한 공기가 흐르고 있을 때, 그녀가 오면 곧바로 분위기가 180도 달라진다. 무엇을 해주지 않더라도 어느새 나까지 그녀의 존재를 의지하게 되는 것이 이상해서 견딜 수 없었다.

"물을 끓일까요?"

나는 전기 주전자에 물을 넣었다.

"네, 고마워요."

그렇게 말한 안젤라의 말꼬리가 하품과 겹쳤다.

"많이 피곤한 것 같군요."

"요즘은 오후 4시쯤 학교에 와서 실험하고 있잖아요? 그만큼 저녁에 사용할 재료 준비도 일찍 해야 하니까요. 실험을 끝내고 가면 가게 뒷정리도 해야 하고요. 요즘은 잠이 부족해요."

"무리하지 마세요."

"다들 열심히 하니까 나도 더 분발해야 한다는 생각이 들어요. 하지만 가스미나 야나기다와 달리, 난 이제 나이가 나이니까요."

안젤라는 마지막으로 "맨날 녹초가 돼요" 하면서 밝게 웃었다.

그로부터 이틀 후, 문제는 예상치 못한 방향에서 나타났다.

4교시 후의 교직원 회의를 마치고 동아리 상황을 보러 가려고 교무실을 나왔을 때, 가스미가 복도에서 헐레벌떡 뛰어왔다.

가스미는 숨을 헐떡이면서 정신없이 말했다. "선생님…… 물리준비실에 이상한 사람들이……."

"이상한 사람들?"

어쨌든 빨리 가자고 재촉하는 가스미와 같이 물리준비실로 뛰어갔다. 도중에 들은 이야기에 따르면 불량하게 생긴 삼인조 젊은 남자가, 가스미와 안젤라가 실험하는 곳에 "야나기다 다케토 어디 있어?" 하고 위협하듯 말하면서 들어왔다고 한다.

여기에는 없다고 안젤라가 대답하자 당장 불러오라고 명령했다. 안젤라는 남자들 몰래 "가스미, 얼른 가서 선생님을 불러와" 하고 입 모양으로 전했다. 다케토는 나가미네와 컴퓨터 준비실에 있지만, 만나게 하면 싸움이 벌어질 것이라고 순간적으로 판단한 모양이다.

물리준비실로 뛰어가자 두 남자가 실험대에 걸터앉아 있었다. 장발 남자는 나른한 얼굴로 담배를 피우고, 모자 쓴 남자의 손목에서는 문신이 보였다. 둘 다 본 적이 없는 얼굴이다. 그들이 난동을 부렸는지 바닥은 모래투성이에 체와 볼이 나뒹굴고, 파친코식 발사 장치가 쓰러져 있었다. 안젤라는 새하얗게 질린 얼굴로 구석에 서 있었다. 가스미는 안으로 들어가지 않고 온몸을 파르르 떨면서 복도에 서 있을 따름이었다.

"이게 무슨 짓이죠?"

분노를 담아서 호통을 쳐도 두 사람은 대꾸하지 않았다.

"담배 끄세요. 여기는 우리 실험실입니다. 흡연은 있을 수 없는 일입니다."

장발 남자는 태연하게 두 모금 정도 더 피우고 나서, 바닥에 쌓인 모래 위에 담배를 버리고 검은 부츠로 짓밟았다. 그때 안쪽의 물품 창고를 들여다보던 또 한 명이 이쪽을 돌아보고 가느다란 눈썹을 치켜올렸다.

"어? 우리 구면 아닌가?"

"아아, 그쪽은……."

작년 봄에 오토바이를 타고 왔던 이인조 중 한 명이다. 그때는 새빨갛게 염색한 빡빡머리 젊은이가 파트너였지만, 오늘은 같이 오지 않은 것 같다.

"그렇다면 얘기가 빠르겠군. 알지? 우린 친구를 만나러 온 것뿐이야. 갓 군은 어디 있지?"

"모릅니다. 그에게 무슨 볼일이 있죠?"

"그 녀석, 요즘 실험을 하고 있다고 해서 말이야." 가느다란 눈썹의 남자가 물품 창고의 문을 활짝 열어둔 채 이쪽으로 다가오며 덧붙였다. "무슨 실험인지 모르지만 시너라도 좀 얻을까 해서."

안젤라가 떨리는 목소리로 말했다. "그런 거 여기엔 없어요. 만약 있어도 당신들한테 줄 리 없잖아요?"

"지금 당장 나가주세요. 수위를 부르겠습니다." 나는 남자의 눈을 똑바로 바라보며 말했다.

"선생, 너무 딱딱하게 그러지 마. 나 여기 OB거든."

"당신들은 외부인이고, 이건 불법 침입입니다. 경찰을 부를 수도 있습니다."

그러자 가느다란 눈썹의 남자가 동료들에게 눈짓을 했다. 셋이 출입구로 향하자 복도에 있던 가스미가 덜덜 떨면서 벽까지 뒷걸음질 쳤다.

가느다란 눈썹의 남자가 밖으로 한 걸음 나가서 돌아보더니, 히죽거리면서 말했다. "또 온다고 갓 군한테 말해줘. 그 녀석, 뭘 착각하는 것 같으니까."

"착각?"

"제 놈이 어떤 인간인지, 누구와 같이 있는 게 좋은지 모르는 것 같더라고. 자기 낯짝을 거울에 비춰보고 생각해보라고, 그렇게 말해줘."

"왜 곧장 부르러 오지 않았어요!"

세 사람이 떠난 다음, 안젤라한테서 이야기를 듣고 달려온 다케토는 물리준비실로 들어오자마자 고함을 쳤다.

"어떻게 불러? 오면 싸울 것 같았는데……."

안젤라의 말은 귀에 들어오지 않는지, 다케토는 모래투성이의 바닥을 둘러보며 나지막하게 말했다.

"어떻게 된 거예요? 이것도 그 녀석들 짓인가요?"

같이 4층에서 내려온 나가미네가 쓰러진 파친코식 발사 장치 앞에서 몸을 웅크렸다.

"이런, 통이 빠졌잖아?"

"한 남자가 발로 걷어찼어요."

다케토가 살기등등한 눈으로 말했다. "미우라는 어디 갔죠? 그 자식, 죽여버리겠어!"

나는 다케토를 타이르듯 조용히 말했다. "폭력으로 갚아주면, 싸움은 점점 더 격렬해질 뿐입니다."

"그래! 그런 녀석들은 상대할 것 없어!" 안젤라는 큰 소리로 말하고, 의자에서 웅크리고 있는 가스미를 힐끔 쳐다보며 덧붙였다. "가스미까지 휘말리면 안 되잖아."

"빌어먹을!"

다케토가 이를 갈며 주먹으로 실험대를 힘껏 내리쳤다.

나가미네가 일어서서 물었다. "자네, 아직 그 녀석들을 끊어내지 않았나?"

다케토가 달려들 것처럼 나가미네를 노려보았다. "무슨 말이야? 안 끊긴 왜 안 끊어? 그 녀석들, 안 만난 지 한참 됐다고!"

"그쪽은 그렇게 생각하지 않는 것 같은데? 그러니까 이런 일이 일어나는 거잖아?"

"영감, 지금 이게 내 탓이란 거야?"

나가미네에게 한 걸음 다가서려는 다케토를 보고 안젤라가 소리쳤다. "그럼 안 돼! 우리끼리 싸우면 어쩌자는 거야!"

작은 소리 하나 들리지 않는 계단을 올라가자, 샌들을 신은 발밑에서 전해지는 냉기가 온몸에 스며들었다. 2월도 이미 중순에 접어들었는데, 이번 겨울의 최대 한파가 어제부터 일본 열도를 뒤덮고 있다.

4교시가 끝나자마자 컴퓨터 준비실로 향한 것은 부원들이 걱정되었기 때문이다. 그 사건 이후, 과학부의 톱니바퀴는 완전히 어긋나버렸다. 다케토와 나가미네 사이는 어색해지고, 특히 다케토는 최근 며칠간 조바심이 머리끝까지 치민 모습이었다. 하루도 헛되이 할 수 없는 상황 속에서 어지럽혀진 물리준비실 정리와 파친코 발사 장치의 수리에 시간을 빼앗기는 바람에 조바심이 극에 달한 것이다. 사소한 일에도 화를 내서 말도 붙일 수 없다고 안젤라가 투덜거렸다.

가스미는 미우라 무리가 또다시 난입하지 않을까 하는 두려운 마음에 물리준비실에 오려고 하지 않았다. 안젤라 혼자로는 할 수 있는 일에 한계가 있어서, 둘이 진행했던 크레이터 형성 실험은 중단되었다.

실제로 이틀 전에 미우라가 또 나타났다. 건물 안에는 들어오지 않았지만 밤 10시가 되기 전에 모자 쓴 남자와 오토바이를 타고 운동장을 질주하면서 큰 소리로 다케토의 이름을 몇 번이나 불렀다.

다케토는 나가려고 했지만 모두 힘을 합쳐 가까스로 붙잡았다.

어두운 복도를 걸어가는 도중에 컴퓨터실의 문틈으로 두 학생의 등이 보였다. 노트북 컴퓨터를 향하고 있는 스웨터 차림의 여학생은 가스미이고, 그 옆에서 화면을 들여다보는 교복 차림의 남학생은 컴퓨터부 부장인 니와 가나메였다.

가스미는 3개월쯤 전부터 컴퓨터를 이용해, 데이터 분석과 동영상 편집에 도전하고 있다. 원래 머리도 좋고 기초 학력이 있어서 이해가 빠르다. 표 계산 소프트웨어의 사용 방법이나 그래프 만드는 방법은 대충 이해한 것 같았다.

가스미에게 컴퓨터의 기본적인 사용법을 가르쳐준 사람은 가나메라고 한다. 어떻게 그렇게 되었는지, 자세한 건 모른다. 다케토와 나가미네가 컴퓨터 준비실에서 작업하는 동안 가스미는 옆의 컴퓨터실에서 컴퓨터를 만지는 일이 종종 있었는데, 우물쭈물하는 그녀를 보다 못해 가나메가 먼저 말을 건 게 아닐까. 흐뭇한 모습의 두 사람을 잠시 지켜보다가 말을 걸어보기로 했다. 마침 가나메를 만나면 하고 싶은 말이 한 가지 있었다.

"아직 있었군요." 나는 컴퓨터실 안으로 발을 넣으면서 말했다.

"안녕하세요."

뒤를 돌아본 가나메에게 주눅 든 모습은 보이지 않았다.

"쓰쿠이 선생님한테서 허락받았거든요. 봄 합숙 때까지는 8시 반까지 학교에 있어도 된다고요."

주간반 동아리가 큰 대회에 출전하는 경우, 출전하기 전까지는 그런 특례를 인정하는 것 같다. 일본정보올림픽에 참가하는 가나메에게도 똑같이 배려한 것이리라.

"그것에 관해 한마디 하고 싶었어요. 입상 축하해요. 정말 굉장해요."

"감사합니다." 가나메는 쑥스러움을 감추듯 머리를 살짝 앞으로 내밀며 덧붙였다. "하지만 아직 다음 단계가 있어서요."

12월의 2차 예선을 가볍게 돌파한 가나메는 지난 주말에 있었던 본선에서도 상위 30명 안에 들어가 당당하게 입상했다. 입상자만이 참가하는 다음 달 춘계 트레이닝 합숙에서 최종 선발에 통과하면 일본 대표가 된다.

가스미가 뭔가 하고 싶은 말이 있는 것처럼 가나메를 올려다보았다. 그녀도 축하의 말을 하고 싶은 걸까. 하지만 그게 아니었다.

"저기…… 8시 반, 까지죠? 벌써 9시가 훌쩍 지났는데요……."

"뭐?" 가나메가 깜짝 놀라 벽시계를 쳐다보면서 말했다. "진짜네? 하지만 괜찮아. 혹시 누가 올 것 같으면 야나기다 형한테 작업복을 빌려서……."

다음 순간, 벽 너머에서 들린 "어이!" 하는 화난 목소리가 가나메의 뒷말을 지웠다. 그와 동시에 콰당 하고 무언가가 격렬하게 부딪히는 소리가 울려 퍼졌다.

나와 두 사람은 동시에 준비실 쪽으로 달려갔다. 문을 열자 예상한 일이 벌어졌다.

실험 박스가 바닥에 쓰러지고, 주변은 온통 모래투성이로 변했다. 도르래의 위에서 실수로 실험 박스를 떨어뜨리는 바람에 바닥에 있는 작업대와 충돌한 모양이다.

"이 아줌마! 무슨 짓이야!" 다케토가 사다리에 선 채 소리쳤다.

얼굴을 일그러뜨린 채 왼팔을 누르고 있는 안젤라를 향해 나가미네가 걱정스러운 얼굴로 말을 걸었다. "괜찮은가?"

나는 재빨리 안젤라 쪽으로 뛰어갔다. "혹시 탄환을 맞았나요?"

"네, 하지만 괜찮아요." 안젤라가 팔꿈치 안쪽을 문지르면서 말했다. "보시다시피 살이 워낙 많거든요."

나가미네의 설명에 따르면 상황은 이러했다.

실험 박스가 떨어지는 초기의 진동을 줄이기 위해, 며칠 전부터 추의 작은 상자를 손으로 쏘는 걸 그만두고 전자석을 도입했다. 추를 내린 상태로 놔둘 때는 작은 상자 밑에 붙여둔 철판을, 상자에 설치한 강력한 전자석에 붙인다. 실험 박스를 낙하할 때는 전자석 스위치를 끄면 추가 있는 작은 상자가 바닥에서 올라간다.

조금 전에 실험 박스를 정위치까지 올리고, 다케토가 사다리에 올라가 발사 준비를 했을 때의 일이었다. 안전장치를 해제하고 신호를 보내려고 할 때, 밑에서 대기하던 안젤라의 발이 전자석에 닿아서 스위치가 꺼졌다고 한다. 깜짝 놀란 다케토가 낙하하기 시작한 실험 박스를 잡으려고 했지만 잡지 못했다. 그로 인해 크게 흔들린 박스의 문이 열리고, 발사된 쇠구슬이 튀어나와 안젤라의 팔을 맞힌 것이다.

다케토는 안젤라 쪽을 쳐다보지도 않고 바닥에 무릎을 꿇은 채 실험 박스의 상태를 확인했다.

"젠장, 박스가 부서졌어. 아! 발사 장치도 여기가 부러졌잖아! 아줌마, 정신이 있어, 없어?"

다케토는 벌떡 일어나 거칠게 소리치면서 핏발 선 눈으로 안젤라를 노려보았다.

"아줌마, 어떡할 거야! 어떻게 책임질 거냐고!"

"미안해. 정말 미안해…….." 안젤라의 기다란 속눈썹이 가늘게 떨렸다.

그러자 옆에 있던 나가미네가 엄격한 목소리로 말했다. "화내기 전에 걱정하는 게 먼저 아니야? 만약 눈에라도 맞았으면 어쩔 뻔했어? 큰 부상으로 이어질 뻔했다고!"

"눈에 안 맞았으면 됐잖아! 그건 내가 알 바 아니야!"

"괜찮아요. 난 괜찮으니까 싸우지 말아요. 내 잘못이에요."

안젤라가 울 것 같은 목소리로 말해도, 나가미네는 화를 참지 못하고 다케토에게 한 걸음 다가갔다.

"말본새가 그게 뭔가? 애초에 이건 안젤라 씨만의 잘못이 아니야. 요즘 매일 장시간 작업하느라 다들 지쳐 있잖아? 집중력이 떨어질 수밖에 없다고! 그래서 몇 번이나 말했잖아. 조바심을 내면 될 일도 안 된다고!"

"조바심을 안 내면 어떡할 건데! 시간이 없단 말이야!"

"원인은 자네한테도 있잖아!"

"엉? 미우라 말이야?"

"사람의 잘잘못은 빙글빙글 도는 물레방아나 마찬가지야. 과거는 없었던 일로 할 수 없어. 중요한 건 그걸 남 탓으로 돌리지 말고, 자기 힘으로 극복해서……."

"시끄러워!" 다케토가 거칠게 소리쳤다. 그러고는 나가미네의 눈앞에 장승처럼 서서 멱살이라도 잡을 듯이 달려들었다. "지금 누구한테 설교야! 그렇게 설교하고 싶으면 딴 데 가서 하라고! 하여간 늙으면 말이 많아진다니까! 할 마음이 없으면 다들 그만둬!"

"그런 태도라면, 아무도 같이 해주지 않을 거야."

"그렇다면 나 혼자 하면 돼. 다들 당장 그만둬!"

"그렇게 학회가 중요해?" 나가미네가 도발하듯이 턱을 올리고 말했다. "그러고 보니 얼마 전에 그랬지? 언젠가 대학에 가고 싶다고."

"그래. 그게 어때서?"

"학회에서 상이라도 받으면 어느 대학에 추천 입학할 수 있어?"

"이 영감탱이, 다시 한번 말해봐! 내가 그런 것 때문에, 그렇게 하찮은 것 때문에 이런 실험을 한다는 거야, 뭐야? 어엉?" 다케토의 목소리가 분노로 바들바들 떨렸다.

"아니면 장학금이라도 받는 건가?"

큰일이다, 라고 생각한 순간, 다케토가 나가미네에게 달려들었다. 나는 "이러지 마세요!" 하고 외치면서 필사적으로 두 사람 사이로 들어갔다. 그 순간, 두 사람이 격렬하게 뒤얽히는 가운데 어느 한 사람의 팔인가 주먹이 나의 머리와 얼굴에 작렬했다.

그때 컴퓨터실로 가는 출입구 쪽에서 "어? 왜 그래? 무슨 일이야?" 하고 날카로운 목소리가 들렸다.

가나메가 긴박한 목소리로 외쳤다. "선생님! 큰일 났어요! 나토리가 죽을 것 같아요!"

마지막 한마디에 다케토와 나가미네의 움직임이 동시에 멈추었다. 두 사람 사이에 낀 채 소리가 나는 쪽을 쳐다보자, 가스미가 괴로운 얼굴로 바닥에 주저앉아서 한 손을 가슴에 대고 필사적으로 숨을 쉬고 있었다.

나는 곧장 가스미에게 달려갔다. 과호흡이다. 안젤라도 황급히 다가와서, 가스미에게 말을 걸면서 등을 쓰다듬어주었다.

나는 허둥거리는 가나메를 보면서 말했다. "니와 군. 보건실에 가서 사쿠마 선생님, 보건 선생님을 불러오세요."

"선생님은 피부가 하얘서 멍이 더 눈에 잘 띄는군요. 가엾게도."
나가미네는 그렇게 말하더니, 커피를 한 모금 마시고 컵을 실험대 위에 올려놓았다. 마치 어디서 누구한테 당했느냐고 묻는 듯한 말투였다.

나는 팔꿈치에 얻어맞은 눈 주변의 푸르스름한 멍을 한 번 어루만지고 나서 말했다. "통증은 가셨지만 학생들이 볼 때마다 묻습니다. 누구와 맞짱 떴느냐는 둥, 애인한테 얻어맞았느냐는 둥."

"그런 여자분이 있나요?"

"아뇨." 가볍게 미소를 짓고 작게 머리를 가로저으며 덧붙였다. "벌써 몇 년이나 주말에 편안하게 대학 연구실에서 지내는 처지입니다."

사흘 전의 그날 밤, 사쿠마의 응급처치 덕분에 가스미는 금세 회복되었다. 정신을 압박하는 일이 연달아 일어난 상황에서, 다케토와 나가미네의 험악한 싸움을 보고 마침내 마음이 무너진 것이리라. 싸움의 당사자인 두 사람은 작은 상처 하나도 입지 않았고, 내 눈에 커다란 멍이 생긴 것만으로 모든 건 중지되었다.

단, 과학부는 완전히 공중분해되어버렸다.

나가미네와 안젤라, 가스미는 그 이후 동아리 활동에 나오지 않는다. 나가미네는 담담하게 수업만 받고 재빨리 귀가하고, 안젤라는 전부 자기 책임이라고 생각하는지, "난 이제 없는 게 좋겠죠?" 하고 슬픈 목소리로 말했다.

이틀간 학교를 쉬었던 가스미는 오늘은 등교했지만 결국 보건실 침대에서 나오지 않았다. 커튼 너머로 잠시 이야기를 나누었을 때는 "이제 그곳에 가기가 무서워요" 하고 흐느껴 울 듯이 말했다.

다케토는 혼자 컴퓨터 준비실에 틀어박혔다. 실험 박스를 수리하는 것 같았지만, 파손된 발사 장치를 수리하는 건 그의 힘으로 불가능하리라. 더구나 오기를 부리며 나하고도 말을 하지 않는다. 나는 적어도 나가미네에게 지금의 심경을 물으려고 수업이 끝나고 부른 것이다.

나가미네는 의외일 만큼 온화한 목소리로 말했다. "선생님, 난 말이죠, 야나기다 같은 젊은이가 대학에 가서 연구자까지 될 수 있으면 정말 좋겠어요. 마음 깊은 곳에서 진심으로 그렇게 되기를 바라고 있지요."

"연구자요? 그렇게 되고 싶다고 하던가요?"

대학에 가고 싶다는 말은 다케토한테서 들은 적이 있지만 연구자가 되고 싶어 한다는 말은 처음 듣는다.

"네, 한 번뿐이지만 불쑥 말했어요. 말하고도 쑥스러웠는지 '연구 같은 건 도중에 지루할지도 모르지만요'라고 부루퉁하게 말했습니다."

신선한 놀라움이었다. 다케토의 마음에서 불붙은 불꽃의 크기를 잘못 보았나 보다.

"하지만 말이죠." 나가미네는 작게 한숨을 쉬고 말을 이었다. "걱정돼서 견딜 수가 없어요."

"야나기다 군 말인가요?"

"선생님, 올해 몇이죠?"

"서른다섯입니다."

"난 선생님보다 두 배 넘게 살아서, 나름대로 세상을 알고 있다고 생각해요. 세상은 그렇게 만만치가 않아요. 자기 처지에 맞지 않은 일을 하려는 사람에게는 아주 혹독하죠."

"자기 처지라는 건 어떤 뜻이죠?"

"뭐라고 했더라? 아내가 말해주었지요. 분명히 달칵달칵……." 나가미네는 턱에 손을 대고 생각하면서 말했다. "부모 뽑기라고 했던가, 비교적 그것에 가까울지도 몰라요. 출생이라든지, 처지라든지, 재능이라든지, 그런 걸 모두 포함해서 말이죠. 야나기다는 물론 나 같은 사람보다 머리는 훨씬 좋아요. 열심히 노력하면 대학은 들어갈 수 있겠죠. 하지만 돈은 어떡하죠? 대학원에도 몇 년이나 다녀야 하잖습니까?"

"박사까지 공부하려면 대학에 들어가서 9년쯤 걸리죠."

"학비를 벌면서 공부하다가 결국 지쳐서 좌절한 사람을, 난 지금까지 수도 없이 봤답니다. 공부를 끝까지 해도 대학이나 연구소에서 일할 수 있는 사람은 한 줌밖에 안 된다고 들었어요. 음악가나 스포츠 선수처럼, 학자가 되는 데에도 재능이 필요한 거겠죠."

"모두 그렇다곤 할 수 없습니다. 이론물리나 수학의 세계에서 창조적인 일을 하려고 하면 역시 천부적인 재능이 필요하겠지요. 하지만 저희 같은 분야에서는 뛰어나게 명석한 두뇌는 필수가 아닙니다."

"선생님은 일류 대학을 나와서 그런 말을 할 수 있는 거예요." 나가미네는 서글픈 표정으로 고개를 옆으로 흔들며 말을 이었다. "가령 노력으로 모든 걸 해냈다고 가정합시다. 처음에는 찬사를 받을 수도 있을 겁니다. 하지만 엘리트라는 사람들은 정상적인 레일 위를 걸어오지 않은 사람이 자기들의 발밑까지 기어오른 순간, 손바닥을 뒤집어 발로 걷어차려고 하는 법이죠. 야나기다를 기다리고 있는 건 그런 세계에서의 경쟁이에요. 야간 고등학교를 졸업해서 고졸 자격을 얻는 것과는 차원이 다릅니다."

나도 계속 나가미네와 비슷한 생각을 해왔다. 그래도 곧바로 대꾸할 수 없을 만큼 그의 말은 무게가 있었다. 아마 오랜 세월에 걸쳐 겪은 경험에서 내린 결론이기 때문이리라.

"야나기다가 꿈을 가진 건 나도 기뻐해주고 싶어요. 하지만 꿈을 향해서 기를 쓰면 쓸수록, 그것이 깨졌을 때의 상처도 깊어지죠. 안 그래도 그는 이미 몸도, 마음도 상처투성이입니다. 다음에 또 커다란 좌절을 맛보면 어디까지 추락할지 몰라요. 생각하면 무서울 지경이에요."

다케토가 지금까지 걸어온 길. 그리고 바로 옆에 있는 어둠의 깊이를 생각하면 그것은 무서운 일일지도 모른다. 그래도…….

"괜찮을까요?"

나가미네의 진지한 눈길에서 매달리는 듯한 진심이 느껴졌다.

"과학부 활동은 야나기다의 꿈을 부추길 따름입니다. 학회에 나가는 것도 말이지요. 그를 계속해서 그럴 마음이 되게 하고, 기대를 갖게 해도 정말 괜찮을까요?"

5년 전의 사건이 머리를 가로질렀다.

나는 그 질문에 대답하지 못한 채 나가미네의 눈을 물끄러미 바라보았다.

10시 정각, 문단속을 하기 위해서 컴퓨터 준비실로 향했다.

다케토의 모습이 없을 줄 알았더니, 두 손을 베개 삼아 천장을 보며 누워 있었다. 바닥에 흩어진 공구를 치우고 옆으로 다가가자, 발사 장치의 부러진 부품이 머리 옆에 놓여 있었다. 억지로 붙이려고 했는지, 접착제를 바른 무참한 흔적이 보였다.

다케토가 천장을 바라본 채 말했다. "선생님. 나, 담배 끊었어요."

"네, 알고 있어요."

한 달쯤 전이었던가, 안젤라가 알려주었다.

"조금이라도 돈을 모으려고요. 월급은 늘어날 것 같지 않고, 담배라도 끊어야 할 것 같아서요."

"그런가요."

"선생님은 뭔가 포기한 적 있어요?"

"물론 있어요. 인생에서 무언가를 선택한다는 건, 선택하지 않은 쪽을 포기한다는 거니까요. 다만, 그건 그 시점에서의 이야기예요.

그때 선택하지 않았던 걸 나중에 선택할 수 있으니까요. 목숨이 붙어 있는 한은."

"하여간 여전히 말은 그럴듯하게 한다니까." 다케토는 콧김을 내뿜으며 말을 이었다. "난 말이죠, 포기하는 것에는 익숙하다고 생각했어요. 학교에서도 직장에서도, 지금까지 잘되는 일은 하나도 없었으니까요. 포기하는 건, 언제든지 할 수 있는 하찮은 일이라고 말이죠. 그런데 생각났어요."

"뭐가요?"

"열심히 하는 걸 포기한다는 건 괴로운 일이라는 걸⋯⋯. 어렸을 때 그걸 지긋지긋할 만큼 느끼고, 그러는 사이에 아무것도 열심히 하지 않게 됐어요. 쉽게 포기할 수 있는 건 진짜가 아니니까요. 진짜로 진지하게 열심히 했는데 그걸 포기하는 건 역시⋯⋯ 괴로워요."

다케토의 목소리가 마지막에 갈라졌다. 천장을 향한 그의 눈꼬리에서 한 줄기 눈물이 귀를 타고 흘러내렸다.

"실험을 포기할 건가요?" 그의 눈물 자국을 바라보면서 물었다.

그는 대답하지 않았다.

"오늘은 그만하죠. 하룻밤 자면 기분이 달라질 거예요."

하지만 그다음 날부터 다케토는 학교에 나타나지 않았다.

실험의 실패를 인정할 수밖에 없을지도 모른다.

스스로에게 그렇게 말하면서 2학년 A반 교실로 향했다.

다케토와 연락이 되지 않은 지 오늘로 닷새째다. 그런 사실은 부원들에게도 전해두었다. 나가미네는 "잠시 머리를 식히고 있겠지요" 하고 말했을 뿐이고 가스미는 "아……" 하고 그대로 굳어졌다. 안젤라만은 매일 다케토에게 전화를 걸고 있지만 역시 받지 않는다고 한다.

"자포자기하지 않았으면 좋겠는데" 하는 안젤라의 말이 계속 머리를 떠나지 않는다. 이번 일이 다케토에게, 지금까지보다 더 심각한 추락의 계기가 될지도 모른다는 생각이 들었다.

학회의 발표 요지 제출 기한까지는 이제 겨우 3주 남았다. 이대로 지켜보기만 해서는 십중팔구 발표를 포기하게 되리라. 그렇게 되면 다시는 부원들의 균열을 메울 수 없고, 과학부도 거기서 끝이다.

그것을 피하기 위해서는 어쩔 수 없다. 처음의 예정에는 없었던 일이지만 그들에게 모든 걸 털어놓는 수밖에. 당연하지만 그것으로 사태가 좋아질지 어떨지는 알 수 없다. 오히려 실험의 의미를 잃어버릴 수도 있고, 완전히 포기해야 할 가능성도 높다.

어젯밤, 다케토의 휴대폰에 이런 메시지를 남겼다.

"내일 밤, 학교로 와주지 않겠습니까? 과학부 동료들과 같이 내 이야기를 들어주세요. 9시 15분에 교실에서 기다리고 있겠습니다." 그러고는 한 박자를 두고 나서 다시 덧붙였다. "요전에 인생의 선택 이야기를 했죠? 내가 지금까지 어떤 선택을 했고, 왜 이 **실험**을 시작했는지 이야기를 하고 싶습니다. 전부 끝나버리기 전에."

다케토가 응해줄지 말지는 모른다. 만약 그가 나타나지 않아도 나머지 세 사람에게 말할 생각이다. 그런 다음에 어떤 결단을 내리고, 어떻게 움직일지는 그들에게 달렸다.

교실에 도착하자 나가미네가 혼자 교탁의 맨 앞자리에 앉아 있었다. 잠시 후, 안젤라가 가스미의 손을 잡고 나타났다. 가스미는 아직 보건실로 등교하고 있어서, 안젤라에게 교실로 데려와달라고 부탁한 것이다. 안젤라는 나가미네의 옆자리에 앉고, 계속 고개를 숙이고 있는 가스미를 자신의 뒷자리에 앉혔다.

"야나기다 군은 안 왔나요?"

그 질문에 나가미네가 말없이 머리를 가로저었다.

10분쯤 기다려도 다케토는 나타나지 않았다. 어쩔 수 없다, 이제 이야기를 시작하려고 교단에 발을 올려놓았을 때, 조용히 뒷문이 열렸다.

안으로 들어온 다케토를 보고 안젤라가 비명에 가까운 소리를 질렀다. "세상에! 얼굴이 그게 뭐야?"

왼쪽 눈꺼풀은 눈도 뜰 수 없을 만큼 부어오르고, 시퍼런 피멍도 생겼다. 입 주변에서는 거무칙칙한 내출혈이 보이고, 이마와 콧등에도 반창고가 붙어 있었다. 내 눈에 있는 푸르스름한 멍은 비교도 되지 않을 만큼 처참한 모습이었다.

다케토가 움직이기 힘들어 보이는 입을 겨우 벌려서 말했다. "마마, 요전에 심하게 말해서 미안해요. 가스미도, 무서운 일을 겪게 해서 미안하고."

나가미네한테만은 아무 말도 하지 않고, 여느 때처럼 창가의 맨 뒷자리에 털썩 앉았다.

"싸웠나요?" 나는 다케토의 옆까지 가서 물었다.

"신경 쓰지 말아요. 내 일이니까요."

입술 사이로 앞니가 없는 것이 보였다.

"미우라 군과 싸운 건가요?"

"마무리를 지었을 뿐이에요. 그 녀석들, 이제 여기에 오지 않을 거예요."

"하지만……."

"걱정 안 해도 돼요. 난 손대지 않았으니까요."

귀찮은 듯 얼굴을 찡그리는 다케토를 보고 있자 나가미네가 말했다. "마무리를 지었다니까 그걸로 됐잖아요? 어차피 우리는 모르는 세계의 일이고요."

다케토가 웬일로 나가미네의 이야기에 동의했다. "바로 그거예요. 내 얘기보다 선생님 얘기를 들으러 왔어요."

두 사람의 말이 맞으리라.

다케토는 다시 신주쿠의 깊은 어둠 속으로 떨어지지 않고 이렇게 얼굴을 보여주었다. 그뿐만이 아니라 망령처럼 따라다니는 과거를 가까스로 떨쳐내기 위해 그동안 혼자 발버둥 쳤던 것이다. 그렇다면 아직 희망은 있다. 무엇보다 넷이 한자리에 모인 이 순간을 놓쳐서는 안 된다.

나는 교단에 서서 전원의 얼굴을 둘러보며 입을 열었다. "그러면 시작하겠습니다. 저는 먼저 여러분께 사과를 해야 합니다."

"네? 뭐를요?" 안젤라가 눈을 동그랗게 뜨며 놀라는 표정을 지었다.

"제 멋대로 세운 계획에 대해서요. 죄송합니다. 제가 이 학교에 과학부를 만든 건 여러분을 위해서가 아니었습니다. 저를 위해서였습니다."

다케토가 의아한 눈길로 나를 쳐다보았다. 가스미도 얼굴을 들고 놀라는 표정을 지었다.

"선생님, 아까부터 무슨 말을 하는 겁니까?" 나가미네가 미간에 주름을 잡고 말했다.

"나가미네 씨처럼 파란만장한 인생은 아니지만, 제 이야기를 잠시 들어주십시오."

나는 나가미네를 향해 고개를 끄덕이고, 두 손으로 가볍게 교탁을 짚었다. 무엇부터 말할지는 이미 정했다.

"여러분은 이미 예상했을지도 모르겠지만, 저는 비교적 유복한 가정에서 태어나고 자랐습니다. 초등학교 시절에는 공룡 소년이었죠. 부모님께서 이번 가족 여행으로 어디에 가고 싶으냐고 물으면 항상 공룡의 화석이나 표본으로 유명한 박물관에 가자고 졸랐습니다. 그런 소년이었습니다."

내가 태어나고 자란 곳은 세타가야의 조용한 주택가였다. 초등학교 4학년 때부터 학원에 다녀서, 명문대 진학률이 높은 중고일관교 중학교와 고등학교를 통합하여 6년제로 운영하는 교육 시스템에 들어갔다. 대형 건설회사 연구소에서 근무했던 아버지는 5년 전에 정년퇴직을 하고, 지금은 어머니와 둘이 야마나시로 옮겨서 그토록 바라던 시골 생활을 만끽하고 있다.

"어렸을 때부터 부모님은 저에게 종종 말씀하셨죠. 너만큼 공룡을 잘 아는 아이는 없어, 언젠가 분명히 아무도 본 적이 없는 화석을 발견하는 훌륭한 박사님이 될 거야, 라고요. 저도 그럴 생각이었습니다."

"하지만 공룡 박사님은 되지 못했군요." 안젤라가 미소를 지으며 말했다.

"공룡이 멸종한 원인이 운석의 충돌이라는 설을 알고 있나요?"

"네, 들은 적이 있어요."

"그걸 알고 천체 충돌에 관심을 가졌습니다. '행성 자체도, 미행성이나 원시행성끼리의 충돌과 파괴를 통해서 형성된다. 지구의 대기나 바다도, 태고의 지구에 대량으로 쏟아진 소천체가 만들었다.' 중학교 때 책에서 그런 이야기를 읽고 감명을 받았죠. 그래서 점점 관심이 그쪽으로 옮겨갔습니다."

대학은 이학부의 지구행성과학과로 진학했다. 입학 때부터 연구자가 되고 싶었지만, 한때 초등학교 교사였던 어머니의 권유도 있어서, 고등학교 교원자격증을 따두었다. 그것이 이런 형태로 도움이 될 줄은 당시에는 상상도 못 했지만.

그 이후, 대학원에서 박사 과정을 수료하고 27세에 박사가 되었다. 그리고 같은 해 봄에 어느 지방 국립대학에 조교로 채용되었다. 대학 교원 중에 가장 말단이다. 5년 임기가 있기는 했지만 젊은 연구자로서는 순조롭게 걸음을 내디뎠다고 할 수 있다.

네 명은 진지한 얼굴로 내 이야기에 귀를 기울였다.

"조교로서 부임한 대학…… 임시로 M대라고 하지요, 그곳에서 제 상사에 해당하는 교수님은 태양계 행성 탐사의 전문가였습니다. 특히 탐사기에 적외선 카메라를 탑재해, 천체를 촬상撮像하는 연구로 알려진 분입니다. 최근에는 서모그래피몸 표면의 온도를 측정하여 이를 화면으로 나타내어 진단에 사용하는 방법로 체온을 측정하죠?"

"카메라 앞에 서면, 화면이 빨개지거나 파래지거나 하는 그것 말인가요?" 나가미네가 말했다.

"네, 그것과 똑같은 원리로 천체 표면의 온도 분포나 대기의 움직임을 조사하는 겁니다. 저희 연구실에서는 당시 새로운 유형의 중간 적외선 카메라 개발에 착수했습니다. 그 개발의 공동 연구자로 같은 현에 있는 고등전문학교의 준교수가 있었어요. 아시나요, 고등전문학교?"

다시 나가미네가 대답했다. "중학교를 나와서 들어가는 기술계 학교지요? 5년제였던가요?"

"그렇습니다. 제가 M대에 가고 2년째의 봄, 그 고등전문학교 학생 중에서 K란 사람을 알게 됐습니다."

고등전문학교는 연구기관이라는 측면이 있어서, 교수와 준교수는 연구실을 가지고 있다. 학생도 최종 학년인 5학년이 되면 졸업 연구를 해야 하는 경우가 많다. K는 공동 연구자인 준교수 밑에서 다른 두 명의 학생과 같이 졸업 연구로서 중간 적외선 카메라 개발을 일부 담당했다.

M대의 연구실에도 종종 드나들던 K는 결코 감이 좋다고도, 머리가 뛰어나다고도 할 수 없었지만 열의만큼은 그 누구보다 강했다. 자신이 관여한 관측 장치가 언젠가 우주에서 활약할 것이다! 그런 신념이 그를 움직이게 한 것이리라. 그는 제대로 자지도 먹지도 않고 자신이 맡은 렌즈계 실험에 임해서, 착실하게 정확한 데이터를 만들었다.

카메라 개발에는 직접 관여하지 않았던 나하고도 금세 친해졌다. 고등전문학교 학생 중에는 졸업 후에 대학 3학년으로 편입하는 사람이 항상 어느 정도 있었다. K도 M대의 편입을 목표로 하고 있고, 장차 연구자가 되고 싶다는 꿈도 열정적으로 말해주었다.

카메라가 완성에 가까워지면서 그 성능을 논문으로 정리하게 되었다. K는 내 방에 와서는 "논문에 제 이름도 실리죠?" 하고 눈을 반짝이며 말했다. 객관적으로 볼 때 그의 공헌은 개발 멤버 중에서도 상당히 컸기에 나는 "당연히 실리지" 하고 대답했다.

하지만 대표 저자인 M대 교수가 쓴 논문의 초고를 보고 놀랄 수밖에 없었다. 열 명의 이름이 적힌 저자 중에 K는 들어 있지 않았던 것이다. 그가 내놓은 데이터의 표나 그래프가 크게 실려 있었음에도.

"저는 교수님께 강하게 항의했습니다. K의 데이터가 없었으면 카메라는 완성되지 않았다, 그는 그 누구보다 오랫동안 실험실에 틀어박혀서 일을 했다, 그걸 없었던 것으로 하는 건 용납할 수 없는 불공정이다, 라고 말한 겁니다. 그러자 교수님께서는 귀를 의심할 만한 말씀을 하셨습니다. '대학원생이라면 몰라도, 고등전문학교의 학생을 넣으면 논문의 격이 떨어지잖나?'라고."

"너무해요." 안젤라가 혼잣말처럼 중얼거렸다.

다케토도 입술을 꼭 다물고 험악한 얼굴로 나를 응시했다.

"저는 고등전문학교의 준교수에게도 따졌습니다. 그는 포기한 얼굴로 고개를 가로젓더니, M대 교수의 말은 거역할 수 없다고 하더군요. 매년 자기 학생이 M대에 몇 명 편입하는데, 편입 시험에서 합격하기 위해서는 교수의 후원이 필요하다고 하면서요. 그리고 마지막으로 덧붙였습니다. '후지타케 씨, K를 너무 그럴 마음으로 만들지 마세요'라고."

K는 학업 성적도 좋지 않고, 지시한 일을 우직하게 하는 것밖에 장점이 없다. 연구자가 되고 싶다고 하지만 그럴 능력은 거의 없다. 논문에 이름이 실려서 그가 점점 그럴 마음이 되는 건 본인을 위해서라도 좋지 않다. 고등전문학교의 준교수는 그렇게 말한 것이다.

"그건 저에게 일종의 문화 충격이었습니다. 그럴 마음이 들게 해서는 안 된다는 말을 도저히 이해할 수 없었어요."

"내 쪽에서 보면 이해할 수 없는 이야기가 아니지만요." 나가미네가 차분한 얼굴로 말했다.

"그래서 K는 어떻게 됐어요?" 안젤라가 물었다.

"자신의 노력이 완전히 무시당했다는 걸 알고 연구의 세계에 실망했을 겁니다. 결국 M대의 편입 시험을 보지 않고, 학교에서 알선해준 회사에 취직했습니다."

나가미네는 깊이 한숨을 쉬고, 옆에 있는 안젤라는 "너무 가여워요" 하고 중얼거렸다.

"저도 또한 실망했습니다. 그 이후, 교수님과의 관계는 계속 삐걱거리기만 했어요. 제 자리는 임기를 한 번 연장할 수 있다는 규정이 있었지만, 교수님께선 연장할 마음이 없다고 단호하게 말씀하시더군요. 저도 그 교수님 밑에 있고 싶지 않아서, 임기가 2년 남은 상태에서 그만두고 미국으로 갔습니다."

"왜 미국이에요?" 안젤라가 물었다.

"일본과는 다른 공기를 마시고 싶었던 것이 하나, 그쪽에서 일하는 친구이자 미국인 연구자의 권유를 받은 것이 하나입니다. 그래서 애리조나로 갔어요."

애리조나대학은 미국 행성과학연구의 거점 중 하나다. 나는 대학 부속의 월행성탐구소라는 기관에, 2년 계약의 박사 연구원으로 부임했다.

"대학이 있는 투손이라는 도시는 사막으로 둘러싸인 곳이에요. 공기는 일본과 다른 정도가 아니라 건조하고 먼지가 많아서 처음에는 숨이 막힐 지경이었습니다. 어쨌든 그곳에서 다시 연구 생활을 시작해서 반년쯤 지났을 무렵, 또 한 학생을 만났습니다. 로빈이라는 나바호족의 18세 소년이었죠."

"나바호족이요?" 안젤라가 다시 물었다.

"미국 원주민 부족입니다. 애리조나에는 나바호의 큰 거류지가 있어요."

어느 날 같은 층에 있는 친구 연구자의 연구실에 갔을 때의 일이다. 연구실에 들어가자 친구는 잡동사니로밖에 보이지 않는 기묘한 장치를 앞에 두고, 초라한 모습의 젊은이와 열띤 토론을 하고 있었다. 낡은 티셔츠에 밴드가 떨어진 샌들을 신은 것으로 볼 때 젊은이의 상황이 경제적으로 여유가 없다는 건 분명했다. 나바호족 거류지에 가족과 함께 살고 있다는 그는 장학금을 받아서 애리조나대학에 다니는 1학년 학생이었다.

잡동사니로 보이는 장치는 로빈이 만든 것으로, 태양 에너지를 이용해 집을 따뜻하게 하거나 물을 끓일 수 있다고 한다. 자동차의 낡은 라디에이터 주변에 검게 칠한 빈 캔을 수십 개 부착한 뒤, 그걸 나무 상자에 넣어서 아크릴로 만든 뚜껑을 덮어놓았다. 모두 폐품으로 만든 단순한 장치지만 아이디어는 입에서 신음이 흘러나올 만큼 굉장했다.

"로빈은 고등학교에 다닐 때 그 장치를 만들어서, 주州의 중고생 과학전시회에 출품해 최우수상을 받았다고 하더군요."

"와아, 굉장한 천재 소년이군요." 안젤라가 감탄하며 말했다.

"하지만 그렇지 않았습니다. 그는 원래 공부를 싫어하고 과학에도 관심이 없었어요. 그 난방장치는 오직 가족을 위해 만든 거였습니다."

모자가정인 로빈의 가족은 거류지에 사는 다른 나바호족과 마찬가지로 가난에 허덕이고 있었다. 지금 살고 있는 트레일러하우스는 벽과 천장의 여기저기에 틈새가 있었고, 기온이 영하로 내려가는 한겨울에도 하나밖에 없는 석탄 난로로 추위를 견뎌야 했다.

그런 집에 비해서 달리는 자동차 안이 훨씬 따뜻하다는 사실을 알아차린 로빈은 그것이 엔진과 라디에이터 덕분이라는 걸 알았다. 엔진 대신에 태양 에너지를 이용해 라디에이터와 잘 연결하면

난방기구를 만들 수 있지 않을까. 그는 산더미처럼 쌓인 폐차를 뒤지고 쓰레기장을 돌아다니며 부품을 모아서, 시행착오 끝에 그것을 완성한 것이다.

"그런 사실을 알고, 고등학교 교사가 과학전시회에 출품하라고 권했다고 합니다. 그 교사는 상을 받은 후에도 계속 로빈을 격려하며, 그럴 마음을 가지게 했어요. 그리고 예전의 로빈이라면 상상도 하지 못했던 대학에 진학하게 만들었습니다."

조금 전까지만 해도 다리를 내던지고 앉았던 다케토는 책상 위에서 두 손을 마주 잡은 채, 꼼짝도 하지 않고 이야기에 몰입했다. 나가미네는 가볍게 눈을 감고 깊은 생각에 잠긴 듯했다.

"그것만이 아닙니다. 제 친구가 사무실에서 로빈과 이야기하고 있던 건 공동 연구에 관해서였습니다. 친구는 달에 유인기지를 건설하는 프로젝트에 관여하면서, 달의 추운 밤을 극복하기 위한 축열 기술을 연구하고 있었어요. 우연히 로빈의 장치에 대해 듣고는 달에서의 축열에 응용할 수 없을까 생각한 거죠. 실제로 친구가 로빈을 제게 소개해주었을 때의 첫마디는 '이 친구의 이름은 로빈, 우리 동료야'였습니다."

나는 교단에서 내려가 책상 사이를 천천히 걷기 시작했다.

"M대에서의 경험과 너무나 달라서 저는 깜짝 놀랐습니다. 동시에 눈앞에 있는 두 사람이 부러워서 견딜 수 없었어요. 아직 아무것도 아닌 나바호족 젊은이를 동료라고 부르고 그에게 가르침을 구하는 친구가, 주변의 어른들 덕분에 그럴 마음이 되어서 과학의 길을 걷기 시작한 로빈이, 무엇보다 그런 환경이 당연히 있는 것이. 그 모든 것이 순수하게 너무나도 부러웠습니다."

차가워진 공기가 감싸는 밤 10시의 교실에서, 내 목소리만이 조용히 울려 퍼졌다.

"일본에서는 왜 이런 일이 일어나지 않을까. 이 나라에서는 과학을 왜 엘리트와 우등생만이 독차지하고 있을까. 과학과 상관없이 살아온 사람들에게서 연구의 영감을 얻는 건 어려운 일일까. 그런 생각이 들자 검증하지 않고는 견딜 수 없었습니다. 그게 제 성격이죠. 일단 **실험**으로써 우등생이 아닌 고등학생을 모아서, 연구 활동을 하게 만들기로 마음먹었습니다." 나는 다시 교단으로 돌아가서 네 명을 둘러보며 말을 이었다. "그 무대로 선택한 곳이 이 히가시 신주쿠고등학교 야간반입니다. 이 학교에 과학부를 만들어 무슨 일이 일어나는지 관찰하자……. 그러기 위해 여러분을 이용했다는 말을 들어도 어쩔 수 없습니다. 이것은 여러분들을 위한 동아리 활동이 아니라 저를 위한 실험이었습니다."

내가 말을 마쳐도 아무도 입을 열지 않았다. 다케토는 내 얼굴에 구멍이 뚫릴 것처럼 나를 노려보았다. 팔짱을 낀 나가미네는 여전히 눈을 감고 있었다. 안젤라는 입을 반쯤 벌린 채 다른 세 사람의 모습을 살펴보았다.

잠시 침묵이 이어진 뒤, 숨을 죽이듯 앉아 있던 가스미가 오른손을 작게 들었다.

"나토리 양, 말하세요."

"저기······." 가스미가 떨리는 목소리로 말했다. "만약······ 만약 이 과학부가 선생님의 실험이라면······ 선생님의 가설은 뭔가요?"

"가설이라······."

"가설을 검증하고 싶어서 실험하신 게 아닌가요?"

간절한 얼굴로 묻는 가스미를 향해 나는 작게 고개를 끄덕였다. 그러고는 줄곧 가슴 안쪽에 있었던 형태가 없었던 가설을 처음으로 말로 바꾸었다.

"어떤 사람도 그럴 마음만 되면 반드시 뭔가를 만들어낼 수 있다, 그게 제 가설입니다."

"그렇다면······." 가스미는 눈에 눈물을 머금고 말했다. "그렇다면 그건 실험이 아니에요. 관찰할 상대를 믿어주는 실험 같은 건 없으니까요."

나는 할 말을 잃었다.

아무 말도 할 수 없는 상태에서, 어느새 굳어 있던 어깨의 힘이 빠졌다. 안도와 감탄, 그리고 희미한 수치심이 뒤섞인 기묘한 감각에 휩싸이며 저절로 입꼬리가 올라갔다.

"정말 그렇군요." 나는 안경에 손을 대고 작게 숨을 내쉬면서 말했다. "가스미 양의 말이 맞을지도 몰라요."

그때 뒤쪽에서 덜컹 하고 의자 움직이는 소리가 났다. 어느새 다케토가 일어서 있었다.

"이 과학부가, 선생님의 실험인지 아닌지는 아무래도 좋아요."

폭발하는 감정을 필사적으로 억누르는 목소리였다. 그 모습이 오히려 굳은 의지를 느끼게 했다.

다케토는 세 부원들을 둘러본 뒤, 나를 똑바로 쳐다보며 선언하듯 말했다. "난 그저, 우리 실험을 계속하고 싶어요. 우리 장치를 이용해서 크레이터를 만들고 싶어요. 그것뿐이에요."

컴퓨터 준비실에서 흘러나온 시끌벅적한 목소리가 복도에까지 들렸다.

문을 열자 역시 기우치가 있었다. 그는 나를 보자마자 색 있는 안경 너머의 눈을 크게 뜨고 "You're so late!" 하고 목소리를 높였다.

"뭐하는 건가! 다들 기다리고 있잖아!"

"죄송합니다. 교무실에서 교무주임님한테 붙잡혀서요."

기우치는 그날 이후, 부원들에게 지지 않을 만큼 의욕이 넘쳐 있는 상태다. 내가 학회 발표에 관해서 말했더니 "프레젠테이션이라면 나한테 맡기게" 하고 지도를 자처하더니, 아직 그 단계도 아닌데 매일 밤 이곳에 나타나는 것이다.

안쪽 망루 앞에서 작업하는 부원들을 보면서 기우치에게 물었다. "왜 저를 기다리신 건가요?"

"잘은 모르지만 재미있는 결과가 나온 것 같아."

"그래요!" 안젤라가 모래 용기에 손을 집어넣은 채 흥분한 목소리로 말했다. "멋진 팬케이크가 만들어졌어요!"

나가미네와 얼굴을 맞대고 의논하던 다케토도 아직 희미하게 멍이 남아 있는 얼굴을 이쪽으로 향했다.

"동영상을 찍었으니까 가스미한테 보여달라고 하세요. 그사이에 준비해서 한 번 더 할 테니까요."

발표 요지의 제출 기한까지는 이제 일주일 남았다. 부원들은 특별히 허가를 받아서 주말에도 등교하며 막판 총력전에 들어갔다.

다케토와 나가미네가 어떻게 화해했는지는 모른다. 내가 아는 건 그다음 날에 나가미네가 부서진 발사 장치를 집에 가져가서 이틀 만에 수리해왔다는 것뿐이다. 안젤라와 가스미도 동아리 활동에 복귀해서 실험을 재개했다.

중력가변장치를 이용해 화성 중력을 재현하고, 실험 박스 안에 있는 모래의 표적에 램파트 크레이터를 만드는 실험은 멋지게 성공했다. 화산재와 물 혼합층에 생기는 크레이터의 데이터는 많이 얻어서, 화산재와 드라이아이스 혼합층을 표적으로 한 실험으로 이동했다.

옆의 컴퓨터실로 들어가니 가스미가 노트북 컴퓨터로 동영상을 편집하고 있었다. 그 옆에서는 가나메가 가스미의 질문에 대답해 주고 있었다.

"재미있는 게 생겼다고 하더군요."

"네. 지금까지 본 적이 없는 거예요. 잠깐만 기다리세요."

가스미가 동영상을 되감으면서 실험 박스가 낙하하기 시작한 순간을 찾았다.

이 동영상은 실험 박스 안쪽에 부착한 디지털카메라로 고속 촬영한 것이다. 실험 박스가 비즈 쿠션 위에 떨어지면 그 충격으로 크레이터는 무너진다. 따라서 데이터는 동영상으로 찍는 것밖에 방법이 없다. 카메라도 물론 고가의 기자재는 아니고, 고속 촬영 기능이 있는 콤팩트한 저가 모델을 중고로 샀다고 한다.

"그럼 재생할게요."

나는 그렇게 말한 가스미의 어깨 너머로 화면을 들여다보았다.

화면에 나온 것은 평평하게 만든 화산재의 표적이다. 희뿌연 안개가 낀 듯 보이는 것은 그곳에 섞어 넣은 드라이아이스 분말이 승화하는 탓이다.

영상이 슬로 모션으로 움직이기 시작했다. 소리는 녹음할 수 없어서 그림뿐이다. 한순간 전체가 흔들리는가 싶더니 탄환의 쇠구슬이 위에서 나타나 표적에 충돌한다. 그와 동시에 화산재가 동심원상으로 튀어나와서 주위에 쌓였다. 그곳에서 가스미가 동영상을 일시 정지했다.

화면에 얼굴을 가까이 대고 말했다. "오호, 크고 얇은 팬케이크 군요. 예전에 보여준 지구 중력하의 팬케이크보다 훨씬 커요."

"네. 아스펙트비 화면이나 영상의 세로와 가로의 길이 비율를 알면 좋겠는데요."

"영상을 해석하면 알 수 있지 않을까?" 옆에서 가나메가 말했다.

"네. 디지털카메라의 위치를 더 내리고, 옆에서 찍으면 좋을 것 같아요." 가스미가 화면을 가리키면서 덧붙였다. "그리고 팬케이크 테두리 부분이 안쪽에 비해 아주 약간 높아진 것 같아요. 드라이아이스 때문에 뿌예서 확실한 건 모르지만요."

나를 돌아보는 가스미의 표정이 꽤 어른스럽게 보였다. 10대 학생은 때로는 몇 달, 몇 주밖에 되지 않는 짧은 기간에 몰라볼 정도로 성장하는 법이라고 선배 교사들이 말했다. 지금의 가스미가 그렇지 않을까. 나는 마음속에서 솟구치는 감동을 담아서 "훌륭합니다"라는 말을 선물했다.

컴퓨터 준비실로 돌아와서 다케토에게 말을 걸었다.

"동영상을 봤어요. 아주 좋은데요?"

"그렇죠? 하지만 드라이아이스의 연기가 방해가 돼요. 실험 박스에 있는 사이드의 문은 철거했는데, 그걸로는 안 돼요."

옆에서 나가미네가 보충 설명을 했다. "그래서 박스 위에 작은 선풍기를 달아서 약한 바람을 보낼까 의논하던 참이었습니다."

"하지만 시간이 별로 없잖아요? 그때까지 될까요?"

"되게 해야지." 나가미네가 다케토의 등을 가볍게 툭 쳤다.

다시 작업으로 돌아가는 두 사람의 뒷모습을 보고 있자 기우치가 입을 우물거리면서 옆으로 다가왔다. 슈크림이 세 개 남아 있는 종이상자를 내밀면서 "이거" 하고 권했다.

"선생님께서 사 오신 건가요?"

우물거리며 고개를 옆으로 흔드는 기우치를 대신해서 안젤라가 대답했다.

"마이예요. 아까 전에 훌쩍 나타나더니 '이거 먹어' 하면서 놓고 갔어요."

"……그랬어요?"

그 쇼지 마이가 과학부를 신경 써주고 있었던가.

"같이 먹자고 했는데, 지금부터 가게에 가야 한다면서 가더라고요. 사실은 착한 애예요."

다케토가 큰 소리로 말했다. "표적을 만들기 시작해도 돼요!"

그러자 안젤라가 가스미를 불러서, 발포 스티롤 상자에서 드라이아이스를 꺼냈다. 가나메가 다가와서 두 사람이 빙수기를 이용해 분말로 만드는 모습을 보았다. 그들을 지켜보는 사이에 문득 예전에 들었던 말이 떠올랐다. 대학원 시절에 들었던 은사의 말이다.

실험이란 것은 말이지, 예상외의 결과가 나오고 나서부터가 진짜야…….

지금 내가 보고 있는 것은 그야말로 그 '예상외'일지도 모른다.

일단 부원들의 변화가 그렇다. 각자가 모두 성장하고, 모든 의미에서 서로의 관계성이 깊어지고 있다. 그것이 연구 성과에도 큰 영향을 미친다. 그 수준은 내 상상을 아득히 초월하고 있다. 피험자가 이렇게까지 크게 달라지면 결과를 예측하기 어렵다.

그리고 주변이 달라졌다. 가나메와 기우치, 그리고 마이까지 과학부를 신경 쓸 줄은 예상치 못했다. 그들한테서 불어오는 바람도 또한 과학부와 부원들의 나아갈 방향을 바꾸고 있다. 애당초 그들은 왜 이 활동에 관여하는가. 어쩌면 매우 개인적인 '그럴 마음이 된다'라는 현상은 어떠한 메커니즘으로 인해 주변에 전파되는 것일지도 모른다.

가스미가 '그건 실험이 아니다'라고 간파했음에도 나는 아직 부원들을 피험자라고 부르고 있다. 씁쓸한 웃음을 짓고 있자 다케토가 사다리 위에서 이쪽을 내려다보며 말했다.

"뭘 그렇게 히죽거려요? 할게요."

어느새 실험 박스에 다시 표적과 탄환을 넣어서 도르래 위까지 올려놓았다. 가스미가 노트북 컴퓨터로 가속도계의 데이터를 모니터링하고 있다. 다케토가 디지털카메라의 촬영 버튼을 누르고, 망루의 꼭대기에 있는 체인과 발사 장치의 잠금장치를 연결했다.

"좋아, 됐어!"

"갑니다! 셋, 둘, 하나!"

안젤라가 전자석 스위치를 끄자 도르래가 움직이고, 탕 하는 발사음이 들렸다. 비즈 쿠션 위에 떨어진 실험 박스를 모두가 에워 쌌다.

"됐어! 좋은 게 나온 것 같아요!" 다케토가 웃으면서 큰 소리로 말했다.

"동영상 확인해봐요." 안젤라가 손뼉을 치며 말했다.

떼어낸 디지털카메라의 주변에 모여서, 작은 액정 모니터를 들여다보는 부원들과 떨어져, 나가미네가 내 옆으로 왔다.

나가미네가 확인하듯 말했다. "이걸로 된 거죠? 그럴 마음이 들게 만드는 것 말입니다."

"사람은 그럴 마음이 들어야만 멀리까지 갈 수 있습니다." 나는 안경에 손을 대고, 환하게 웃는 부원들을 보면서 대답했다. "저는 그렇게 생각합니다."

다케토가 밝은 목소리로 말했다. "드라이아이스의 양을 늘려서 한 번 더 해볼게요!"

그 말에 나는 작게 고개를 끄덕였다.

은사의 말처럼 진짜 **실험**은 지금부터다.

7장

교실은 우주를 건넌다

그러면 다음 강연을 시작하겠습니다. '화성 중력하에서 램파트 크레이터를 재현한다.' 도쿄 도립 히가시신주쿠고등학교 야간반 과정, 야나기다 다케토 씨, 나토리 가스미 씨, 고시카와 안젤라 씨, 나가미네 쇼조 씨입니다.

JR 게이요선 가이힌마쿠하리역의 남쪽 출구에서 나가자 어디가 어딘지 알 수 없었다. 아케이드 끝에 있는 쇼핑몰이 앞길을 가로막았다.

"야! 여긴 어디야? 어디로 가면 되는데?"

나는 조바심을 감추지 못하고 주변을 둘러보며 소리쳤다.

가나메가 휴대폰으로 지도를 보면서 앞쪽을 가리켰다.

"야나기다 형, 어쨌든 방향은 이쪽이에요. 적당히 걸어가면 도착할 거예요."

이 자식! 나는 마음속으로 혀를 찼다. 자기는 단지 응원 왔다고 여유를 부리다니. 긴장한 탓인지 가나메의 냉정한 모습에 짜증이 치밀었다.

그때 교복을 입은 고등학생들이 우리를 추월했다. 그들의 등을 보고 가스미가 "아!" 하고 작게 소리를 질렀다.

"저기 보세요. 어깨에 멘 검은 통, 포스터 통 아닌가요? 회장으로 가나 봐요."

"그럼 저 애들을 따라가면 되겠네." 그냥 둘둘 말아서 고무밴드로 묶어놓은 포스터를 안고 안젤라가 말했다.

앞을 걸어가는 고등학생 무리는 우리 일행이 자신들과 같은 목적으로 왔으리라곤 상상도 못 하리라.

"교복이 있으면 교복을 입지만, 편한 차림이라도 상관없어요."

후지타케가 그렇게 말해서, 블레이저 차림의 가나메를 포함해 복장이 제각기 다르다. 안젤라는 화장이 짙었지만 평소의 청바지 차림이고, 가스미도 평소에 자주 입는 후드 달린 재킷 차림이다. 나는 내게 교복은 무엇인지 생각한 끝에 작업복을 선택했다. 변변한 사복이 없는 탓도 있다. 단 한 사람, 나가미네만은 의욕적으로 양복에 넥타이를 하고 왔다.

일요일에다 아침 8시도 되지 않아서, 출근하거나 쇼핑하는 사람은 거의 없다. 쇼핑몰 옆에서 계단을 올라가자 넓은 보도교가 나왔다.

시야가 탁 트임과 동시에 희미한 바다 냄새를 품은 바람이 옆을 빠져나갔다. 5월의 아침 바람은 서늘해서 기분이 상쾌했지만, 오후에는 여름 날씨가 된다고 일기예보에서 말했다.

보도교 양쪽에 몇 개나 솟아 있는 높은 건물을 보고 나가미네가 눈을 휘둥그레 떴다.

"이런 게 언제 생겼지? 얼마 전까지만 해도 이 주변은 아무것도 없는 매립지였는데."

나는 나가미네를 힐끔 쳐다보며 퉁명스럽게 물었다. "얼마 전이 언제인데요?"

"30년…… 아니, 40년쯤 전인가?"

"헐! 완전 까마득한 옛날이잖아요!"

보도교 끝까지 가서 에스컬레이터를 타고 내려가자 회장의 정면이 나왔다.

"오오, 여긴가……."

다섯 명이 동시에 건물을 올려다보았다.

가스미가 가슴에 손을 얹고 떨리는 목소리로 말했다. "저, 갑자기 긴장되기 시작했어요."

마쿠하리 멧세 국제회의장. 입구 옆에는 '일본 지구행성 과학연합대회'라는 간판이 있었다.

캐리어 가방을 끄는 남자 뒤를 따라서 안으로 들어갔다.

대회는 6일간에 걸쳐서 열리고, 오늘은 그 첫날이다. 오전 세션이 시작될 때까지 아직 시간이 있지만, 입구에는 사람이 꽤 있었다. 고등학생의 모습도 드문드문 보인다.

접수를 마치고 포스터를 붙이기 위해 옆의 전시홀로 향했다. 구두 발표에 선발된 그룹도 별도로 포스터를 만들어 전시해도 된다고 한다. 연결통로를 지나서 도착한 곳은 거대한 체육관 같은 곳이었다.

"와우! 엄청 넓어요!" 안젤라가 환호성을 질렀다.

홀 앞쪽에는 대학과 각 학회, 기업의 부스가 빼곡히 자리하고, 각각의 스태프가 황급히 전시물을 준비하고 있었다. 그곳을 지나면 안쪽에 포스터 회장이 있다. 가로 1미터, 세로 2미터 정도의 보드가 쭉 늘어선 줄이 좌우에 열 개 넘게 있다. 오늘은 그곳이 고등학생 세션의 포스터 전시 구역으로 할당되어 있다.

다른 학교 학생들이 여기저기에서 포스터를 준비하는 가운데, 우리의 발표 번호가 적힌 보드를 찾았다.

옆에서 걷는 가나메에게 나지막이 속삭였다. "야, 괜찮을까?"

"뭐가요?"

"이것 봐, 다른 학교 연구들도 다 굉장한 것 같아. 무슨 말인지 당최 모르겠어."

크게 쓰인 제목만은 읽을 수 있었다. 'ㅇㅇ 화산 지역의 화산 가스 관측', 'ㅇㅇ강 유역의 마이크로 플라스틱', 'ㅇㅇ 유성군의 분광 관측', '애스페리티 모델 실험에 의한 강진동 예측', '유공충에서 탐색하는 ㅇㅇ지역의 옛 환경' 등 전부 다 본격적인 연구로 보였다.

"굉장한지 아닌지는 잘 모르겠지만, 기본 원칙에 따라 제대로 연구하는 것 같아요. 역시 공부를 잘하겠죠? 명문대 합격자를 많이 배출한 명문고가 많은 것 같으니까요."

"그래?"

"하지만 이런 곳에서는 주변 사람이 모두 우수하게 보이는 법이에요." 가나메는 이쪽 사정에 정통한 사람처럼 말했다. "나도 봄 합숙의 첫날에는 엄청 쫄았거든요. 그런데 막상 친해져서 이런저런 얘기를 해보니, 의외로 다들 평범한 고등학생이더라고요."

일본정보올림픽의 최종 선발에서 가나메는 아쉽게도 일본 대표 네 명에는 뽑히지 않았다. 그래도 춘계 트레이닝 합숙은 즐거웠는지, 돌아왔을 때는 속이 후련한 얼굴이었다. 3학년이 된 지금은 프로그래밍은 숨 돌릴 정도로만 하고, 입시 공부에 매진하고 있는 것 같다.

그나저나……

그런 유명한 고등학교만 참가했다면 우리가 구두 발표에 선발된 것 자체가 점점 더 이상하다. 대회 프로그램에 따르면 올해의 고등학생 세션에 참가한 팀은 모두 92개 학교. 그중에 구두 발표를 할 수 있는 팀은 열다섯 곳이니까 약 여섯 배의 경쟁률을 뚫고 승리를 쟁취한 것이다.

4월 중순에 대회 사무국에서 연락을 받았을 때, 과학부 부원들은 모두 뛸 듯이 기뻐했다. 안젤라에 이르러서는 상이라도 받은 것처럼 감격해서, 눈에 그렁그렁한 눈물을 담고 가스미를 껴안았다.

후지타케만이 태연하게 행동했다. 그 사람답게 평소처럼 약간 고개를 갸웃거리며 "뭐, 당연한 결과입니다" 하고 말했을 뿐이다.

"여기예요." 가스미가 보드 앞에서 멈추었다.

학교의 대형 프린터로 인쇄한 A0 크기 841×1,189의 포스터를 나와 나가미네가 펼치고, 가스미가 네 구석을 압핀으로 고정했다.

그러는 동안 안젤라는 옆 보드의 여학생 두 명에게 "만나서 반가워, 잘 부탁해" 하고 말을 걸었다. 두 사람은 "네, 저희도 잘 부탁해요" 하고 말하면서 나와 나가미네를 힐끔힐끔 쳐다보았다. 기묘한 팀이라고 생각했으리라. 포스터를 슬쩍 보고 우리 학교 이름을 확인한 것 같았다.

포스터에서 조금 떨어져서 비뚤어지지 않았는지 확인했다.

"좋아, 완벽해."

"그래, 느낌이 좋은데?" 안젤라가 손으로 OK 사인을 만들었다.

옆 보드의 여학생 이인조가 사라지자, 가스미가 그들의 포스터를 물끄러미 바라보았다.

"왜 그래?" 가나메가 다정한 목소리로 물었다.

"이 학교…… 우리 언니가 졸업한 학교예요."

"……그렇구나." 뭔가 알아차린 것처럼 가나메가 고개를 끄덕이며 말했다.

주먹 두 개 정도 떨어져 있는 두 사람의 뒷모습을 보고 있자니, 왠지 한마디 하고 싶어졌다.

"너희, 역시 사귀고 있지?"

두 사람은 동시에 돌아보고 목소리를 맞추어서 말했다.

"아니거든요!"

가나메가 나를 노려보며 말했다. "몇 번을 말해야 알겠어요?"

"야나기다, 그러면 안 돼." 안젤라가 웃음을 터뜨리며 내 팔을 끌어당기고 말했다. "외야에 있는 사람은 조용히 지켜보는 게 예의야."

포스터 회장을 뒤로하고 국제회의장으로 돌아왔다. 조금 전과 180도 달라져서, 로비에는 사람이 넘치고 있었다. 연구자에 섞여서 바쁘게 돌아다니는 20대 정도의 젊은이들은 대학생이나 대학원생이리라. 회장에서 아르바이트하는 스태프들도 거의 학생이라고 한다.

고등학생 세션의 스케줄은 다음과 같다.

우선 9시부터 오후 1시까지 15팀의 구두 발표가 있다. 우리 팀은 열두 번째. 한 팀에 할당된 시간은 강연 12분, 질의응답 3분, 합계 15분. 점심시간 후, 포스터 발표의 코어타임core time, 반드시 있어야 하는 시간이 한 시간 반. 그사이에는 멤버 중 누군가가 반드시 포스터 앞에서 질문을 받아야 한다. 그리고 오후 5시부터는 시상식이다. 우수 포스터상, 장려상, 우수상 각각 몇 팀, 최우수상 한 팀을 선정해서 상을 준다.

구두 발표장은 이 건물에서 두 번째로 큰 콘퍼런스 룸이다. 양쪽으로 열리는 중후한 출입문 사이로 안을 들여다보았다.

"와아…… 엄청 크다!" 나도 모르게 온몸이 굳어졌다.

200~300석은 족히 될 것 같다. 정면에는 본 적도 없는 거대한 화면이 있고, 그 왼쪽에는 훌륭한 연탁이 놓여 있었다. 자리는 이미 절반 정도 채워졌고, 대부분은 교복 차림의 고등학생이었다.

"하, 한 번 더, 어디 가서 연습하지 않을래요?" 가스미가 상기된 목소리로 말했다.

훌륭한 회장을 보고 불안해진 모양이다.

"그, 그래. 그게 좋겠어."

발표자로 연단에 서는 사람은 각 팀에서 두 명. 그건 나와 가스미가 하기로 했다. 물론 과학부 안에서 의논했지만, 나가미네와 안젤라는 처음부터 가장 젊은 두 사람이 해야 한다고 주장했다.

서적과 지질조사 용품을 판매하는 로비로 나가서 사람이 없는 공간을 찾고 있을 때, 가스미가 "아, 선생님이에요!" 하고 앞쪽을 가리켰다.

9시까지 온다고 했던 후지타케가 낯선 남자들과 친밀하게 이야기를 나누고 있었다. 한 사람이 선 채 노트북 컴퓨터를 보면서 진지하게 뭐라고 설명했다. 후지타케도 가끔 화면을 가리키면서 자신의 의견을 말하고 있다. 학회 분위기가 그렇게 만드는지, 그 모습은 고등학교 교사라기보다 연구자처럼 보였다.

9시 직전까지 가스미와 원고를 읽고 나서 다시 회장으로 돌아왔다. 자리는 거의 만석으로, 동아리의 지도교사인지 연구자인지 모르지만 어른도 많아졌다. 앞쪽에 있는 재킷이나 양복 차림의 사람들은 심사위원들일까.

중간 정도의 자리에서 안젤라가 손을 흔드는 모습이 보였다. 그 옆에는 후지타케와 가나메, 그리고 응원하러 온 기우치도 있었다. 가나메 옆에서 가스미와 나란히 앉자 알로하셔츠 차림의 기우치가 물었다.

"How's it going guys?"

"괜찮을 거예요, 아마도요." 가스미가 아직 굳은 목소리로 대답했다.

"연습한 대로만 하면 문제는 하나도 없습니다." 후지타케가 담담하게 말했다.

기우치는 최근 한 달 동안, 매일 밤 물리준비실에 찾아와서 슬라이드와 원고 작성, 발표 연습을 끈기 있게 도와주었다. 많은 청중앞에 서는 것이 처음인 우리에게는 매우 고마운 일이었다.

기우치가 영어를 평생의 직업으로 삼기로 결심한 것은 중학생때 현에서 열린 영어 웅변대회에서 3위를 차지해서였다고 한다. 그것만을 근거로 프레젠테이션이 특기라고 자부하는 탓인지, 그가 제안하는 표현이나 말솜씨는 상당히 과장되어서 후지타케가 종종 브레이크를 걸곤 했다. 그래도 기우치 덕분에 초보자도 이해하기 쉬운 원고가 완성된 것만은 틀림없다.

발표 연습을 할 때, 후지타케는 여러 각도에서 깊이 있는 질문을 했다. 그것을 가스미가 받아 적은 것이 그대로 학회 당일의 예상

문답집이 되었다. 물론 답변도 완벽하게 준비했다.

"그런데 영감님은 어딨어요?"

나가미네의 모습이 보이지 않는 것을 지금 알아차렸다.

안젤라가 어깨를 들썩이며 말했다. "글쎄, 어느 순간에 갑자기 안 보이지 뭐야?"

"설마 길을 잃어버린 건 아니겠죠."

그러곤 출입구 쪽을 돌아보았을 때, 실내에 안내 방송이 울려 퍼졌다.

"9시 정각이 되었으므로 고등학생 세션을 시작하겠습니다."

발표장이 조용해진 가운데, 고등학생 세션의 위원장인 대학교수가 간단히 인사말을 하고, 사회자한테 마이크를 넘겼다.

"그러면 바로 첫 번째 강연을 시작하겠습니다. '화산재 편년법을 이용한 반다이 화산의 활동사 해석'. 후쿠시마 현립……."

스크린에 강연 제목의 슬라이드가 나왔다. 연탁에는 이미 블레이저를 입은 두 남학생이 서 있었다.

그중 한 명이 마이크를 들고 말하기 시작했다. "저희 지학부 지질반에서는 7년 전부터 반다이 화산의 형성사를 연구해왔습니다. 이번에 저희는 산기슭에 퇴적한 화산재, 테프라 롬tephra loam에 착안해, 지층이 쌓인 순서를 명확히 밝힘으로써……."

너무 전문적이라서 내용은 알아들을 수 없었지만, 발표는 잘 짜여 있었다. 잇따라 스크린에 나오는 조사 지역의 사진과 컬러풀한 지질도, 분석 결과 그래프를 보기만 해도 이 지학부가 대대로 쌓아온 방대한 데이터에 압도되었다.

"……굉장하다." 마음이 말이 되어 밖으로 새어 나왔다.

옆에서 가스미도 작게 고개를 끄덕였다. "정말 대단해요. 얼마나 힘들었을까요?"

신뢰할 수 있는 데이터를 모으는 게 얼마나 힘든 일인지 누구보다 잘 알고 있는 지금은, 그들에게 순순히 경의를 표할 수 있었다.

12분의 강연이 끝나자 사회자가 말했다. "그러면 질의응답에 들어가겠습니다. 질문하실 분은……."

"저요!"

맨 앞줄의 한가운데에서 어떤 사람이 손을 번쩍 들었다. 사회자의 지적을 받고 일어서서 회장 담당자에게 마이크를 건네받은 사람은 놀랍게도 나가미네였다.

"뭐야, 영감님이잖아?"

"저기에 계셨네." 안젤라도 깜짝 놀라서 눈을 휘둥그레 떴다.

나가미네는 마이크의 머리를 탁탁 두드린 뒤, 등줄기를 쭉 펴고 말했다. "초보자의 질문이라서 죄송하지만……."

다음 순간, 무슨 이유인지 별안간 회장이 소란스러워졌다. 바로 앞에 앉은 남학생이 옆자리 친구에게 "나왔어, **초보자의 질문**" 하고 작게 속삭였다. 뒤쪽에서는 "저 사람, 혹시 심사위원장 아니야?"라는 목소리도 들렸다.

"실은 저도 후쿠시마 출신이거든요."

마이크 너머로 나가미네의 목소리가 들리자 청중들 사이에서 긴장감이 내달렸다.

"아이즈 반다이산에는 노래가 있잖아요?"

"네?"

연탁의 발표자가 당황한 얼굴로 눈을 깜빡거렸다.

"민요 말입니다. 에헤야, 아이즈 반다이산은 보물산이로다아."

나가미네가 뜬금없이 절묘하게 꺾기를 넣어서 노래를 시작하자 회장의 웅성거림이 한층 커졌다.

"저 영감탱이, 대체 뭐하는 거야?" 나는 작은 목소리로 말하고 혀를 찼다.

나가미네는 태연하게 말을 이었다. "그곳에서 말하는 '보물산'은 어디일까요? 뭐, 이런저런 설이 있는 것 같은데, 여러분의 생각을 들려주시지 않겠습니까?"

"아니, 그러니까……."

연단에 있는 두 학생은 서로 얼굴을 마주 보면서 난감한 표정을 지었다.

그 모습을 보고 가나메가 웃음을 터뜨렸다. "**초보자의 질문**이 예상치 못한 방향으로 흘러갔네요."

"뭐야? 무슨 뜻이야?"

"나도 인터넷에서 봤는데요, '학회에서는 흔히 있는 일'이에요.

질의응답을 할 때 처음 보는 나이 많은 사람이 '초보자의 질문이라서 죄송합니다만' 하고 말을 꺼냈을 때는 조심해야 한대요. 그런 경우에 질문자는 대부분 그 분야의 유명한 교수라서, 굉장히 날카로운 질문을 한다더라고요."

"뭐? 그런 거야?"

그렇다면 회장이 혼란에 빠진 것도 이해가 된다. 겉모습은 명예교수급인 나가미네가 설마 고등학교 야간반 학생이라곤 아무도 생각하지 않으리라. 결국 사회자가 쓴웃음을 지으며 도움의 손길을 내밀어서 "고등학생이라서 민요는 잘 모를지도 모르겠군요" 하고 나가미네를 달랬다.

나는 안젤라를 향해 작은 목소리로 말했다. "마마, 가서 영감님을 데려와줘요. 저 '질문 괴물'을 맨 앞줄에 계속 놔두면 또 어떤 질문을 할지 몰라요."

"뭐? 싫어. 데려오고 싶으면 네가 갔다 와."

그러는 사이에 박수가 솟구치고 첫 번째 발표가 끝났다.

도중에 15분의 휴식이 끝나고 세션은 후반전으로 나아갔다.

나가미네는 그로부터 세 번, 초보자가 봐도 핵심에서 벗어난 '초보자 질문'을 거듭해서 발표자를 공황 상태에 빠뜨렸다. 마지막에는 그가 마이크를 잡기만 해도 작은 웃음이 일었지만 본인은 신경 쓰지 않는 듯했다. 그 후에도 몇 번이나 손을 들었는데, 사회자한테 단단히 찍혔는지 지명을 받지 못했다.

지금 열한 번째 발표를 하고 있다. 드디어 다음은 우리 차례다.

스크린에는 가정용 BS 위성 안테나를 이용해 자체 제작한 전파 망원경 사진이 나오고 있다. 이걸로 태양 플레어 태양 표면 위에서 나타나는 거대한 폭발 현상라는 현상을 검출할 수 있다고 한다. 이것도 또한 굉장한 연구지만, 긴장한 나머지 설명이 귀에 들어오지 않는다.

이런 때 담배가 있으면 얼마나 좋을까. 아침부터 몇 번이나 편의점으로 뛰어가고 싶었는지 모른다. 진정해라, 진정해라. 스스로에게 그렇게 말하면서 심호흡을 거듭하는 사이에 강연이 끝났다. 질의응답이 시작되면 다음 발표자는 연단 옆으로 가서 대기하기로 되어 있다.

"좋아, 그럼 갈까?" 나는 인쇄한 원고를 들고 자리에서 일어나 가스미에게 말했다.

가나메가 "파이팅!" 하고 가스미를 향해 미소를 지었다. 그런 다음에 나한테 얼굴을 향하고 오른손 손바닥을 내밀었다. 나는 그 손을 위에서 가볍게 내리쳤다. 안젤라, 기우치와 순서대로 하이파이브를 하고, 마지막으로 후지타케의 손을 세게 때렸다.

후지타케는 평소처럼 안경 안쪽에서 실눈을 뜨고 말했다. "할 수 있는 건 모두 했으니까 가슴 펴고 당당하게 가세요."

나는 말없이 고개를 끄덕이고 가스미와 함께 연단 옆으로 향했다. 무릎은 떨리지 않았지만 발바닥이 바닥에 닿지 않는 듯한 느낌이 들었다.

사전에 학회에 보낸 슬라이드 파일을 회장의 컴퓨터를 사용해 재생하기로 되어 있었다. 파일이 맞는지 스태프가 확인을 요청했지만, 절반은 건성으로 "괜찮습니다" 하고 대답했다.

사회자의 목소리가 울려 퍼졌다. "그러면 다음 강연을 시작하겠습니다. '화성 중력하에서 램파트 크레이터를 재현한다.' 도쿄 도립 히가시신주쿠고등학교 야간반 과정, 야나기다 다케토 씨, 나토리 가스미 씨, 고시카와 안젤라 씨, 나가미네 쇼조 씨입니다."

야간반이라는 말이 나온 순간, 회장이 차갑게 얼어붙었다. 구두 발표를 하는 학교 중에 야간반이 있다는 사실조차 몰랐던 사람들이 많은 듯했다.

가스미와 나란히 연단에 서자, 앞자리 학생들이 서로 귀엣말을 하는 것이 눈에 들어왔다. 그들의 시선이 향한 곳은 내 작업복과 금발이다.

진짜로 야간반이야.

그런 목소리가 들린 것 같아서 오히려 긴장이 풀렸다.

좋아, 보여주겠어. 너희들, 귓구멍을 후벼 파고 잘 들어.

전반의 설명은 내 담당이다.

나는 마이크를 들고 큰 소리로 말했다. "히가시신주쿠고등학교 야간반 과학부입니다. 저희는 실험실에 화성을 만드는 데 성공했습니다."

청중의 시선이 일제히 내게 쏠렸다. 우선 상상을 초월한 말을 해서 깜짝 놀라게 해라, 하는 것이 기우치의 아이디어였다.

"도르래를 사용한 중력가변장치를 제작해서 화성 중력을 실현하고, 화성 특유의 램파트 크레이터를 재현하는 실험을 했습니다. 일단 램파트 크레이터에 관해서 설명하겠습니다……."

오른손에 든 레이저포인터의 동작과 연동해서 말이 입에서 자동으로 나왔다. 그동안 죽을 만큼 연습했다. 연탁에 있는 원고는 필요 없다. 마이크를 통해서 들리는 목소리가 내 목소리가 아닌 듯했다. 그런 생각을 할 여유조차 있었다.

"이것이 중력가변장치입니다."

스크린에 비친 장치의 사진에 가스미와 안젤라, 나가미네의 모습이 등장했다. 그것을 본 순간, 캄캄한 밤에 조용히 자리하고 있는 학교의 모습이 떠올라서 코의 안쪽이 찡했다.

"망루의 높이는 약 3미터이고, 도르래에는 자전거의 휠을 사용했습니다."

조금 복잡한 장치의 설명을 무사히 마치고, 마지막으로 가속도 데이터 그래프를 불러냈다.

"……이런 식으로 약 0.6초간 화성 중력에 해당하는 0.38G가 실험 박스 안에서 실현되었다는 걸 알 수 있습니다."

다음 순간, 머릿속이 새하얘졌다. 잠깐만, 다음은 뭐였지? 온몸에서 땀이 솟구쳤을 때, 가스미가 팔꿈치로 찔렀다. 참, 그렇지. 여기서 교대였다. 나는 황급히 마이크를 가스미에게 넘겼다.

가스미가 입을 열어 또박또박 말하기 시작했다. "이어서 램파트 크레이터 형성 실험에 관해서 말씀드리겠습니다. 이번에는 두 종류의 표적을 준비했습니다. 하나는 세립細粒 화산재에 물을 넣은 것으로……."

가스미도 아침의 불안한 모습이 거짓말이었던 것처럼 침착하게 설명했다. 말이 빨라지는 일도 없이 슬라이드를 설명하는 옆얼굴에서는 든든함마저 느껴졌다. 크레이터가 생기는 순간의 동영상을 스크린에서 느린 화면으로 재생했을 때는 사람들 사이에서 "오오!" 하는 감탄사가 솟구쳤다.

"다음에는 화성 중력하에서 만든 크레이터와 지구 중력 1G하에서 만든, 같은 충돌 에너지의 크레이터를 비교하겠습니다. 이 그림을 보면 알 수 있듯이 크레이터의 직경은 화성 중력하 쪽이 크고, 선행 연구의 이론적인 예측과도 맞아떨어집니다. 또한 화산재와 물 혼합층을 표적으로 한 경우, 로브의 형상은……."

실험 결과에 이어서 고찰과 결론을 순서대로 말하고 마무리에 들어갔다.

"앞으로는 이 중력가변장치를 이용해서 태양계의 다른 천체의 중력도 만들어서, 여러 가지 충돌 실험을 해보고 싶습니다. 이상으로 발표를 마치겠습니다. 감사합니다."

가스미가 고개를 꾸벅 숙이는 순간, 강연 종료 시간을 알리는 벨이 울렸다. 눈 깜짝할 사이에 12분이 지났다.

"네, 수고하셨습니다." 사회자가 회장으로 시선을 돌리며 말했다. "그러면 질문을 받겠습니다. 질문하실 분 계십니까?"

사회자의 말이 끝나기도 전에 열 명 정도가 손을 드는 걸 보고 깜짝 놀람과 동시에 가슴을 쓸어내렸다. 적어도 관심은 가진 것 같다.

사회자가 맨 처음에 지적한 사람은 턱수염을 기른 40대 정도의 남성이었다. 이름과 함께 소속한 대학을 말한 걸 보면 준교수나 강사이리라.

남성은 서두도 없이 진지한 얼굴로 물었다. "여러분의 실험은 1기압하에서 진행한 것이지요? 실제의 화성에서는 매우 낮은 기압이 이젝터의 퇴적 과정에도 영향을 미치지 않을까 하는데, 그것에 대해선 어떻게 생각하십니까?"

예상 문답집의 앞쪽에 있었던 질문이다. 그 부분을 담당한 가스미가 그대로 마이크를 들고 대답했다.

"네, 기압은 매우 중요한 요인이라고 생각합니다. 진공 챔버를 사용한 선행 연구에 따르면 챔버 안의 기압을 바꾸면서 충돌 실험을 한 경우……"

가스미가 막힘없이 대답하는 것을 들으면서 신기할 정도로 자랑스러운 마음이 들었다. 질문한 남자도 성과를 칭찬하는 것도, 노력에 찬사를 보내는 것도 아니고 순수하게 의문을 제기하고 있다. 단지 그것만으로 우리를 당당한 연구자로 대하는 것처럼 여겨졌다.

"그러면 다른 분, 이번에는 고등학생에게……."

사회자가 청중을 둘러보고 손을 높이 든 까까머리 학생을 가리켰다. 실험실의 하얀 가운보다 야구부 유니폼이 잘 어울릴 듯한 남학생이다.

"저기, 그러니까……." 남학생은 두 손으로 마이크를 들고 머뭇거리면서 말했다. "솔직히 말해서 굉장한 아이디어라고 생각했습니다. 충격을 받았다고 할까요? 중력가변장치인가요? 그것에 대해서 말인데요, 그건 어떻게 생각하셨나요?"

이런 소박한 질문이 나오리라곤 예상치 못했다. 가스미가 살짝 미소를 지으면서 마이크를 내게 넘겨주었다.

"아아…… 그거요?" 나는 폼을 잡지 않고 있는 그대로 대답하기로 했다. "처음에는 저희도 중력은 바꿀 수 없다고 생각했습니다. 그랬더니 지도교사가 '디즈니랜드'에 놀러 간 적이 없느냐고 물었습니다. 떨어지는 놀이기구인 타워…… 타워……."

가스미에게 도움을 청하기 전에 까까머리가 말했다.

"'타워 오브 테라' 말인가요?"

"그래요, 그거."

그렇게 말하곤 남학생에게 검지를 향하자 회장에 작은 웃음이 일었다. 부드러운 분위기 속에서 15분간의 발표가 무사히 끝났다.

코어타임이 끝나도 포스터 회장은 사람들로 발 디딜 틈이 없었다.

좁은 통로에 고등학생과 연구자, 고등학교 교사로 보이는 사람들이 밀치락달치락하고, 모든 보드 앞에서는 학생들이 포스터를 가리키면서 열정적으로 설명하고 있었다.

나는 북적이는 사람들과 조금 떨어져서 혼자 벽에 기대어 앉아 있었다. 발표를 무사히 끝냈다는 흥분에 사로잡혀, 점심시간에도 안젤라가 만들어온 샌드위치를 먹으면서 연신 떠들었다. 그곳에서 아드레날린이 끊어졌는지, 포스터 발표의 코어타임이 시작되고 잠시 지나자 온몸의 기운이 빠진 것이다.

그때 기우치가 훌쩍 다가와서 말했다. "이제는 좀 지쳤나 보군."

"익숙지 않은 일을 해서 그래요."

"우리 포스터도 꽤 인기가 있어. 사람들의 발길이 끊이지 않아." 기우치가 너무 우스워서 견딜 수 없다는 듯이 말을 이었다. "미스터 나가미네는 완전히 유명인이 됐더라고. 아까도 어느 여학생이 다가와서 '민요 부르신 분이죠?' 하더니, 같이 사진을 찍자고 하지 뭔가?"

"헐, 영감님 목에 너무 힘이 들어가는 거 아니에요?"

포스터 설명은 자신들한테 맡기라고 하면서, 나가미네와 안젤라가 계속 그곳에 있어주었다. 가스미는 가나메와 같이 다른 학교 포스터를 보면서 돌아다니는 것 같다.

후지타케는 점심 식사가 끝나고 줄곧 행방불명 상태다. 여기저기에서 옛날 지인 같은 연구자들이 말을 거는 걸 보면, 지금도 어딘가에서 그들과 연구 이야기라도 하는 것이리라.

5시에 가까워지자 사람들이 줄어들기 시작했다. 지방에서 올라온 고등학교 중에는 이미 돌아간 곳도 있는 것 같지만, 대부분은 시상식 자리로 이동했다. 가스미와 가나메가 온 걸 보고 우리도 포스터를 떼고 전시장을 뒤로했다.

"최우수상은 한 팀이고, 그밖에는 몇 팀 정도 상을 받나요?" 연결통로를 걸으면서 가나메가 누구에게랄 것도 없이 물었다.

"해마다 다르지만, 작년에는 장려상이 네 팀, 우수상이 두 팀이었어요." 가스미가 대답했다.

"전부 일곱 팀이구나. 구두 발표를 한 팀이 15팀이니까, 중간보다 조금 위면 상을 받겠네."

나는 입술을 일그러뜨리며 말했다. "쉽게 말하지 마. 구두 발표에 뽑힌 것만으로도 기적 같은 일이거든!"

그것은 나 자신에게 들려주기 위한 말이었다. 사실은 어떻게 해서라도 상을 받고 싶었다. 장려상이라도 좋으니까 받으면 얼마나 좋을까. 아직 엇나가기 전이었던 어린 시절, 이것저것 배웠던 친구들 방에서 보았던 빛나는 트로피와 방패 모양의 상패를, 내 인생과는 거리가 멀다고 생각했던 훌륭한 상장을.

나가미네가 말했다. "이하 동문이야. 계속 맨 앞줄에서 들었는데, 어느 학교도 진짜 연구자가 무색할 만큼 깊이가 있었어. 연구를 시작한 지 1년도 되지 않은 우리와는 경험이 다르다는 느낌이 들더군."

"그런가요? 장려상이라도 받으면 개이득인데." 안젤라가 이상한 신조어를 사용해서 말했다.

"덤으로 주는 장려상이라면 필요 없어요." 가스미가 보기 드물게 날카로운 목소리로 말했다.

"덤이라고? 그게 무슨 뜻이야?"

"우리가 야간반이라서, 그런 학교가 학회에 나오는 건 드문 일이라서 상을 주는 거라면, 그런 건 필요 없다는 뜻이에요."

"덤인지 아닌지는 아무도 몰라."

가스미의 마음을 모르는 것은 아니지만, 여기까지 왔으면 덤이든 뭐든 좋다는 게 솔직한 심정이었다.

그때 기우치가 밝은 목소리로 끼어들었다. "그런데 말이야, 우리도 포스터를 냈으니까 우수 포스터상의 심사 대상에 들어가잖아? 심사위원은 보러 왔어?"

안젤라가 고개를 갸웃거리며 말했다. "글쎄요. 사람이 너무 많아서 잘 모르겠어요."

나가미네가 불쑥 생각난 얼굴로 말했다. "혹시 그 사람이 심사위원 아니야? 코어타임이 끝나기 직전에 헐레벌떡 뛰어온 남자가 있었잖아?"

"아아, 그 사람이요? 빠른 말투로 두세 가지 질문을 하고, 또 황급히 어딘가로 간 사람 말이죠?"

"어떤 질문을 했는데요?"

내 질문에 나가미네가 생각을 떠올리는 얼굴로 대답했다. "그러니까…… 중력가변장치를 이용해 얼마나 작은 중력까지 만들었느냐고 물었어. 그것 말고는 생각이 안 나."

시상식을 하는 곳은 조금 전의 콘퍼런스 룸이다. 우리는 출입구에서 기다리는 후지타케와 합류해 뒤쪽의 빈자리에 앉았다. 준비가 늦어지는지, 예정 시각이 지나도 시상식이 시작되지 않았다. 모든 세션이 5시에 끝나기 때문에, 각 회장에서 로비로 나온 참가자들이 무슨 일인가 해서 안을 들여다보거나 그대로 뒤에 서서 보는 사람도 많았다.

"기대되는군요." 후지타케가 내 옆자리에서 안경을 들어 올리며 말했다.

나는 오기를 부리며 대꾸했다. "욕심은 없지만, 심사위원이 어떻게 평가했는지는 마음에 걸려요."

"내 마음속에서는 여러분이 최우수상입니다."

"아니, 그런 건 필요 없거든요."

그때 진행위원장이 마이크를 들고 말했다. "오래 기다리셨습니다. 준비가 다 됐으므로 지금부터 고등학생 세션의 시상식을 거행하겠습니다. 발표하기 전에……."

심사위원장이 전체적으로 평가를 한 뒤, 각 상의 발표로 들어갔다.

"일단 우수 포스터상입니다. 올해는 다섯 팀입니다. 호명한 학교와 팀은 앞쪽 연단으로 나와주십시오. 몇 명이 나오셔도 괜찮습니다."

진행위원장이 손에 있는 종이를 보면서 첫 번째 팀을 호명했다.

"도미야마 현립……."

남녀 세 학생이 일어나서 앞으로 나갔다. 우수 포스터상 정도로 환호하지는 않는지, 얼굴은 웃고 있지만 소리를 지르지는 않았다.

다섯 고등학교를 다 발표해도, 히가시신주쿠고등학교의 이름은 나오지 않았다. 연단에서는 심사위원장이 상장을 읽고, 각 학교의 대표자에게 순서대로 상을 수여했다. 화려한 박수가 회장을 감쌌다. 학교 이름을 새긴 기념 깃발도 나중에 보내준다고 한다.

"이어서 장려상. 장려상은 네 팀입니다."

왔다. 심장이 미친 듯이 쿵쾅거리기 시작했다. 두 손을 배꼽 앞에서 깍지 끼고 배에 힘을 주었다.

"우선 히가시교토, 학교법인……."

아니다. 두 번째, 세 번째에도 이름이 나오지 않았다. 옆에서 가스미와 안젤라가 서로 손을 꼭 잡고 있다. 부탁한다, 제발…….

"마지막으로 가나가와현……."

"……아아."

참았던 숨을 내뱉자 그와 동시에 나지막한 소리가 새어 나왔다. 틀렸나, 역시……

상장을 수여하기 시작했다. 자리에 앉은 일곱 명은 아무도 말을 하지 않았다. 두 손의 깍지를 풀고 옆의 후지타케를 살펴보았다. 여전히 희미한 미소를 지은 채, 박수를 보내고 있을 뿐이다.

"우수상과 최우수상은 같이 시상을 하겠습니다. 우수상은 두 팀입니다. 교토부……"

오른쪽에서 여학생이 작게 환호성을 질렀다. 동료와 손을 잡고 종종걸음으로 단상으로 향한다.

"우수상, 또 한 팀입니다."

교수가 검지를 세우고 들고 있던 종이에 얼굴을 가까이 댔다.

"도쿄 도립 히가시신주쿠고등학교 야간반 과정."

한순간 무슨 일이 일어났는지 알 수 없었다.

안젤라의 "오 마이 갓!"과 기우치의 "컴 온!"이란 말이 동시에 울려 퍼졌다.

입을 벌린 채 얼어붙은 가스미를, 안젤라가 뭐라고 소리치면서 꼭 껴안았다. 그것이 슬로모션처럼 보일 뿐, 온몸이 돌덩이가 된 것처럼 꼼짝도 할 수 없었다.

"이봐, 나가자" 하고 팔을 잡은 나가미네에 이끌려 비틀거리면서 앞으로 나갔다. 최우수상을 발표하는 목소리는 귀에 들어오지 않았다. 다른 두 학교 사이에 끼어서 넷이 연단에 서도 기쁘다는 감정은 솟구치지 않았다. 아직 어안이 벙벙해서 마음이 쫓아가지 못한 것이다.

일단 교토의 고등학교 대표가 공손하게 상장을 받았다. 우레와 같은 박수를 받고 청중을 향해 깊숙이 고개를 숙인다.

안젤라가 "부장, 다음이야" 하고 등을 떠밀어서 앞으로 나갔다.

심사위원장이 상장을 읽었다. "우수상. 도쿄 도립 히가시신주쿠 고등학교 야간반 과정. 이하 동문입니다."

상장을 받는 손이 스스로도 놀랄 만큼 떨렸다. 어색하게 심사위원장에게 인사를 하고, 그대로 회장을 둘러보았다. 수백 명의 사람들이 박수를 보내고 있다. 야간반의, 우리한테. 처치 곤란할 만큼 불량품이었던, 나한테.

눈시울이 뜨거워졌다. 청중에게 고개를 숙이는 대신 두 손으로 상장을 치켜올렸다. 팔을 똑바로 뻗어서, 머리보다 훨씬 높게.

여기저기에서 웃음이 터진 것은 알았지만 그런 것은 아무래도 상관없었다. 눈물로 흐려진 시야 앞쪽에서 내가 찾은 것은 회장 뒤쪽에 있는 후지타케다.

선생님, 보여요? 해냈어요!

국제회의장을 나와 역으로 향하는 인파에서 벗어나 이벤트홀 쪽으로 걸어갔다.

홀의 앞쪽에서 보도교를 건너면 분수가 있는 공원이 나온다고 한다. 그곳 벤치에서 무슨 일이 있어도 건배를 하고 싶다고 안젤라가 주장한 것이다.

건배라고 해도 주변 자판기에서 산 캔 커피와 차다. 이걸로 사라고 기우치가 거만한 태도로 1,000엔짜리 지폐를 주었지만 40엔이 부족했다.

"정식 축하 파티는 우리 가게에서 하자. 내가 맛있는 거 많이 만들어줄게. 뭐 먹고 싶은 거 있어?" 안젤라가 가스미를 보고 말하다가 깜짝 놀라서 걸음을 멈추었다. "가스미, 왜 그래? 왜 울어?"

가스미가 고개를 숙인 채 하염없이 눈물을 흘리고 있었다.

"갑자기, 갑자기 나도 모르게……." 가스미가 흐느끼면서 말했다. "분해서요."

"분하다고?" 나는 상장이 든 검은 통을 휘두르며 말했다. "이것 봐, 장려상이 아니라 우수상이야. 덤이 아니라고!"

"알고 있어요. 하지만……." 가스미가 코를 훌쩍이면서 덧붙였다. "받고 싶었어요, 최우수상."

"아아……."

"좋아요. 내년에는 꼭 최우수상을 노립시다." 후지타케가 가스미를 향해 미소를 지었다.

그런가……. 들떠 있었던 나 자신이 부끄러웠다. 가스미의 말대로다. 우리는 더 위를 목표로 할 수 있다.

"여러분에겐 아직 내년이 있군요." 가나메가 혼잣말처럼 중얼거렸다.

"그래, 4년제니까. 부러워?"

"아니, 그건 아니지만."

"내년 이야기도 좋지만, 부장." 나가미네가 미간에 주름을 잡고 말했다. "일단 1학년 중에서 신입 부원을 찾아주게. 일을 좀 줄이지 않으면 내 몸이 견디지 못해."

그의 말이 끝나기도 전에 기우치가 히죽거렸다. "무슨 말씀이십니까! 최근 몇 달간 막판 스퍼트에서, 가장 터프했던 분은 나가미네 씨였어요. 역시 단련한 분은 다르다고 감탄했습니다."

"특별히 단련한 건 아니지만, 예전에 광산에선 말이죠……."

나가미네가 옛날이야기를 시작하는 걸 보고, 나는 조금 떨어져 있는 후지타케 옆으로 다가갔다. 그리고 약간 마음에 걸렸던 것을 물어보았다.

"선생님, 오늘 하루 종일 툭하면 사라졌는데, 어디서 뭐했어요?"

"예전에 신세 진 교수님께 인사를 하거나, 옛날 동료한테서 정보를 수집하거나 했습니다. 학회만큼 사람이 많이 모이는 기회는 없으니까요."

"정보 수집이라는 건, 선생님의 연구 말인가요?"

"물론이죠. 충돌 실험의 강력한 라이벌도 나왔고요. 나도 질 수는 없잖아요?"

"라이벌이요? 엄청난 발표라도 있었어요?"

후지타케가 진지한 얼굴로 말했다. "네, 여러분이요."

"아니, 그런 빈말은 필요 없어요." 나는 쓴웃음을 지으면서도 불안해져서, 후지타케의 옆얼굴을 향해 말했다. "혹시…… 학교 관두는 거 아니죠?"

"그건 모릅니다."

"네?"

"인생이야말로 자동적으로는 알 수 없으니까요." 그는 정면을 응시하며 말을 이었다. "자신의 장래를 똑바로 뻗어 있는 외길처럼 내다볼 수 있는 사람은 이 세상에 아무도 없어요. 누구에게나 있는 건 항상 창문이 없는 방이고, 눈앞에는 문이 몇 개나 있죠. 그중에 하나를 선택해서 열어보면 그곳에는 또 작은 방이 있고 문이 나란히 있습니다. 인생은 그것의 연속일 뿐이니까요."

"뭐…… 알 것 같아요."

운전면허를 따고 싶어서 야간반이라는 '방'에 들어왔는데, 그곳에서 후지타케를 만났다. 이 남자의 말에 넘어가서 다음 문을 열고, 어둠으로 한 걸음 내밀어보니 그곳은 무중력의 우주 공간이었다.

혼자 고독하게 트레일러를 몰고 일본 전역을 돌아다닌다, 그런 소박한 바람을 가졌던 내가 어느새 과학이라는 무대에서 동료와 별들 사이를 돌아다니는 꿈을 꾸고 있다. 후지타케의 말처럼 특별할 것 없는 평범한 문이, 상상도 할 수 없는 어마어마한 세계로 이어진 것이다.

"이 세상에 정답이 있는 문 같은 건 없어요. 들어간 방에서 우연히 누군가를 만나고 이것저것 손을 움직여본 다음에, '에잇!' 하고 다음 문을 선택하는 거죠." 후지타케는 나를 향해 미소를 지으면서 말했다. "난 지금 있는 이 자리에서 여러분과 같이 좀 더 손을 움직이고 싶어요. 그것만은 분명해요."

나는 안도한 표정을 들키지 않게 고개를 숙이고 퉁명스럽게 말했다. "그럼 상관없지만."

계단을 올라가 이벤트홀 정면에 있는 광장을 가로질러 보도교로 나왔다. 몇 차선이나 되는 큰 도로 위에 걸쳐 있는 넓은 보도교다. 앞쪽에서는 선명한 초록색 나무들이 자리한 공원이 보였다.

보도교를 건너기 시작했을 때, 후지타케가 재킷 주머니에서 휴대폰을 꺼냈다. 전화가 걸려온 모양이다.

"여보세요. 아아, 아직 근처에 있어." 그는 주변을 둘러보면서 지금 있는 곳을 말했다. "알았어. 그럼 여기서 기다릴게."

"누가 와요?"

"네, 대학 시절의 동기예요."

"그럼 우리 먼저 갈까요?"

"아니, 여러분에게 볼일이 있다고 합니다."

"네?"

후지타케가 시키는 대로 보도교 한가운데에서 3분쯤 기다리고 있자, 한 남자가 종종걸음으로 다가왔다. 후지타케와 비슷한 나이에 땅딸막한 남자였다.

그 남자를 보자마자 나가미네가 말했다. "아, 당신은 포스터 심사위원인……."

"심사위원이요? 아닙니다." 남자는 굵은 땀방울을 흘리면서 짤막한 손가락으로 명함 지갑에서 명함을 꺼내며 말했다. "전 JAXA의 아이자와라고 합니다."

"JAXA?"

받은 명함을 보자 '태양계 과학연구계 준교수'라고 되어 있었다.

"고등학생 세션에서 여러분 발표를 듣고 자세한 이야기를 나누고 싶었지만, 이 모임, 저 모임에 불려 다니느라 하루 종일 정신이 없어서요."

"자세한 이야기라니, 무슨 얘기요?"

"혹시 '하야부사'란 걸 아시나요?"

가스미가 고개를 갸웃거리면서 대답했다. "소행성 탐사기……."

"그래요, 그거예요. 실은 제가 '하야부사2'의 다음 소행성 탐사 계획에서 샘플 채취팀 서브 PI로 일하고 있거든요."

"연구 부책임자를 말합니다." 후지타케가 옆에서 보충 설명을 해주었다.

"어떻게 하면 소행성의 암석 샘플을 더 확실하게, 더 많이 채취할 수 없을까 고민하는 중입니다. '하야부사'와 '하야부사2'에서는 탄환 발사 방식으로 샘플을 채취했는데…… 아시나요?"

아이자와가 그 방식에 관해 자세히 설명해주었다. 탐사기 바닥에 있는 발사 장치에서 소행성에 금속 탄환을 초고속으로 쏘아서 표면의 암석을 깨뜨린다. 충돌로 산산이 흩어진 파편이나 입자를 샘플러혼이라는 장치로 받아서, 탐사기 안에 있는 샘플캐처에 넣는 구조라고 한다.

"이번에도 기본적으로는 같은 방식으로 샘플을 채취하려고 했습니다. 하지만 당연히 좀 더 개량해야 하겠죠. 탄환의 타입과 샘플러혼의 모양, 샘플캐처의 회수 방법 등등. 지금 그걸 위해 이런저런 기초 실험을 하고 있는데……." 아이자와가 진지한 얼굴로 모두를 둘러보고, 마지막으로 내게 시선을 향하며 말을 이었다. "그걸 같이하지 않겠습니까, 하는 부탁을 드리려고요."

"네?" 나는 귀를 의심하며 물었다. "잠깐만요. 네? 같이하자니, 우리랑 말인가요?"

"물론입니다." 아이자와는 연신 고개를 끄덕이면서 말했다. "소행성이라는 건 문자 그대로 매우 작은 천체라서 중력도 아주 작습니다. 저희도 외국의 무중력낙하탑 같은 걸 이용해서 실험하고 있는데, 더 간단하게 여러 방식을 시도하고 싶던 참입니다. 그런 점에서 볼 때, 여러분의 중력가변장치가 딱입니다. 그 발사 장치도 사용할 수 있을 것 같고, 표적인 화산재에 드라이아이스를 섞는다는 아이디어도 재미있었어요. 소행성의 표면은 틈새도 많고, 간격

률이 높은 곳도 많으니까요."

"말도 안 돼……."

우리가 JAXA의 소행성 탐사 계획에…….

나는 가스미, 안젤라, 나가미네 순으로 얼굴을 둘러보았다. 세 사람 모두 새총에 맞은 비둘기처럼 멍한 표정을 지었다. 후지타케를 쳐다보니 평소처럼 진지한 얼굴로 팔짱을 낀 채 고개를 약간 갸웃거렸다.

"어떠신가요?" 아이자와가 이마의 땀을 닦으면서 말했다.

하고 싶다, 물론.

세 부원과 눈짓을 교환하고 대답하려고 했을 때, 아이자와의 휴대폰이 울렸다.

아이자와가 화면을 보고 당황한 표정을 지었다. "이런! 지금부터 또 회의가 있습니다. 꼭 긍정적으로 검토해주십시오. 그럼 연락하겠습니다!"

아이자와는 빠른 말투로 그 말을 남기고, 전화를 받으면서 국제회의장 쪽으로 뛰어갔다.

"정신이 하나도 없는 사람이네요." 안젤라가 그의 뒷모습을 보고 중얼거렸다.

"하지만 굉장한 이야기예요!" 가나메가 말했다.

"정말 그래요." 가스미가 여전히 믿을 수 없다는 얼굴로 말했. "상보다 굉장해요."

기우치가 후지타케에게 확인했다. "후지타케 선생은 이 얘기를 알고 있었어?"

후지타케가 머리를 가로저으면서 대답했다. "아니요. 저는 단지 사전에 아이자와에게, 이번 대회에 꼭 참석하라고 말해두었을 뿐입니다. 널 위해서, 라고 말이죠."

나가미네가 쓴웃음을 지었다. "하여간 여전하다니까요. 정말 보통 사람이 아니에요."

여섯 명은 제각기 들뜬 목소리로 말하면서 다시 공원을 향해 걸음을 내디뎠다.

나는 일부러 혼자 조금 뒤처졌다. 보도교에는 우리 말고는 아무도 없었다. 그 위에 크게 펼쳐진 하늘은 5월의 맑은 바람을 맞으며 조용히 저물어가고 있었다.

후지타케의 등을 바라보는 사이에 그날 밤의 일이 떠올랐다.

후지타케가 담배 연기를 이용해서 교실에 푸른 하늘을 만들었던 날 밤.

그 후로 벌써 1년이 지났다는 게 믿어지지 않았다. 배움이라는 것을 알고, 진짜 동료라는 것을 알고, 내 안에 있는 수많은 감정을 알게 된 날들은 결코 잊을 수 없으리라.

발길을 멈추고 보도교의 난간에 기댔다. 이벤트홀의 지붕 너머에는 아름다운 저녁놀이 자리하고 있었다. 그곳에 별 하나가 밝은 빛을 뿌리고 있다. 금성일까.

그날 밤, 후지타케는 "이 학교에는 뭐든지 있어요" 하고 말했다.

그때 나는 마음속으로 '푸른 하늘은 없어요' 하고 중얼거렸다.

그런 학교가, 히가시신주쿠고등학교 야간반이 지금은 가장 그리운 곳이 되었다.

후지타케의 말은 옳았다. 그곳에는 뭐든지 다 있다. 그럴 마음만 있으면 뭐든지 할 수 있다.

내가 있을 곳은 조용한 학교 건물에 불이 켜지는 그 교실이다.

창문 밖으로 어두운 밤거리밖에 보이지 않는 그 교실이다.

그리고 우리 교실은 지금 우주를 건너간다.

작가의 말

"올해 연합대회 고등학생 세션에 아주 재미있는 연구가 있었네. 야간 고등학교 과학부에서 한 연구였지. 구성원도 제각기 달라서 더 재미있었네."

대학원 시절에 신세를 진 교수님의 그 말씀을 계기로 이 소설이 태어났습니다.

일본 지구행성 과학연합 2017년 대회 '고등학생 포스터 발표'에서 우수상을 수상한 그 연구는 오사카 부립 오테마에고등학교 야간반 과정과 오사카 부립 가스가오카고등학교 야간반 과정의 '중력가변장치로 화성 표층의 물의 흐름을 해석한다'입니다. 자체적으로 만든 도르래 장치를 이용한 실험으로, 독창적인 아이디어가 넘치는 훌륭한 연구였습니다.

나이도, 인생도 제각기 다른 학생이 모이는 고등학교 야간반에 과학부를 만들고, 한정된 시설과 예산 속에서 계속 활동해올 수 있었던 것은 히사요시 게이지 씨(현 오사카대학 특임연구원), 다니구치 마키 씨(현 이마미야공과고등학교 야간반 교사), 에스가 준이치 씨(현 쓰키노키고등학교 교사)의 세 선생님 덕분입니다.

세 선생님께서 지도하신 가스가오카고등학교 야간반과 오테마에고등학교 야간반, 이마미야공과고등학교 야간반의 과학부는 이 중력가변장치와 미소중력발생장치를 사용한 물성과학과 행성과학 연구에서 높은 평가를 받아, 수많은 상을 받았습니다(2014년/2023년 일본물리학회 Jr. 세션 최우수상, 2012년 고등학생 과학기술 챌린지 과학기술진흥기구상, 2019년 동 과학기술정책담당 장관상, 2020년 고교생·고전생 과학기술 챌린지 문부과학 장관상, 2013년/2018년 일본 지구행성 과학연합대회 고등학생의 포스터 발표 최우수상 등).

2011년에는 그들의 미소중력발생장치에 도쿄대학의 다치바나 쇼고 씨(현 도쿄대학 우주행성과학기구 교수)가 주목해서, JAXA를 중심으로 하는 '하야부사2' 샘플러 팀에서 똑같은 장치로 소행성 표면 시료 채취를 위한 기초 실험에 착수했습니다. 그 결과를 학회에서 발표했을 때에는 가스가오카고등학교 야간반 과학부가 공저자로 이름을 올렸습니다. 학생들의 연구가 실제로 최첨단 행성과학에 공헌하고 있는 것입니다.

이 소설은 히사요시 선생님을 비롯한 세 선생님들의 뜨거운 마음과, 그 마음에 응한 학생들의 고군분투에 감명을 받아서 쓴 작품입니다. 물론 내용은 완전히 픽션이고, 등장인물은 실제의 선생님과 학생들, 학교와는 일절 관계가 없습니다.

작품 속에서 히가시신주쿠고등학교 야간반 과학부가 만든 '중력가변장치'에 대해서는 앞에서 거론한 세 학교의 과학부가 개발해서 개량해온 시스템을 참고했습니다. 또한 히사요시 게이지 씨께서는 귀중한 이야기를 들려주심과 동시에 여러 자료도 제공해주셨습니다.

이 작품에서 그린 크레이터 형성 실험(색 모래를 사용한 실험, 램파트 크레이터 실험)은 미야기교육대학 다카타 도시코 교수님의 연구 그룹이 개발한 방법을 참고했습니다. 단, 작품 속에서 과학부가 얻은 실험 결과는 필자의 상상을 더한 것입니다.

6장에 등장하는 나바호족의 로빈은 태양 에너지를 이용한 난방장치를 발명해, 미국에서 손꼽히는 사이언스페어에서 입상한 가레트 야찌 씨를 모델로 했지만(참고문헌《1% 천재들의 과학 오디션》참조), 작품에서 설정한 경력과 환경은 모두 픽션입니다.

이 자리를 빌려서 모든 분에게 진심으로 감사의 말씀을 전하고 싶습니다. 감사합니다.

이요하라 신

옮긴이의 말

화성의 푸른 저녁놀보다 아름다운
'있을 곳'을 찾는 사람들의 이야기

사람의 인생에서 고등학교 시절은 어떤 시기일까?

앞으로의 기나긴 여정에서 기쁨과 슬픔을 나눌 친구를 가장 많이 만나고, 정신적으로나 육체적으로 가장 많이 성장하며, 자신의 미래를 내다보고 가장 많은 꿈을 꾸는 시기가 아닐까? 그런 시기를 어쩔 수 없이 포기하거나 다른 사람에게 강제로 빼앗겨버리면, 그 사람들은 어디로 가야 할까?

《하늘을 건너는 교실》은 그런 사람들이 '있을 곳'을 찾기 위해 고등학교 야간반의 문을 두드리는 이야기다. 낮에 공부할 수 있는 일반 고등학교에는 그들이 있을 곳이 없다. 누구에게나 편견 없이 문이 열려 있는 야간 고등학교밖에는.

여기에 '있을 곳'을 찾아서 도쿄 히가시신주쿠고등학교 야간반에 온 학생들이 있다.

공부를 못한다는 이유로 아버지에게 버림받아 스스로를 '불량품'이라고 여기며, 중학교 때부터 선배들의 잔심부름을 하면서 타락의 길로 접어든 스물한 살의 야나기다 다케토.

쇼펍에서 일하는 필리핀 엄마와 무책임한 일본인 남성 사이에서 태어나 간신히 초등학교만 졸업했을 뿐, 아직 일본어도 제대로 읽고 쓰지 못하는 마흔 살의 고시카와 안젤라.

전쟁 직후에 가난한 탄광도시에서 태어나 갱내의 화재 사고로 아버지를 잃고, 고등학교에 가지 못한 채 평생을 몸이 가루가 되도록 일한 일흔네 살의 나가미네 쇼조.

남편과 이혼하고 오직 자신의 힘으로 성공한 강한 엄마 밑에서, 우수한 언니와 사사건건 비교를 당해 마음의 문을 닫아버린 열여섯 살의 나토리 가스미.

이들 외에도 야간반 학생 중에는 초중학교 때 괴롭힘을 당해서 학교에 가지 못한 아이들과, 밤에 술집에 다니는 여성, 돈을 벌기 위해 일본에서 힘들게 일하는 외국인 노동자의 자녀 등이 있다. 나이도, 학력도, 사연도, 성장 과정도 제각기 다른 사람이 모였으니, 수업이 제대로 될 리 만무하다.

그곳에 후지타케라는 조금 독특한 선생님이 부임한다. 대학에서 지구행성과학을 전공한 그는 27세에 박사 과정을 수료하고, 국립대학 조교로 채용된다. 그런 그가 고등학교 야간반 선생님으로 부임하면서 다케토, 안젤라, 쇼조, 가스미와 함께 과학부를 만들어 학회 발표라는 목표를 향해 나아간다.

제각기 상처를 가진 과학부 부원들은 여러 과학 실험을 통해, 지금까지 보지 못했던 다른 세계를 접하면서 조금씩 마음속의 상처를 치유해나간다.

그런데…….

놀라운 일이 있다. 이 꿈같은 이야기가 실화라는 것이다! 즉, 실제로 고등학교 야간반에서 과학부를 만들었고, 그 과학부가 과학연합대회 등 여러 대회에서 수상을 했다고 한다.

"올해 연합대회 고등학생 세션에 아주 재미있는 연구가 있었네. 야간 고등학교 과학부에서 한 연구였지. 구성원도 제각기 달라서 더 재미있었네." 저자인 이요하라 신의 말에 따르면 교수님의 이 말씀을 계기로 《하늘을 건너는 교실》을 구상했다고 한다.

이 책이 '제70회 일본 청소년 독서감상문 전국 콩쿠르 과제 도서' 고등학교 부문에 선정된 것만 봐도, 이 사건이 일본에서 얼마나 화제를 불러일으켰는지 알 수 있으리라.

저자는 특이하게도 대학에서 지구과학을 전공한 과학자 출신이다. 도쿄대학에서 지구행성물리학으로 박사 과정을 수료했으며, 2003년부터 도야마대학 이학부에서 조교로 근무했다. 그렇다면 과학부의 지도교사인 후지타케는 저자 자신의 모습을 투영한 캐릭터가 아닐까.

그는 신인 작가의 등용문으로 알려진 요코미조 세이시 미스터리 대상에서 대상을 수상한 뒤, 이듬해인 2011년에 연구자의 길을 내려놓고 전업 작가의 길로 들어선다. 그 이후《달까지 3킬로미터》, 《8월의 은빛 눈》등의 작품을 내놓았는데,《하늘을 건너는 교실》은 그의 작품 중에서 처음으로 영상화되어 10부작 드라마로 만들어진 소설이기도 하다. 드라마로 만들어졌다는 것은 최소한 두 가지가 검증됐다는 뜻이다.

하나, 스토리가 탄탄하다. 드라마가 책의 스토리를 그대로 따라갔을 만큼 기승전결의 구성이 완벽함은 물론이고, 각 에피소드마다 감동과 전율이 자리한다.

둘, 캐릭터가 매력적이다. 주인공인 다케토와 후지타케를 비롯해, 작품에 나오는 하나하나의 캐릭터가 전부 매력적이고 생생하게 살아 있다.

그로 인해 이 드라마는 2024년도 NPO법인인 방송비평간담회가, '일본방송문화의 질적 향상'을 목적으로 주는 갤럭시상을 수상하기도 했다.

우리나라에도 일반 고등학교와 똑같이 학력이 인정되는 야간 고등학교가 있다. 그들에게는 어떤 꿈이 있고 어떤 이야기가 있을까? 그들은 왜 검정고시가 아니라 야간 고등학교를 선택했을까?

주인공인 다케토는 이 작품에서 이렇게 이야기한다.

"좋은 추억 같은 건 하나도 없어도, 집에 틀어박혀 있었던 시기가 있었어도, 학교에 가고 싶다는 마음은 좀처럼 없어지지 않아. 학교는 참 이상한 곳이야."

하늘은 왜 파란색일까?
구름은 왜 하얀색일까?
저녁놀은 왜 빨간색일까?
화성의 저녁놀은 파란색이라는데, 그건 사실일까?
이런 생각은 누구나 해본 적이 있으리라. 이것은 모두 '레일리산란'이라는 과학적인 현상으로 설명할 수 있다고 한다. 즉, 많은 사람들이 그토록 어려워하는 과학은 우리 주변의 사소한 의문들 안에 존재하는 것이다.

2024년 12월에 새로운 주인공이 등장하는 《하늘을 건너는 교실》 시즌2의 연재가 시작되었다는 말을 들은 순간, 온몸에 소름이 돋고 등줄기에 전율이 내달렸다.

이요하라 신은, 이번에는 또 어떤 아름다운 인생 드라마를 보여줄까.

이선희

참고문헌

《나의 행복한 물리학 특강 For The Love Of Physics》 월터 르윈, 김영사, 2012.

《마션 The Martian》 앤디 위어, 알에이치코리아, 2015.

《별의 계승자 Inherit the Stars》 제임스 P. 호건, 아작, 2016.

《1% 천재들의 과학 오디션 Science Fair Season》 주디 더튼, 21세기북스, 2012.

《13세부터의 과학, 어떻게 하면 과학 시대에 필요한 힘을 가질 수 있을까 13歳からのサイエンス 理系の時代に必要な力をどうつけるか》 미도리 신야, 포플러샤, 2023.

《격차 사회에 흔들리는 주간 고등학교, 교육 기회 균등의 행방 格差社会にゆれる定時制高校 教育の機会均等のゆくえ》 데지마 준, 사이류샤, 2007.

《젊은이들 야간 고등학교에서 보이는 일본若者たち 夜間定時制高校から視えるニッポン》세가와 마사히토, 바지리코, 2009.

《집단취직 고도경제성장을 지탱한 황금알들集團就職 高度經濟成長を支えた金の卵たち》사와미야 유, 겐쇼보, 2017.

《행성지질학惑星地質学》미야모토 히데아키, 다치바나 쇼고, 히라타 나루, 스기타 세이지 편, 도쿄대학출판회, 2008.

《초밥용 식초와 중탄산나트륨을 사용한 화산 폭발 모의실험 실연寿司酢と重曹を用いた火山爆発模擬実験の実演》다케우치 신고, 지질뉴스 627호, 2006.

《화성의 파란 저녁놀을 재현하기 위한 교재 개발火星の青い夕焼けを再現するための教材の開発》데라시마 히로아키, 나카무라 나쓰미, 물리교육 68권 3호, 2020.

《행성 에어로졸 실험의 교육적 이용: 화성의 저녁놀은 정말로 푸른가惑星エアロゾル実験の教育的利用:火星の夕焼けは本当に青いのか》나카쿠시 다카시, 후루카와 구니유키, 야마모토 히로키, 오니시 마사노리, 이자와 이사오, 사카이 사토시, 에어로졸 연구 22권 2호, 2007.

《교실에서 하는 우주 실험1: 크레이터 형성 실험教室で行う宇宙の実験1:クレーター形成実験》다카타 도시코, 스다 도시노리, 니시카와 요헤이, 미야기교육대학 정기간행물 35권, 2000.

《천체·일상·미소 스케일을 잇는 크레이터 물리天体·日常·微少スケールをつなぐクレーターの物理》가쓰라기 히로아키, 일본물리학회지 70권

11호, 2015.

《고무제 탄환 가속장치를 사용한 크레이터의 형성 실험ゴム製弾丸加速装置を用いたクレーターの形成実験》나카노 히데유키, 지학교육 61권 3호, 2008.

《화성 충돌 크레이터의 특이한 이젝터와 열화 과정火星衝突クレーターの特異なエジェクタ地形と劣化過程》다카타 도시코, 사사키 요시에, 마쓰시타 마히토, 미야기교육대학 환경교육 정기간행물 7권, 2004.

《중력가변장치를 사용한 화성 표층의 물의 흐름 해석重力可変装置を用いた火星表層の水の流れ解析》히사요시 게이지, 다니구치 마키, 에스가 준이치, 2017년도 도레 이과교육상 수상작품집(제49회), 2017.

〈중력가변장치로 화성 표층의 물의 흐름을 해석한다重力可変装置で火星表層の水の流れを解析する〉오사카 부립 오테마에고등학교 야간반 과정, 오사카 부립 가스가오카고등학교 야간반 과정, 일본 지구행성 과학연합 2017년 대회, 고등학생 포스터 발표, 2017.

〈태양계 별들을 교실에: 중력가변장치의 제작과 개량太陽系の星々を教室に~重力可変装置の製作と改良!〉오사카 부립 이마미야공과고등학교 야간반 과정 과학부, 제13회 봇찬과학상 연구논문 콘테스트, 2022.

〈하야부사2 샘플러혼을 사용한 소행성 표면 자료 채취를 향한 기초 실험はやぶさ2サンプラーホーンを用いた小惑星表面資料採取に向けた基礎実験〉다치바나 쇼고 외, 일본행성과학회 2011년도 추계강연회,

2011.

〈크레이터의 직경은 중력에 지배되는가?: 중력가변장치를 사용한 충돌 크레이터 중력 스케일링 법칙의 실험적 검증 クレーターの直径は重力に支配されるか?~重力可変装置を路板衝突クレーター重力スケーリング則の実験的検証~〉오사카 부립 오테마에고등학교 야간반 과정 하시모토 아키유키, 제17회 고등학생 과학기술챌린지, 2019.

〈키친 지구과학·레시피집 キッチン地球科学＊レシピー集〉키친지구과학 연구회 http://zele.sakura.ne.jp/sblo_files/kitchenearth/image/E383ACE382B7E38394EFBDB0E99B86_Vol1_C.pdf

정보올림픽 일본위원회 https://www.ioi-jp.org

달탐사 정보 스테이션 https://moonstation.jp

우주항공연구개발기구 https://www.jaxa.jp

하늘을 건너는 교실

2025년 7월 2일 초판 1쇄 발행

지은이 이요하라 신
펴낸이 이원주

콘텐츠개발실 정혜경, 홍윤선 **디자인** 진미나, 윤민지
마케팅 양근모, 권금숙, 양봉호 **온라인홍보팀** 신하은, 현나래, 최혜빈
디자인실 정은예 **디지털콘텐츠팀** 최은정 **해외기획팀** 우정민, 배혜림, 정혜인
경영지원실 강신우, 김현우, 이윤재 **제작실** 이진영
펴낸곳 팩토리나인 **출판신고** 2006년 9월 25일 제406-2006-000210호
주소 서울시 마포구 월드컵북로 396 누리꿈스퀘어 비즈니스타워 18층
전화 02-6712-9800 **팩스** 02-6712-9810 **이메일** info@smpk.kr

ⓒ 이요하라 신 (저작권자와 맺은 특약에 따라 검인을 생략합니다)
ISBN 979-11-94755-32-6 (03830)

- 이 책은 저작권법에 따라 보호받는 저작물이므로 무단전재와 무단복제를 금지하며, 이 책 내용의 전부 또는 일부를 이용하려면 반드시 저작권자와 (주)쌤앤파커스의 서면동의를 받아야 합니다.
- 잘못된 책은 구입하신 서점에서 바꿔드립니다.
- 책값은 뒤표지에 있습니다.
- 팩토리나인은 (주)쌤앤파커스의 브랜드입니다.

쌤앤파커스(Sam&Parkers)는 독자 여러분의 책에 관한 아이디어와 원고 투고를 설레는 마음으로 기다리고 있습니다. 책으로 엮기를 원하는 아이디어가 있으신 분은 이메일 book@smpk.kr로 간단한 개요와 취지, 연락처 등을 보내주세요. 머뭇거리지 말고 문을 두드리세요. 길이 열립니다.